夜行实录

有人动过
你的手机

徐浪——

著

SPM
南方传媒

花城出版社

中国·广州

图书在版编目（ＣＩＰ）数据

有人动过你的手机 / 徐浪著. -- 广州 ：花城出版
社，2024.1（2024.3重印）
　　（夜行实录）
　　ISBN 978-7-5360-9596-0

　　Ⅰ．①有… Ⅱ．①徐… Ⅲ．①推理小说－小说集－中
国－当代 Ⅳ．①I247.7

中国国家版本馆CIP数据核字(2023)第035073号

出 版 人：张　懿
统　　筹：王大宝
责任编辑：王铮锴
特约编辑：王大宝　　大　魔　鞠老板
助理编辑：宋　悦　荆依澜
技术编辑：凌春梅
责任校对：衣　然
装帧设计：拙棘造士　　四阿哥
封面插画：四阿哥

书　　名　有人动过你的手机
　　　　　YOU REN DONG GUO NI DE SHOUJI
出版发行　花城出版社
　　　　　（广州市环市东路水荫路 11 号）
经　　销　全国新华书店
印　　刷　深圳市福圣印刷有限公司
　　　　　（深圳市龙华区龙华街道龙苑大道联华工业区）
开　　本　880 毫米 ×1230 毫米　32 开
印　　张　11　1插页
字　　数　235,000 字
版　　次　2024 年 1 月第 1 版　2024 年 3 月第 2 次印刷
定　　价　58.00 元

夜行者自述

大家好，我是徐浪，一个夜行者。

夜行者是个有点儿危险的职业，经常跟连环杀手、黑帮、人贩子等社会边缘的危险人群打交道，挖出独家新闻，然后卖掉赚钱。

你可能压根无法想象，但这些，就是我的工作。

做夜行者期间，我见多了奇怪的人和事，于是我把这些都写下来，除了供读者垂阅外，主要想指明危险所在，并提前发出警示，让看过的人在面临相似的危险处境时，知晓如何面对。

人面对未知的危险时，如闭眼夜行，所以这些故事我起名叫"夜行实录"。

不多说了，看故事吧。

目录

01

我在江边扶起一个外国老妹儿，
她包里只有避孕套和一本假护照

事件：喝酒捡到外模

时间：2017年5月20日

信息来源：无

支出：9200元

收入：待售中

执行情况：完结

　　我从小就对喝酒有一个认知：喝得多，不代表酒量好。

　　作为长平关人，从上高中起，凡同龄男性聚餐，基本是每人踩着一箱啤酒喝——我酒量不行，他们对瓶吹时，我就拿一个玻璃杯慢慢喝，总被人说这种喝法不够爷们儿。我说不够就不够吧，总比硬撑喝多了强。

　　从小到大，我见过太多酒量不行，硬撑着喝多后下场悲惨的——送医院洗胃、脑出血、从楼梯摔下来骨折、零下30多度醉倒在雪地里冻个半死……

　　除了身体出事的，还有人把自己喝成了别人青春回忆里的笑话。

　　高中时，有一个同学要转到别的学校，走前请全班男生喝酒。有一个人平时酒量不行，但那天为了显示兄弟义气，硬喝了八九瓶。散场的时候，他要去上个厕所。出了饭店后，大家各自回家，就把这哥们儿忘了——直到他妈妈挨个给同学打电话，有人回去找时，才发现他拖着裤子，蹲在饭店的厕所里睡着了，我听着腿都麻。

有这些前车之鉴在，我极少喝多。一般在酒局结束，我都是最清醒的那个，而且我会劝所有人少喝，因为不想送他们回家。周庸和我完全相反，他总想跟人喝尽兴了，只要自己没倒，酒桌上有一个人还在喝，他就必须陪着一起。

2017年5月20日，一个发小结婚，让我回家当伴郎。这哥们儿之前来燕市找我时，和周庸一起吃过几顿饭，顺便就连他一起邀请了。

白天当完伴郎后，晚上单请几个玩得比较好的朋友，在十三马路一个叫"绿蔓小院"的地方吃烧烤，周庸也跟着去凑数，喝了两个小时后，基本都喝散了，就剩周庸和新郎在拼酒。我劝他俩别喝，但这俩已经喝醉了，就是不听，每人又喝了三瓶大绿棒子。

新郎跟周庸干完最后一杯，说："兄弟，来到这边儿，别的不说，绝对陪你喝好了！"周庸扶住他胳膊，说："没问题，哥，绝对喝好了！"新郎嘴里念叨了几句"那就好"，忽然转身就往外跑，周庸蒙了，问我："徐哥，这哥们儿跑这么快，是不想结账吗？"我说："等会儿再解释，快点追！"

给老板扔了500块钱，留了个电话，告诉他多退少补，我俩快速追了出去。上学的时候，我们从来都不敢让新郎多喝，因为他一喝多就跑——是真的用腿跑。每次他只要一喝多，不管身处何时何地，站起来就是漫无目的到处狂跑，然后一大群朋友跟后边追他，把他扑倒带回家。我到燕市的年头太多，这些年不常见，没想起来这事，直到他起跑我才想起来。

因为和老板交流耽误了点时间，我们出门的时候，新郎已经跑出去挺远了，我和周庸远远地跟在后面，跟着他横穿过永恒路，一直跑到月溪江边，然后又沿着江开始跑。

跑了十分钟，周庸累得跟孙子似的，说："不行了，徐哥，这哥们儿练长跑的吧？我感觉咱追不上了。"我说那也得追啊，他别再掉江里，新婚第一天就惨死月溪江畔。又咬牙追了五分钟，周庸在芳草公园附近的一片草丛里，把他扑倒了。

我俩架着新郎站起来，准备打个车把他送回家，周庸说："嘿，那边还躺着一个，好像还是个姑娘。"

过去一看，地上还真是个姑娘，而且还是金发的外国姑娘，身材非常好，穿着连体短裙，侧卧在地，手边有一个包。

周庸架住新郎，我过去探了探鼻息——还在喘气，从衣服和表面上来看，也没有被侵犯或者被伤害的现象，脸色有点不好。翻了下姑娘的包，没找到手机，包里面有护照、现金、避孕套、丝袜和一张卡片。我把护照拿出来，上面都是外文，看不懂是哪个国家的，卡片上写的是一个微信号：fyodor32xx。我搜了一下，微信名叫"好学英语班主任Fyodor"。我加了这个微信，说你的朋友昏倒在江畔路附近了，需要你的帮助。为了防止对方是外国人看不懂，我又加了一次，用英语说了一遍。用手机拍了下护照，准备找个人翻译下——要不然到了派出所，警察也不懂外语，看不出她叫什么，没法查证联系她的熟人。

周庸问我人没事吧，我说应该没事，往下不远的地段街有一间外国人常去的酒吧，可能是在那儿喝多了。我把姑娘也架起来，周庸说："能换个人架着吗？你架你这朋友，我去架那外国姑娘。"我说："你别废话了，赶紧叫个车，把新郎送回家，把姑娘送派出所。"

周庸架着新郎，费劲地掏出手机叫了车。我们正在路边等车呢，一辆黑色天籁停到了我们旁边，两个人下了车，其中一个是外国人，问我是谁，在对他们的朋友干什么。我们解释了一下，说这姑娘倒在路边了，我们正要把她送到派出所——那外国人的中文不太好，主要是另一个人在和我对话，口音听起来是长平关本地人。他告诉我这姑娘是他们同学，松大的留学生，让我把这姑娘交给他们就成。正好这时周庸打的车也到了，我说那行吧："你们最好先带她去医院看看，别出问题。"他们说："好，这就去医院。"

上了车，司机问我们是不是去新原小区，我说："等下再去。师傅，能不能先跟一下前面那车？"他说没问题。

跟着那辆天籁，一直到了老丰产街道一个胡同边上，他们下了车，架着那个姑娘进了一栋建筑。我让司机放慢速度，但别停车，路过的时候扫了一眼——确实是个医院，就告诉司机按定位地址开，先把新郎送回家。周庸说我太谨慎了，我说谨慎点好，万一他们不是一起的，那姑娘就遭殃了。

把新郎送回家后，我俩也回去睡觉，因为喝得有点晕，很快就睡着了。

第二天中午起床后，我开车带周庸去丰产街道的张记包子铺吃包子，他家的豆腐馅和排骨馅包子很有特色。往张记包子铺开时，路过了昨晚那家医院，我扫了一眼，把车停在了路边。周庸问我怎么了，我说昨晚喝得有点晕，没太仔细看——那两人带姑娘去的医院，不是正常的医院，是一家整形医院。他说："什么情况？"我摇摇头，说不知道。

我俩把车靠在路边停下，下车进了这个遇见美整形医院——这家医院在一栋巴洛克式的老建筑里，总共两层，周边尽是快餐店、廉价衣服店、玩具店。医院的前台没人，我们往里走，没有电梯，只有老旧的楼梯，楼梯旁的墙壁上，挂了几张医生介绍，纸张已经泛黄了，我看了一眼，有好几个都是叫"弗拉基米尔"之类的外国人。

看没什么人，我俩便走上楼，二楼是病房，装修很简陋，墙面都泛黄了，里头就三间小点的病房、一个大的病房、一个卫生间。大病房里，一张张单人床整齐地摆着，数了一下大概有二十几张，跟二十世纪二三十年代的老医院一样，只有三张床躺了人，全是外国姑娘——有两个脸上缠着绷带，另一个在输液。我仔细看了下，没有我们昨天捡到的姑娘。

正打算继续往下看，有个穿淡蓝色衣服的妇女，看起来三十多岁了，从病房里出来，拦下了我俩，把我们带回了一楼，问我俩来干啥的。我指指周庸，说他最近想整个容，正在研究长平关所有的整形医院，想看下哪家靠谱。

她问我们谁介绍过来的，我说就是瞎逛找到的，她说："我们这儿必须有介绍人，不对外开放，你去找找别家吧。"又看了周庸一眼，说："而且他也不用整啊。"我说："大姐，你可别在这儿跟我俩整事了，上门的活儿还不接。"她说不接，把我俩推了出去。

我和周庸回到车里，没去吃饭，观察了这家整容医院一下午，发现进进出出的都是白皮肤的外国姑娘。周庸眼睛都看花了，问我："徐哥，你们这儿外国姑娘这么多呢？"我说："是挺多，因为靠近边境线，离国外近。但这家医院也太多了，而且完全没有本地人，有点怪。"

我觉得有点不对，开始跟朋友和亲戚打听这家遇见美整形医院，结果完全没人知道。我在网上查询了一下，这家医院是一家私人医院，拥有者和法定代表人是外国人，叫普兰特。又用系统检索了这个外国人的名字，发现他在长平关还开了一家模特经纪公司。周庸说："徐哥，难道这哥们儿自产自销，自己做模特生意，然后自己给模特整容？"我说："不知道。咱去找昨晚捡到的那个姑娘问问。"

我打电话给喝多后狂奔的新郎（他在松大工作），问他能不能找国际学院的人，帮忙联系一下这姑娘。他说没问题，跟我要了这张护照照片，发给了国际学院的老师。下午的时候，我们在松大C区留学生公寓的地下餐厅一起吃了顿饭。国际学院的老师告诉我，他跟负责留学生与交换生的老师都交流了，学校里没有这个人。然后他还告诉我另一件事，这姑娘护照应该是假的："护照上的英文少了个N。"

我俩吃完饭出来，就在校园里转，周庸问了我一堆问题："这姑娘到底是什么人？护照为什么是假的？出没出事？那两人到底是不是她朋友？那整形医院到底怎么回事？"我说我也不知道，但只要找到这姑娘或者她认识的人，就能知道怎么回事。

他问我怎么找，我从兜里掏出一张卡片——这是昨天晚上在姑娘包里拿的，忘给放回去了，但我之前加了两遍都没通过。周庸问我："只有一个微信号怎么找？"我说："不只微信号，不还有个微信名嘛。"他奇怪："'好学英语班主任Fyodor'，这怎么找？"我指了指校园里的告示板，上面贴了张海报，上面写着"好学英语，5分钟精准英语等级测试，每天都有班主任在线监督学习"。周庸点点头说明白了。

我俩下载了好学英语APP（应用程序），让周庸充钱买了套课程，发现想找那人有点难——APP里面的用户和班主任很多，按兑换码认证随机分班，想直接找到那人就相当于中彩票。

我让周庸继续研究这个APP，自己开始从其他方面着手调查。

遇见美整形医院和万德模特经纪公司在网上非常干净，没广告，没招聘启事和模特信息——仿佛根本不存在。他们不想赚钱？

第二天，我又开车去了趟丰产街道的遇见美整形医院，希望看看这些从医院出来的姑娘都去哪儿。然后我发现，这些姑娘都会走到平成街一个没监控的拐角，一台黑色的天籁车正在那等着——正是前天晚上，我跟踪的那台车。

下午5点，趁天籁车接上几个外国姑娘，再次开走时，我跟上了它。过了江桥，一直跟到江北的一个小区，他开进了地下停车场。我车跟不进去，远远地停在路边下了车，步行进了小区，这时天已经黑了。

整栋楼漆黑一片，没几家亮灯的，路灯也不太好使——江北因为有段时间开发过度，导致有的楼盘没什么人住，一栋二十来层的高楼，里面可能就住了两三户人。我缓慢地转着圈，紧盯着这个小区哪户亮灯。几分钟后，8单元的楼层灯开始逐渐亮起，这种情况是有人在使用电梯。我盯着这栋楼几分钟，发现没有新的屋子开灯，而整栋楼已经开灯的，只有12楼。我跑到8单元，拿铁丝打开电子门，没坐电梯，顺着防火梯放缓脚步走到12楼，尽量不触动感应灯。

到了12楼时，我听见走廊里有两个男人说话，说的外语。我完全听不懂，躲在防火梯的门后，用手机录了一段，还用手机透过门缝偷拍了几张照片。三分钟后，听见关门声，我又等了一会儿，确定走廊里没人了，我轻轻打开防火梯的门，探头看了看，然后赶紧把头缩了回来。走廊里最少有三个摄像头，闪着红光，一看就是实时监控的。

我看这地方没法接近和查看，便回去和周庸会合。他研究了一天好学英语，我问他研究出什么了，他说有点收获："这玩意儿测得还挺准，说我口语可以，但词汇量不成。"我说："你正经点，说有用的。"他点上根龙烟，说："有挺多买了课程的人，每天在APP里打卡完成任务，我正挨个给他们发微信，看有没有人认识这个Fyodor。"我问他联系公司了没有。周庸说："联系了。给他们打了电话，他们说班主任身份保密，不方便透露。"我说："成，那你这两天就好好打卡，与同学加强联系吧。"

我在网上找松大外语学院的人听了一下，说是俄语。我又在网上找了个俄语翻译，把录下来那两人的聊天录音发给他，打过去300块钱，让他翻译一下大概意思。翻译听了一遍就回复我，说："你这录得太不清楚了，能听清的部分聊的都是喝酒的事儿。"我说："行，那先这样吧。"又拿出手机研究我拍的那几张照片。放大照片看，发现走廊里站的是两个穿着背心的白人壮男，两人正在抽烟，我把几张照片都看了一遍，说："我天！"周庸凑过来问我怎么了，我说："黑手党。"他很震惊："别扯了，现在哪还有黑手党？"我说："怎么没有，而且黑手党他们有一个传统——帮派成员都在肩膀上文星星，四角的、七角的、八角的，好像角数不同地位也不同，这传统在20世纪就有了。"

周庸说："这也太扯了。国外的黑帮，能渗透进咱们国家，那他们有枪吗？"我说："不知道，小时候听过，1992年左右，长平关还发生过国外黑帮抢地盘的事。咱先继续查，要是有什么需要冒险的地方，就立即停止。"

因为不想和国外黑手党硬杠，我把希望都放在了那个Fyodor身上。

5月22日，一个两天没打卡的人在微信上回复周庸，说自己就是Fyodor班上的，问他要干吗。周庸说："有个朋友失踪了，他之前报过这个好学英语，每天都打卡，平时跟班主任联系很勤，是个叫Fyodor的人。我想找他问问，有没有什么线索。"他说这样啊："那我先把你拽进我们微信群，你通过微信群加他吧。"

这哥们儿把他拽进了一个群，群主就是Fyodor，周庸申请添加Fyodor，说自己是想报名他的课。没多久，Fyodor通过了他的申请。

周庸转头看我，说："徐哥，现在怎么办？"我说问问题，套感情，看能不能打探出他的个人信息。

接下来两天，周庸假装英语白痴，不停地向Fyodor提问，这哥们儿还挺耐心，基本都给解答了。第二天晚上，周庸装作非常崇拜地问Fyodor："老师，您在国外上过学吧，英语这么好。"Fyodor说不是，其实他本科是学俄语的，研究生又考了英语。周庸问他平时工作是做什么的，他说偶尔给报社翻译一下文件什么的。

看聊得差不多了，我让周庸把那天拍的假护照图片发他，问他认识吗。发完后，Fyodor半天没回话。周庸又给他发条微信，说："哥们儿，我现在知道你微信号和兼职工作，找到你就是时间问题，你要是不如实回答我问题，我就报警。"Fyodor回复了一句："你敢报警？"

周庸说："徐哥，这哥们儿是不是把咱当成道上的人了？"我说："有可能。"我让周庸回复他说："有什么不敢的？我又不是见不得光，一个外国姑娘失踪了，用的是假护照，包里留的是你的联系方式，见义勇为报个警怎么了？"他说："你不是来找我的？"周庸："找你干什么啊？我就想知道这姑娘的事，以及整形医院的事。"

又说了半天，Fyodor松了口，说整形医院是什么他不知道，但他知道点这姑娘的事，在不暴露自己身份的情况下，可以跟周庸说一点。我拿过周庸手机自己和他聊，问他这姑娘是不是出事了？他说是。问他具体出什么事了，Fyodor说不方便透露。想了想，我问现在还有方法能见到这姑娘吗。他说："你去长乌逛，有可能会见到。"

长乌批发市场，是长平关最老牌的小商品批发市场，什么都卖——从假鞋、假包、盗版玩具到家居建材、轻工制品等，什么都有。我小时候就知道，学校门口卖一毛钱一个的玻璃弹珠，在这儿一毛钱能买十个。虽然不明白，出事的外国姑娘和这儿有什么关系，但由于没其他线索，我还是选择去长乌看看。

蹲人蹲点蹲门口，我和周庸第二天一早就去了长乌批发市场，我俩把车停在附近的停车场，他盯着侧门，我下车去盯着正门。下午2点，周庸打电话告诉我，两男两女，白人，把车停在停车场进去了——开的就是那辆天籁车。问他有没有那天晚上昏迷的姑娘，周庸说没有。

我让他跟上，随时汇报情况，我从正门进去上楼找到周庸，他给我指了一下："他们就在3层卖包和衣服的地方转。"过了一会儿，这帮人买几样东西走了，我让周庸去打听他们都买了什么，自己下楼开车跟上他们——果然他们又回了江北那个小区。

我返程和周庸会合后，他告诉我，他打听过了，这几个外国人经常来这儿买东西，买的都是假的奢侈品，包和衣服等，像200块钱一个的Gucci、LV什么的，而且这帮人都五个六个地买。周庸问我："他们买这么多假货干什么？"我说："我也不知道。这次的事确实把我搞得也很迷茫，很多线索都不挨着，完全串不到一起。"

在长乌蹲点的这几天里，我发现每次来的四个人里，两男的一直没变，但女的不停在换。

5月25日，我俩在路边发现的金发姑娘，终于出现在了来买东西的人里。

我和周庸冲到3楼，找到他们常买东西的那两个摊位，跟两个摊主商量，能不能500块钱租这个摊一小时。周庸对接的那姑娘很快就同意了，但我问的那个摊主大姐，一直很犹豫，说："老弟，你是不是跟我俩在这儿整事儿呢？闹呢吧？你要干这个，我干啥去啊？"我说："这样，姐，你在旁边看着，告诉我价格，卖出去的东西都算你的，要是卖少钱了，我还给你补。"她想了想，说："行吧。"

刚站进摊位里，四个人就上楼了，俩姑娘走在前面，男的吊在后面，我给周庸发了条微信，让他吸引那两男人的注意力。就在姑娘走过他的摊位，到我面前时，那俩男人正经过周庸的摊位。他突然大喊一声"cheap, cheap, very cheap（便宜，便宜，很便宜）"，两个男人吓一跳，在他摊位停下开始问价。

我看那姑娘也要回头，一把拽住了她，她吓了一跳——我马上拿出那张写着Fyodor微信的卡片给她看，姑娘看了一眼，又看着我。我拿支笔给她，小声用英语问，怎么能联系到她，她紧张地飞速写了几笔递给我，然后转身站到那俩男人身后。我拿起一看，上面又多了一个微信号："WeChat：ruibaoxxx"。

下午回到家，我拿起手机加了这个号，上面写着"国外模特经纪"。对方很快通过了验证，给我发过来一个价目表：

S级的姑娘，可上门，主动艳舞，全套，5000

A级的姑娘，可上门，配合度高，全套，3000

…………

以上都为单次价格，不提供包夜服务，选择姑娘，请到朋友圈里。

我点开"国外模特经纪"的朋友圈，里面都是穿着暴露的白人姑娘，看了一会儿，我眼特别花，对周庸说："一个个都修图修得跟维密超模似的，我根本认不出来。"周庸说："徐哥你别急，我来！"他翻了一会儿，指着一张照片，说："徐哥，这就是咱要找那姑娘。"我仔细看了看，还真是，不过修得有点太过了。

把这张照片给"国外模特经纪"发过去，跟他聊好了价格，对方要求我发一张带房间号的酒店门卡。让他稍等，我和周庸快速地去开车，找酒店开了个房，把房间号给对方发了过去。大约半小时后，有人敲门，我打开门，那天我们救的白人姑娘站在门口，说："你好。"我把姑娘让进房间，试着用英语和汉语跟她交流，但她都是只能听懂一些简单的词汇。

没办法，我打给了我那天在网上找的外语翻译，问他能不能通过手机来个同声传译，那哥们儿说行："一个小时三千块。"我说行，一会儿按时间一起算钱。让姑娘坐在桌旁，我在她对面坐下，拿出手机摆在中间，开始了磕磕绊绊的对话。

姑娘说她叫娜塔莉亚，是被人以做模特为诱惑，办了三个月的旅游签证骗到了这里，结果一到地方就被人控制了，没收了她的护照，逼她欠钱，然后强制她卖淫还钱。我问她为什么有本假护照，她说那是那帮人给她的，每次接客时，都会告诉客人自己护照上的名字——万一有警察查房，因为语言不通，护照也不联网，知道名字，就足够假装情侣什么的了。

我原来在网上看过一些资料，国外的犯罪团伙常在我们这边做"输出"妓女的买卖，而且不只是卖淫，还涉及人口贩卖。买卖人口和卖淫，曾经是国外黑手党最大的买卖之一，当时最厉害的黑老大是伊万科夫。因为长得像亚洲人，被人起绰号叫"日本仔"，这人是控制色情行业的教父——专门把东欧女人卖向世界各地，建立了一个从旧金山到马德里的跨国贩卖系统。后来在2009年，这人让人枪杀了。自此之后，他们的人口生意就收缩了——我以为在国内早就没了，没想到还存在。

周庸点点头，让翻译问一下那些人是怎么逼着她们欠钱的。娜塔莉亚解释了一下，说她刚到长平关时，对方骗她说为了更符合东方人审美，要稍微整一下容，就把她带到了那家遇见美整形医院。结果整完容后，立即要求她支付高额的整容费以及利息——她当然还不起，就被逼着卖淫还钱，如果反抗就是毒打加威胁。

我问她为什么去长乌市场买假名牌，她说不是她们要买，这是那些人要买的，她们也不知道要干什么。我问她为什么想要反抗，她说："这段时间身体特别不好，总是浑身疼，有时候还晕倒。有一次偷听到马仔们谈话，我好像得了什么病，可能不治疗就会死，我想回家。那天逃跑时晕倒在路边，也是因为身体不好。"

问她那次逃跑被抓回去后有什么惩罚，她"哗啦"一下把裙子脱了——没穿内衣，后背上很多瘀青和伤痕。我让她赶紧把衣服穿上，又和她聊了一会儿，我说："我大致清楚了。我帮你报警吧。"她非常抗拒我报警，说只希望我帮她逃出去，但千万不要报警。我很奇怪，坚持说要报警，娜塔莉亚告诉我说："No police, I don't need your help anymore.（不用警察来。我不再需要你的帮助了。）"然后开门就走了。

她走了后，周庸问我她为什么不让报警。我说："不知道，但咱还是报警吧。把我们掌握的证据，包括照片和刚才的录音什么的，都交给警方。"

我俩正在屋里商量，忽然有人敲门，我透过猫眼看了看，娜塔莉亚又回来了。

打开门，把她让进来，又给翻译打了个电话，娜塔莉亚从包里掏出一本护照递给我，说这是她偷出来的，自己的真护照。她让我不要报警，帮她去丰产街道的一家对外商店，找一个叫安德烈的人，这人帮过很多被拐的国外女人回家。我想了想，答应了。娜塔莉亚抱了我和周庸一下，又离开了。翻译的电话这时候还没挂，说："大哥，先不提钱的事，你到底是干吗的，能透露一点吗？"我说："钱一会儿就转给你。"然后挂了电话。

拿着娜塔莉亚的护照，我检查了一下，这回没少个"N"。

我带着周庸下楼，开车带他去了松大体院附近——这边有很多的复印店，其中有一家店，表面上就做做锦旗什么的，但他们其实是专业的假证公司。老板是个五十多岁的老头儿，见到我特热情："这得多长时间没来了？"我说："有时候了，这几年一直都在燕市，比较忙。"他拿出盒老巴夺，递给我一根："什么事啊，来我这儿？"我拿出娜塔莉亚的护照递给他，他从抽屉里拿出个USB接口的紫外线固化灯，对着护照照几下，说："假的。这个国家的护照签注页，在紫外下有页码和字母显示，这本完全没有。"我问："是在咱这儿做的吗？"他说："不是。"拿手机拍了张照，又说："这么简单的防伪，要让我做，不能做得这么粗，顺手就给弄上了，应该是哪个小崽子做的，我给你打听打听。"我说："行，那就谢谢哥了，我先走了。"

第二天，复印社老板打电话给我，说打听清楚了，是几个挺壮的俄罗斯人做的，订了一大批。我谢过他之后，报了警。

警方扫荡林北的窝点和丰产街道的整形医院时，我和周庸都在车里把扫荡过程录了下来，在扫荡娜塔莉亚让我去的那家俄罗斯商店时，从里面清出了几个壮汉和一堆管制刀具。周庸坐在车里边拿手机录，边说："她为什么要坑咱们啊？咱俩要真按照她说的来了，就是个死啊。"我说："可能是被毒打一顿后服了，而且像这种有逃跑前科的，肯定是重点监视对象，那天应该检查一下，她带没带窃听器。""但我还是有一件事不明白，她为什么不暗示咱们报警，咱一报警，她不就解脱了吗？"

我把拍的视频给Fyodor发了一份，证明我们是好人，约他有时间的时候可以见一面，帮我们完善一下这件事。

在整件事解决后，我又去了一趟林北的那栋8单元12楼——我上次来没能接近的那个，监控还没有拆，但已经断电了。我用工具打开房门，走进去里面是间四室一厅，每间房都有三个上下铺和一面大镜子，特别像大学宿舍。房间里唯一的桌上，摆满了瓶瓶罐罐的化妆品。客厅有个小沙发，沙发上堆了衣服和包，茶几上放着没吃完的沙拉，还有酸奶，空气中有点香水和食物混杂的奇怪味道。

全国的警方抓获长平关的外国妓女后，都是同一个程序，先送到公安局签证处，外国人管理科备案，然后押送到芬江市，再由芬江警方交给邻国边境。所以，在处理国外妓女这方面，芬江警方都是老手。我通过朋友关系，联系上了一位在芬江警方工作的朋友，问了他一个困扰了我挺长时间的问题——娜塔莉亚为什么不报警，也不让我们报警？按理说那天她已经跑出去那么远了，中间完全有时间和能力找人帮助自己报警。

那哥们儿说："嗨！她不敢，你知道国外黑帮怎么骗新的姑娘来吗？他们买一些假货，让这些姑娘在监督下，用社交软件和朋友聊天，把这些假奢侈品邮回去送给自己的朋友，骗她们说自己当模特赚了大钱，把朋友们也骗过来卖淫。根据他们本国的法律，她们这属于从犯，回去也会被判刑，最重能判15年。"

离开长平关回燕市之前，我见到了Fyodor，收到我发给他的视频，他终于相信我不是要追杀他的外国黑帮了。我们在北关区的一家土菜馆见了个面，一起吃了顿罐羊，桌上我问他怎么卷进这事的。他说："我这段时间想要买房，除了'好学英语'外，还在网上找一些英语、俄语兼职的活儿，然后就找了一个教外国人学汉语的活儿。到了地方，我就感觉不对劲。"

Fyodor喝了口酒，说："你知道她们都让我教啥？'你心情不好吗''你为什么不高兴''来，我们喝酒''你是哪里人'。"Fyodor感觉不对劲，就偷偷问了几个姑娘，然后娜塔莉亚就偷偷向他求助了。她说自己身体不好，可能快要死了——前段时间有三个姑娘因为受不了黑帮的压榨，买了四瓶一斤装的酒精直接把自己喝死了，她不想也这样。他起了善心，让朋友在隆华酒店开了个房，并点娜塔莉亚上门服务——隆华酒店有后门，可以偷着溜走。Fyodor的朋友给了她些现金，让她出门打车到九站公园，自己在那儿接她。结果他们都没想到一件事，长平关的出租车实在太难打了。

　　说完Fyodor又喝了一口酒，问周庸："你英语学得怎么样了？"周庸乐了，说："你非提这茬儿干吗？"

WARNING
在国外旅游时，护照丢失怎么办

1. 在当地报警挂失，一般当天就能拿到遗失证明。

2. 这份证明是补办护照的必备材料，也能在国外证明自己的身份。

3. 到中国驻外使领馆补办护照，补发时间通常是受理申请之日起15个工作日。

4. 申请材料为：失证明、护照复印件及两张2寸护照标准照片。这种方法适合长期旅行者。

5. 短期旅行者，最好方法是办理回国旅行证，申请材料和办理地点跟补办护照相同，通常是2~4个工作日。

6. 回国后，到户口所在地的出入境办证中心补办护照。

7. 出国前把护照和签证页做好备份，并随身携带复印件，电子版存邮箱。

8. 在护照内加带一页"个人资料"栏，写上个人的联系方式，万一护照丢失，方便对方找到人。

02

别乱喝杂牌奶茶，
它可能是来自毒品工厂的"瘾料"

事件：游戏主播变丧尸咬人案
时间：2017年11月5日
信息来源：田静
支出：6100元
收入：12000元
执行情况：完结

2017年11月5日，田静发给我一段视频：一哥们儿在直播打游戏，他女朋友坐旁边，两人边玩边聊。玩了一会儿，这哥们儿忽然掀翻桌子，开始对女友拳打脚踢。打后还扑上去，开始用牙撕咬，把姑娘脖子咬得全是血。姑娘惨叫着挣脱，抄起烟灰缸，使劲给了他几下，打得满头血，然后姑娘打电话叫人，关了电脑。

我问田静："是找我做宣传吗？这丧尸片给多少钱？"田静说视频是真的，被咬那姑娘是公众号"女孩别怕"的读者，找她求助。我说这还求什么啊，直接报警就完了。她说这姑娘不愿意，两人处了好几年，男孩一直挺好，就这一次忽然发疯，像中邪了似的。姑娘把他打晕后没报警，叫几个朋友过来，把男孩绑了——这哥们儿醒后不咬人了，但完全失忆，看完视频自己吓傻了。他们找了一个算命先生，算完说是撞邪了，收5000块做了场法事驱邪。但这姑娘有心理阴影，和男友一起时特不自在，总觉得他要咬人——她找到田静，问该不该分手。田静和这姑娘谈好了，让我过去调

22

查，事后可以把调查结果卖给媒体，但得用化名。

第二天中午，我带周庸去了临安怡然桥佳邻小区，姑娘和他的"丧尸男友"就住在这儿。他俩住了一间公寓，楼下客厅有一个台式机，显示器是新换的——旧的那哥们儿发疯时砸碎了。房门和楼梯上，都贴着黄色的符纸，已经贴一周了，算命先生说一个月内不能摘。姑娘一个人在家——她没和男友说，想找人过来调查，再决定要不要分手。

我和周庸把房子看了一圈，没发现异常，问姑娘她男友"发疯"前，是否吃过奇怪的东西，服用了毒品、药物之类的东西。姑娘回忆一下，说没有，那天他俩一直在一起——在麦当劳吃了个巨无霸套餐，回来后吃了点大枣，冲了袋奶茶喝。我问："是奶茶或者大枣的问题吗？"姑娘说："不能，那俩他都吃一周了。"周庸好奇地问她："平时很迷信吗？为什么不去医院看，找了个算卦的。"

她说最近怪事太多，科学解释不了——被咬前，她有好几个晚上，都是被男友的笑声吵醒的。她迷糊着睁开眼，发现男友正哈哈大笑，而且睁着双眼。她以为男友醒着，打了他一下，问："大半夜不好好睡觉，干什么呢？"结果对方完全没反应，还打起了呼噜。姑娘吓出一身冷汗，上网问了一下，有个中医留言告诉她，这是脾虚，吃点糯米和大枣就好了。她买了几袋大枣，结果男友不但没吃好，还把她咬了。

周庸说："是有点邪，换我说不定也找人算算。"我踢了他一脚，说："能不能讲点科学？"他点点头，说："真有人弄出丧尸病毒了？"我说："这怎么听都是癫痫——多数人喜欢叫羊痫风。癫痫犯病时，不一定非得口吐白沫，浑身抽搐，也可能打人咬人；而且有种癫痫，病人睡觉时会睁眼哈哈大笑，叫痴笑性癫痫。"

我用手机翻出相关新闻，给被咬的姑娘看，我说："带你男友去医院吧，可能是癫痫。以后遇到这种情况，还是先看病，不要找跳大神的了。"叮嘱她两句，我俩开车去附近吃了顿油焖鸡，跟田静说了下情况，就回家睡觉了。

11月8日，我和周庸正在江潭附近喝酒，田静打来电话，说："那姑娘带男友去检查了。燕市的几家知名医院都去了，确定不是癫痫。"我问那是什么问题？她说："睁眼睡觉是面部肌肉病，哈哈大笑，可能就是说梦话，但解释不清为什么咬人。"挂了电话，周庸看我有点走神，问我怎么了，我告诉他："不是癫痫，被打脸了。"

第二天上午，我俩又去了临安怡然桥佳邻小区，那姑娘快崩溃了，说肯定是中邪了。我让她别慌，说没有中邪这种事，肯定哪儿有问题，还没发现。我和周庸商量了一下，想了个办法——还原事发当天，咬人哥们儿所有的行为。我让姑娘使劲回忆，那天她俩都干了什么，然后让周庸假装她男友，把所有事情都再做一遍。

早上八点，男友加班回来，他们在楼下的便利店买了两个鲜肉包，吃完去逛了会儿街。中午，他们在麦当劳吃了两个巨无霸套餐，然后回家，用电脑看了《时空恋旅人》。晚上七点，冲了杯奶茶，吃了点枣，他俩开始直播打游戏。因为刚开始播，玩得也不好，没什么人看，但录下了咬人的画面。

周庸在吃枣喝奶茶时出了点问题——吃后没多久，他脸色泛红，眼睛充血，明显有点亢奋。我问怎么了，他很奇怪，说："没怎么。现在感觉挺好的，清醒又有劲。"我让他把手给我，打开手机的秒表，测了下心跳，已经快200了——枣和奶茶里，至少有样东西有问题。我让周庸赶紧去洗手间，抠嗓子把胃吐空，然后躺下深吸气，我再往他脸上浇冰水——这样能降低心率。十多分钟后，他心率降下来了。

我问那姑娘，她有没有过这种症状，她说没有，但她男友偶尔会有点亢奋。我问她枣和奶茶都尝过吗，她说："枣吃过。奶茶没怎么喝，这奶茶甜到掉牙了，喝着有点齁，我男朋友喜欢甜食，所以总喝。"枣有问题的概率小，我拿过来吃了两颗，等了几分钟，没反应，有问题的应该是奶茶。

奶茶的牌子叫劲香，从来没听过，网上也查不到厂家信息，只有一家网店有卖。我问姑娘奶茶是哪儿来的。她说是一个叫"小萧峰"的游戏主播寄给她男友的："是这奶茶有问题吗？"我说："可能是。"

2014年，我回长平关，和一个缉毒队的朋友吃饭时，酒桌上聊起一传闻，长平关街上，有疯子到处咬人。我一直以为是都市传说，结果他告诉我，是真事。那段时间，有人在长平关卖一种新型毒品——"丧尸药"，吸多了会产生幻觉并咬人——疯子咬人传闻就是这么来的。警方调查后，发现一个贩毒团伙用汽车从临西弘安运"丧尸药"到长平关卖。他们和弘安警方联手，断了这条运毒通道，把毒贩全抓了，还没收了7000克"丧尸药"。

　　我猜测奶茶有"丧尸药"成分，让周庸拿几包，去燕南的一家私人实验室化验，我自己花两天时间，调查了下那个网名叫小萧峰的游戏主播。他以前是《英雄联盟》某职业战队的替补，后来过气了，开始直播《王者荣耀》，喜欢玩达摩，各平台加起来有几十万粉丝。最近他一直在推一个叫"天天赢"的电竞网站——这网站有点意思，是个变相的在线博彩网。上面能充钱买一种叫"菠菜"的东西，指定某直播平台的一场比赛，下"菠菜"押游戏双方胜负，一块钱一棵"菠菜"。为了规避风险，网站上只能用钱换"菠菜"，不能拿菠菜换钱——他们找了几个小萧峰这样的知名主播，让他们作为"银子商"，私下负责换钱给大家。跟小萧峰来这网站的粉丝，都是铁杆，愿意信任他，很多人都会充钱赌。

　　最近网站出了问题，出名的游戏主播都走了，玩家手里的"菠菜"，全都换不了现金——很多人在网上骂小萧峰，说他不是东西，骗粉丝钱。小萧峰还回应了一次，说这平台出问题了，新平台正在筹建，到时"菠菜"可以照旧兑换。他还寄了些奶茶、优盘之类的东西，安抚兑换不了现金的粉丝——咬人那哥们儿的奶茶，就是这么来的。两天后，奶茶的成分没分析完，但测出了含有甲卡西酮，基本确认是"丧尸药"。

　　周庸拿化验单给我，说："徐哥，咬人那哥们儿，为什么之前喝没事？"我说："那哥们儿加了一夜班，又陪女朋友逛了一天，身体肯定虚，可能当时又多喝了两包'毒奶茶'，过量了。"周庸点点头："那个小萧峰，为什么给粉丝寄毒品，是被骂得太狠报复吗？"我说："有可能，这种毒品成瘾性挺强的。只有一家网店卖这奶茶，我在上边买了几包，要不你再试着喝一小口？"周庸说："你为啥不喝？"我说："你喝过一次，能对比是否一样。这次少喝点，觉得有反应，马上抠嗓子吐出来。"

周庸冲了一杯，喝两口后，说："味儿不对，没上次喝的甜。"等了一会儿，看他没不良反应，我又让他喝了半杯，还是没反应——这奶茶应该没问题，不仅因为没反应，还因为它不甜。甜味一般用来遮掩别的味道，这个奶茶里应该没什么想隐瞒的。

第二天，我俩带好录音笔和纽扣摄像机，打算去见这个"小萧峰"。他有一个战队，常年在燕市郊区的一家网吧训练，我们按照网友提供的地址，找了过去。网吧在一个小学对面的一楼，墙边贴满了补习班广告。走进去，只有六七十平方米，桌子堆得很密，全是烟味。总共没几排电脑，差不多四十来台，位置都满了。在这儿玩游戏的人，喝的都是脉动、红牛、冰红茶，并没有奶茶。周庸在前台的货柜看了看，也没有奶茶——看来这儿不卖。前台挂了一块小黑板，上面写着：为了电竞梦想，撸起袖子加油干。签名是小萧峰。

我们绕网吧转了两圈，前台的漂亮姑娘盯上了周庸，问他要不要上机。周庸叫我："徐哥，咱上机吗？"没等我回答，门口进来十多个人，把前台围住了，问小萧峰在哪儿。前台的姑娘说："他带战队去比赛了，得过一会儿才能回来。"带头人是个一米九几的壮汉，说："行，你在这儿就不怕他跑了，今天菠菜的事儿必须得解决了。"

十几个人坐在网吧门口，小学放学后，没一个学生敢过来玩。

一个多小时后，门口有人喊了声："回来了。"他们站起来，冲过去围住一个人，前台的姑娘也关心地走出去。小萧峰被人围住了，没怎么慌，说："对不起，兄弟们，对面放学了，咱进去说。"

进了网吧，小萧峰走到前台，说："兄弟们，你们既然能跟我下注，应该都了解我一些，我这人别的没有，就是讲义气。事儿我一定解决的，再给兄弟点时间，保证大家都能拿到钱，行不？"带头那壮汉说："拉倒吧！都多长时间了，一直没解决。我还等钱给我爹治病呢，今天你说啥都不好使！"小萧峰没接话，从冰柜里抱出几瓶饮料，递给围住他的人，说大家都渴了，喝口水。

发完水，他拿出一提啤酒，抽出一瓶，壮汉说："怎么着，想打架啊？"他说："不是。菠菜这事，确实兄弟办得不地道，今天我把这提啤酒干了，你们再给我一周时间成吗？"壮汉不同意，说："别净整没用的，又寄奶茶又表演喝啤酒的，你跟我们耍猴呢？"后边有人甩出几包奶茶，说："就你这三无产品，谁敢喝啊，十包都不值一根菠菜。"

我和周庸身后，有个上网的哥们儿，拿了一大碗，泡了两袋方便面，正边吃边看热闹。壮汉走过来，一把抢走他的大碗，把方便面倒在地上——吃面的哥们儿都傻了。壮汉拿着大碗，放在门口的柜台上，用牙开了两瓶啤酒，倒进碗里，然后从地上捡起几包奶茶，混在啤酒里用手搅拌。奶茶混着啤酒，稠得要命，我和周庸都快看吐了——快搅不动的时候，他拿了桌子上的烟灰缸，把烟灰和烟头倒了进去，递给小萧峰，说："奶茶、喝酒、抽烟，都是你喜欢的，你把这一碗喝了，就再给你一周时间。"

小萧峰端着大碗，有点犯恶心，前台姑娘拉着他，叫他别干傻事，让那群人别闹了，说要报警。那壮汉说："你就是一个婊子！闭嘴！"小萧峰说："有啥劲别冲女的使，这事儿和她有啥关系？"说完，他端起大碗就喝，奶茶啤酒稠得喝不动了，他放下大碗，用手一口一口抓着，干呕着吃了下去。所有人都傻了，周庸扶着我肩膀，说："徐哥我不行了，马上要吐。"我说："你再坚持坚持。"

吃了大半碗，那壮汉先看不下去了，说："别吃了，再给你一周时间。"小萧峰放下大碗，手扶着墙，慢慢坐在地上，满脸通红喘着粗气。壮汉走过去，把他拽起来，说："你厉害，但一周之内必须还钱，下次吃屎都不好使了。"

小萧峰站起来，忽然抓住壮汉，使劲咬住他的脖子，两个眼睛里全是血丝。壮汉一边惨叫，一边打他的头，他就是死死咬住，后边好几个人上来都拽不开。壮汉还挺冷静，说："别使劲拽，掰他嘴，别把我肉拽掉了。"周庸说："刚才被恶心到，忘了奶茶是'丧尸药'了。"

我跑到洗手间，用垃圾桶接了小半桶水，跑回前台，大喊一声："掰他嘴！"把水对着壮汉和小萧峰的头部一浇。小萧峰受凉水刺激，愣了一下，几个人掰开他的嘴，一脚把他踹开——他嘴边全是血，还挂着一丝肉。我喊人一起把他制伏，把他的头抵在墙上，让人打120。二十多分钟后，救护车来了，护士给他打了针镇静剂，他才平静下来。我说："他吸毒过量，得赶紧洗胃。"护士点点头，把他抬上了车，前台和被咬伤的哥们儿，也跟着上了车。

搞定了小萧峰，要债那些人很感谢我俩。有个哥们儿递烟过来，问："你们是来上网的吗？"我说："不是，我们是记者，最近正写电竞赌博的事，想来采访一下小萧峰，没承想遇到这事儿。"递烟那哥们儿叹口气，说："我们也不想这样，小萧峰其实挺仗义，原来和其他主播的粉丝掐架，他都第一时间跳出来维护粉丝。他说'骂我的人，送你们四个字：开心就好；骂我粉丝的人，送你们三个字：去你的'。但再仗义也得还钱啊。"

周庸说："你们也不地道，逼他就算了，骂人前台姑娘干吗？"那哥们儿说："一时冲动。她叫李雯，小萧峰女朋友，王哥刚才可能在气头上，就连她一起骂了。"周庸说："你们损不损啊，管一个小姑娘叫婊子。"这哥们儿脸上有点挂不住，解释说："也没瞎骂，李雯在KTV坐过台，也就小萧峰不嫌她。"周庸生气了："坐过台怎么了，谁比谁低一等啊？"我拽住他，说："先不聊这事。你知道他们送哪家医院了吗？我们想采访。"他说："知道，就州安街附近那个，我们有人盯着呢。"

我和周庸到医院时，小萧峰用胃管洗了胃，已经睡着了。李雯在床边陪着，门口有个要债的盯着。周庸看着病房，说："徐哥，你没觉得不对吗？"我问："哪儿不对？"他拽我下楼抽烟，说："咱判断，他为了报复，寄毒奶茶给粉丝，但这人看着挺二，不像这样人啊。"我说："是不对，但不能从性格看，人都没准儿。"周庸问："那看什么？"我说："看事儿——他要知道奶茶里是'丧尸药'，不可能犯傻都喝了，除非想自杀。"他说："对啊，有道理啊！"

　　抽完烟上楼，小萧峰还没醒，我俩把李雯叫出来，问她奶茶是怎么回事。她犹豫着不说。我说："姑娘，你男朋友涉嫌赌博、贩毒、故意伤害。你要知道点什么，赶紧说，再晚就没机会了。"她想了想，说："苏一杰（小萧峰）也是被坑的，赌博网站、奶茶什么的，其实和他没啥关系。那个天天赢网站，是以前同战队的朋友，林宇光办的。林宇光跟他说，代理菠菜平台特赚钱，知道他一直想做电竞工作室，就拉他一把，让他跟着赚点。一开始，林宇光确实给他分了点钱，但这些钱早就赔给粉丝了。后来林宇光赖账走人，小萧峰的菠菜也砸手里了，他很讲义气，都没跟别人说，一直陪人打练习赛还钱。奶茶什么的，也都是林宇光操作的，我们完全不知情。"我问李雯能不能联系上这个林宇光，她说谁也联系不上，但知道他家地址，在鲜绿园小区B区。

　　第二天，苏一杰醒后，我和周庸跟他聊了一次。只要聊到林宇光、赌博和毒奶茶，他就不愿多说了，狠话软话都不好使。没办法，我俩只好去李雯提供那地址蹲点，蹲了三天，啥也没见着。周庸说："徐哥，这也不是办法啊，咱不能一直在这儿蹲着啊。"我说："是，得想想别的招。"

　　我俩花了一天时间，把林宇光的所有微博都看了个遍，终于找到一条有用信息——他去年买了台丰田凯美瑞，发照片时，暴露了车牌号。我托车管所的朋友，查到了他的违章记录，就在前天，他在景新的为安路附近，吃了张罚单，原因是违章变道。周庸用地图查了下位置，说："徐哥，他变道那地儿，只有一个下道口，就是到孙家庄的，他肯定藏那儿了！"

我和周庸开车去了孙家庄，晃了一圈，在一栋二层公寓门口，发现了林宇光的凯美瑞。下了车，我俩进公寓，问："还有房间租吗？"老板说："有。这种地方没人爱住一楼，没安全感，所以，一楼房间都空着。二楼没住满，但也快了——就剩楼梯附近容易被吵的房间。"我说："楼梯好，就爱住靠着楼梯的房间。"周庸扫码支付一千五，租了一个月。老板走后，我拿出猫眼监控摄像，把房门本来的猫眼替换掉——每一个经过楼梯的人，都会被我们录下来。

观察了两天，我们确定，林宇光是自己一个人住的。

11月16日，林宇光下楼，经过我们房门时，我打开门，和周庸一起把他拽进来，告诉他别动，等会儿带他去警局——我没撒谎，拽他进来的时候，我让周庸给他表姐发微信报警。但在警察来之前，我们还有点时间。林宇光以为我俩是警察，特害怕，说到电竞赌博的事时，很快就交代了——确实是他干的，和小萧峰没啥关系。我问他："为什么一直不回鲜绿园小区的家，是知道自己被盯上了吗？"他说没在那儿住过，从做电竞博彩开始，他一直住在孙家庄这边。周庸说："李雯骗咱俩？"我没回答，问林宇光奶茶是怎么回事，林宇光问："什么奶茶？"我把手机里的照片给他看，他说："没见过。"

警察把林宇光带走后，我俩去了趟医院找小萧峰。到医院发现他已经出院了，于是我们又去了网吧。李雯不在，小萧峰坐在网吧前台，我让周庸拽他出去，拖延点时间。周庸点点头，进去叫他到门口抽烟。我钻到前台，里面有两台电脑，一台用来开机计时，一台是网管玩的。小萧峰刚打完一局《英雄联盟》，还没退出。缩小屏幕，打开浏览器，查看最近浏览记录，我发现了一家网店的链接——点进去，就是唯一卖劲香奶茶的那家，我之前买了一包，不含毒。网络账号登录着，我查看了一下这个号的聊天记录，那家奶茶店在聊天列表里。

他们的聊天方式特奇怪，李雯买了五百包奶茶，留言告诉店家，说发一百包。店家回复"知道了"——这一百包奶茶是分批购买的，寄往全国各地，其中就有临安怡然桥佳邻小区，我去过的那对情侣家。

查了下账号，除了奶茶，还买过一些女性衣物和用品，这应该是李雯的号。我记下了店名关上网页，恢复《英雄联盟》界面，从前台钻出来，周庸和小萧峰正好抽完烟回来。

回家后，我给鞠优打了个电话，跟她说明情况，她让我先把奶茶买回来。两天后，奶茶到了，我冲了一杯，用舌头舔了一下——特别甜。鞠优把奶茶带回了警局，带人逮捕了李雯和小萧峰。

11月19日，周庸叫我和鞠优吃饭，问那案子怎么样了。鞠优说："完事了——奶茶都是李雯买的，苏一杰（小萧峰）完全不知情。"周庸问："图什么啊？"鞠优叹了口气，说："李雯的弟弟有网瘾，特爱玩游戏，因为天天盘腿坐着玩游戏，得了静脉血栓。有一次在网吧通宵了三天，结果血栓上移到脑部，崩了。因为玩游戏得血栓，不是个例。当时在网吧的人，没一个帮他，直到有两个人打完了一盘，才给120打了电话。因为救治太晚，他弟下肢瘫痪了。李雯家有点困难，为了给他弟治病，李雯在一个APP上借了'佳丽贷'。这种贷款，只借给好看的姑娘——一旦借款者还不上钱，就会被介绍到酒店KTV去上班陪酒。因为没还上钱，李雯在KTV干了两年，靠卖身还了钱。""在KTV工作时，她认识了挺多'社会人'，从他们那儿知道了买'丧尸奶茶'的渠道。还完钱出来，她和小萧峰谈恋爱，掌握了一大堆粉丝信息——趁着小萧峰做电竞博彩，她寄了一些易上瘾的奶茶给这些游戏爱好者。她觉得这些玩游戏的人都可恨，害她弟弟瘫痪，害她失足。"

我问鞠优："这姑娘对小萧峰什么感觉？"鞠优说："不知道，没问过，我又不八卦。"周庸喝了口酒，说："小萧峰真是小萧峰啊！"我问他："怎么说？"他说："徐哥你看，为朋友背锅，为姑娘背锅，两肋插刀，又被这些人背叛，这不就是萧峰吗？"我说："还真是。"

WARNING
如何预防网游诈骗

1. 很多骗子假装异性，骗取金钱或者装备。

2. 很多网站会利用游戏设赌，如"猜《王者荣耀》在线人数"，别参与游戏赌博。

3. 冒充官方工作人员，以"违规""异常"为幌子，或给你私开权限，索要账号密码。

4. 打着代练的旗号，把账号清空，或者收了钱就拉黑。游戏是娱乐，建议别找代练。

5. 陌生人给你发送游戏外挂、游戏组队等内容，可能是病毒、木马软件，窃取手机信息。

6. 低价代充、刷点券、折扣出售皮肤等小广告，背后大多是圈套。

7. 伪装官网发布虚假中奖和广告信息，要你支付部分领奖费用，无法判断请联系官方客服核实。

8. 如被诈骗，先举报，让平台对骗子进行核实取证，然后收集付款凭证、转账记录、商品网页等证据，向公安机关报案。

9. 网恋需谨慎。

03

北五环路边上，每晚都有群司机找刺激，
最近他们被人盯上了

事件：车震被威胁

时间：2017年8月6日

信息来源：刘华

支出：3505元

收入：100000元

执行情况：完结

生活压力一大，就有人想找点刺激。作为国内压力最大的城市之一，燕市总有些人，想在晚上找点"刺激"。每晚九点后，我在州山公园的树林、夏园路北的河边、百花公园、西环线的高尔夫球场边上，以及很多其他地方，都见过微微震动的车辆。

但燕市的车震爱好者们最爱的地方，还是森林公园边的宁安路。那儿有一段辅路，没有路灯，人少树多。每到天黑，就有很多车慕名而来，彼此隔开停车，很有默契，互不打扰。他们甚至编了段顺口溜："车震不知宁安路，枉做燕市老司机。"

一般遇到这种事，我都是加速离开，以免对方紧张，身体出什么毛病。但我每次都有去敲窗户的冲动——不是有什么龌龊的想法，是因为车震这事儿没那么安全，我总想警告一下。车震时出车祸、因空气不流通窒息死亡这类的事，就不多说了，关键是来自他人的危险。有些人专门偷拍别人车震，然后勒索，还有些人，专门在一些"车震圣地"蹲点，抢劫正处在激情中的情侣。

2017年8月，我就接手了这样一个事。一个叫"为爱痛苦"的人，一整天都在微博给我发私信，说有大事跟我商量。我问什么大事，他先打了一连串话，要我一定保密，我一口答应。这哥们儿叫刘华，跟老婆在沧林环岛附近车震时，被人偷拍威胁了。对方要20万，告诉他5天之内打到一个账户里，不许报警，否则就把视频传给他同事朋友，还发到色情网站上。他没敢报警，但也不甘心给对方20万，想起了我，说让我找到对方，事成后给我10万。

我让他带着能证明自己身份的东西，在我家附近见面，一起吃顿饭。下午5点，我的助手周庸刚点完菜，刘华也到了。他三十来岁，留着短发，为证明自己的身份，他还带了身份证和房产证。我检查了他房产证的水印、防伪标和纸张，确认是真的。于是让刘华说一下事情的经过。

他说，那天自己过生日，带着老婆去沧林环岛边上的一条野路，想找点刺激，正刺激的时候，车窗外一阵闪光灯，差点没把他俩晃瞎。周庸问："你身体没出问题吧？"我让他别打岔，继续问刘华："看清拍照人长什么样了吗？"刘华说："当时太紧张了，啥也没看见，一开始还以为就是有人路过，恶作剧。"

结果过了两天，他收到一封邮件，里面是他当时车震的视频，对方要20万，5天内打到一个账户里，否则把视频传给他同事，发到网上。他给我俩看了下邮件，里面有文字，车震的截图，还有一段偷录的视频。我问刘华最近有没得罪人。他说："没有，我一直挺和气，没跟什么人结过仇。"我们又问了刘华几个问题，我跟他签了份合同，他付1万的定金，我两天调查出勒索他的人，要是没查到，定金不退，尾款也不用交。

刘华离开后，我俩也开车往回走，路上我问周庸怎么看这事。周庸说："对方知道刘华的邮箱、公司的信息，可能是熟人作案。"我说："对，有这种可能，而且刘华没说实话。跟他车震的，不一定是他老婆——房产证上写着他家房子在顺安路北街，跑到沧林环岛去车震，得三十多公里。他家附近有两个更好的地方，不必非得跑那么远。而且做这种事应该着急啊，花一个多小时开车找地方，激情不得熄灭啊？除非他是出轨，怕被人发现，才挑一个认为最远最安全的地方。"

周庸说："看他浓眉大眼的，没想到是这种人。那咱还帮他查？"我说："咱不是道德卫士，查事儿不对人，而且真被传到网上，不仅他和那姑娘，他老婆也容易被人说闲话。"周庸点点头："哎，徐哥，你说有没有可能，是他老婆知道他找了情人，故意搞他？"我说："可能性不大，要是他老婆，拿到出轨证据，直接离婚多分钱就得了，不必冒着法律风险要二十万。"

回到家，我先查了一下给刘华发邮件的邮箱。我用他发给刘华的邮件，查到了原始信息，从里面找到X-Originating-IP信息——对方的IP地址（网际协议地址）。然后我用IP定位网站查了一下，这个邮箱的IP在日本。对方可能用了VPN（虚拟专用网络）。能做得这么谨慎，银行卡估计也没戏了——这种作案，分工都很明确，银行卡一般都是别人身份证办的，专门用来洗钱，很难追。

顺带一提，社会上有收银行卡或身份证的，这些银行卡和身份证，最后都被用作洗钱了。这几年国家查得严，他们都从环卫工人和小偷那收捡来或偷来的身份证，再卖给上游固定的收货商，收货商再一级一级流转，进入黑市，最后用来诈骗、洗钱。经常有人丢了身份证几年后，忽然发现自己欠债或违法，其实是有人用身份证申请了信用卡，或者洗钱了。所以，如果身份证丢了，最稳妥的办法是做个登报声明，这样比较安全，可以免责。

我放弃了查银行卡，把目标定在熟人作案上，打算从刘华同事查起。

我给他打了个电话，问清了他公司的地址，说第二天上午看看。刘华在明心路附近的一个商场里开了个培训学校，专做儿童兴趣培养。我和周庸到这儿时，有一个姑娘正在门口发传单，见我俩站在门口，给我塞了一张。上面写着："培养孩子的艺术创意、音乐、科学、语言、生活品位，提升孩子的沟通表达能力、领导才能、批判思考、创造力等未来核心竞争力。"

周庸凑过来看了眼，说："孩子造了什么孽啊，从小就得学这些东西。"我说："你能不能看点有用的，看下边。"传单下边，印着一排讲师的信息，第一个就是校长刘华，有他的头像和邮箱。这事不好弄了——有这个传单，来这商场逛过的人，都可能知道刘华的邮箱，被谁盯上都有可能。

周庸问："接下来怎么办？"我说："碰碰运气吧，去刘华被偷拍的地方看看，有没有线索，没有就放弃吧。"晚上九点，我和周庸随便吃了口饭，开车去了沧林环岛。

十点十三分，我俩到了刘华车震的野路，很偏，周围特荒，完全没人影，周边是人少的小村庄，路两边全是树。我俩绕着这条路开，发现路两边的土地都很平，高度和路差不多，有几辆车停在树后的土地上，正微微颤动。周庸看了一会儿，说："这地方太适合车震了。"

一直开车来回转，太显眼了，我让周庸学别人，把车停到了树后的土地上，点上烟，观察四周的车辆。

我和周庸抽着烟，聊了会儿车震的事，忽然看到左边不停地闪光，周庸说："是不是有人拍照呢？"我说："有可能，去看看。"周庸把烟熄灭，掉头往闪光的方向开。开近之后，我们看见有两个男的对着一辆奥迪，拿手机拍照，车上一对赤裸的男女在搂着身体。

那两个男的看有车过来，不慌不忙地往前跑，周庸开窗喊："孙子，别跑！"他俩回骂了几句，上了一辆高尔夫，我叫周庸赶紧追上。这边的路七拐八拐的，我和周庸都不太熟，虽然周庸技术不错，但对方车开得更好，愣是没追上。

我让周庸开大灯，记下高尔夫的车牌号，对方忽然开窗扔了一把东西，我俩来不及躲，直接压了上去。我让周庸停车检查，看见地下有几个三角的扎胎钉。周庸检查了一下车胎，说："两个前轮轮胎都废了，这俩人太损了。"

我们清理了一下路面，免得别的车被扎到，然后打电话叫了拖车，站在原地等。

这时刚才车震被偷拍的那两个人开车过来了，摇窗问用不用帮忙。周庸说："没事，你先想想自己吧，之前有人在这儿被偷拍后，被勒索了。"那哥们儿说："我其实在'炮组'看见有人说了，说最近沧林环岛这边不安全，有人偷拍，但我没当回事。"我问："什么是炮组？"他说："是网上的一个本地小组，因为很多人在上面约，大家都叫它'炮组'"。这哥们儿给我看了下那帖子，有一个姑娘说在沧林环岛发现有人偷拍，提醒大家都小心点，最近别去。我和他加了微信，说："如果最近收到被威胁的邮件，告诉我一声。"这哥们儿说："行。"然后开车走了。

凌晨一点多，拖车终于来了，我俩跟着拖车回了市里，打车去了我家，商量接下来怎么弄。

快到我家时，都快凌晨三点了，路边已经有环卫工在扫垃圾，每次有车经过，环卫工就停下来，等车过了再继续打扫。

到家，我给周庸倒了杯水，说："看来这还是有预谋的团伙作案。"他说："是。徐哥，车牌你记下来了吗？"我说："记下来了，已经发给车管所的朋友帮忙查了，他应该睡着了，明天就能有反馈。"

睡到中午，车管所的朋友发来信息，说高尔夫的车主叫李建树，住在阳安现代小区3栋17楼。

我在家休息了一会儿，订了个餐，吃完饭，和周庸开着我的高尔夫R出了门。

现代小区有地下停车场，我俩混进3栋，坐电梯下到负一层的停车场，把附近的车找了一圈，找到了那台尾号燕A62***的高尔夫。周庸说："还是辆GTI，怪不得这么能飙。"

我和周庸在停车场出口蹲点，打算守株待兔，结果李建树晚上完全没动静。第二天早上，他才出门，带着老婆和孩子。他先送孩子到信元路附近一所小学，又把老婆送上班，之后他就折回了家。傍晚，李建树又出门，把孩子接回来。晚上十点，李建树终于又出门了，我俩悄悄跟上，他开着GTI往信元路走。越走我俩越觉得不对，周庸说："徐哥，这也不是去机场的方向啊，这是往内环走啊。"我说："先跟上再说。"

李建树的车进了文州路，在西柚社区停下，然后上了楼。我跟上去，看了下电梯，他上了17楼。我坐电梯上17楼，在旁边的防火梯里等着。两小时后，李建树从1706房出来，开车离开了文州路。

我发微信让周庸跟上他，然后去1706房敲了敲门。开门的是一个姑娘，长相清秀，化着妆，说："刘哥吧？怎么这么快就过来了？"我有点蒙，但接着她话，说："我就在附近转。"她给我找了双拖鞋，把我让进屋，我看了下房间，是一间公寓，电视上放着《请回答1988》。

我迅速琢磨了一下，现在到底是什么情况。文州路，很多歌手、演员、小明星都住这儿，同时诞生的产业链，还有外围。外围一般通过经纪人在线预订，在发生关系前不会见面。这姑娘很可能是把我当成一个预订好的客人了。

我问她："我以后再找你，能不能便宜点？"她说："不行，5000块一次已经是熟客价了。"然后坐到我腿上，催我去洗澡，我说："你先去洗一下吧，我打个电话。"姑娘说："好。快点啊亲爱的，我在浴室等你，我家有个特大浴缸。"

趁她洗澡，我检查了一下房间。桌上有台电脑和拍摄设备，看起来她平时还玩直播。我打开她的电脑，找有没有偷拍的车震视频或照片——我看了剪辑软件和历史记录，都没找到。

时间差不多，我假装很生气地打电话，骂了几声，然后走进浴室，对姑娘说："有急事，今天不成了。"姑娘说："那押金可不能退。"我说没关系，就离开了。

周庸跟着李建树，又回到阳安的小区，我打车过去，周庸说他又回家了，什么人都没见。

在这儿又盯了一夜，没找到什么线索。夜里刘华发来消息问我："查得怎样，快没时间了。"我让他再等等。

第二天早上，李建树送走孩子和老婆后，又回到家，我和周庸在地下停车场把他拦住，说要聊聊视频的事。

他说："你是大壮派来的吧？没什么好聊的。"问他谁是大壮，他说："你别装了。成天到晚就整这些下三烂的招儿，视频都抢。"我说："这样，哥们儿，你说这话我听不懂，我换个问题。8月4日，你是不是开车去了机场那边拍视频了？"他说："没啊。我都在室内拍，去机场拍什么？"周庸问："你车那天借人了吗？"他说："没有。你们到底想干什么？地下停车场有监控，我可以陪你们去查一下。"

我们跟着李建树去申请看监控，结果发现，我和周庸去沧林环岛抓人那晚，李建树的车一直在停车场里，根本就没开出去过。我们向他道歉，讲清了事情经过："对不起，我俩查错了——你的车应该是被别人套牌了。"李建树问："被人套牌了，不会把责任都推到我身上吧？"我说："你最好先去报个警，省得出事不好解释。"他琢磨了一下，说："算了，还是不报警了，怕麻烦，你们也不用报警。"

我有点不理解，但没管他——刘华的交钱时间就快到了，我得先找到那辆套牌的GTI。

加了李建树的微信后，我和周庸去了文州路的马路边烤牛肉，吃饱了然后回家。路上周庸问："李建树说的那视频是怎么回事？"我说："别管了，跟咱没关系。先把手头事儿解决了。"

我俩蹲点了两天，累得跟狗一样，回家睡了一夜。第二天上午，我又把周庸叫来，说："今天得去趟集远——现在就剩一个方向了，就是套牌车。能找到卖车套牌给他们的人，就能找到他们。"

我洗漱了一下，带周庸去了燕市最大的二手车市场：集远二手车市场。这地方鱼龙混杂，有来卖车的，有收车的，还有骗子和做局的。当然，也有卖走私车套牌车的。

在这种地方，我还真需要一个骗子——每天混在集远二手车市场，什么人都认识、什么事都知道的骗子。这种人很好找，你就看在大门口无所事事，见到人来就凑上去搭话的，九成都是骗子。

我和周庸到大门口，凑上来几个哥们儿，我挑了其中一个看着顺眼的，带他到边上，说："哥们儿，我不是来卖车的，但有个赚钱的活儿，不知道你接不接。"他问我什么活儿，我说："我在找一车牌是燕A62***的高尔夫GTI，有消息一千块，找到了直接给5000块钱提成。"这哥们儿很警惕，问我为什么非要找这辆车。我说："甭多问，赚钱就成呗。"他怕我是去找自己丢的车，说：

"即使找到了，不管和商家怎么处理，也得给我钱。"我同意了，先给他转了500块定金。

他开始四处联系，又打电话又发微信的，利用自己所有渠道找这台车。二十多分钟后，他接了一通电话，说找到车了，可以带我过去看，但要给钱。我又给他转了1000块，说："剩下的到地方给。"他可能是怕我最后不给钱，又叫了几个"朋友"，陪我一起去看车。

我跟着他，到了集远二手车市场边上的一个停车场。这停车场有点像废弃的工厂，密密麻麻停满了车，都落满了灰尘，有些车只有骨架。这哥们儿还挺有服务意识，给我解说了一下："报废车、二手车，这儿都收，有的改一改，拼成一个整车，就套牌卖了。"在这停车场后面，藏着一家汽车修理店，他找到老板，说带人来买车了。

店里就老板一个人，门前贴着一张招聘启事——招两名维修工。老板说："就你们要买GTI啊？"然后把我俩带到那辆高尔夫前面，说："这车可贵，15万。"周庸说："你一套牌车为啥卖这么贵？套牌的走私路虎才十多万。"老板抽口烟，说："那是套牌。我这是真车，还改过！"周庸打开车门，进去检查了下，然后钻到车底看了看底盘，又打开机箱盖，查了下车的VIN（车辆识别代码）和发动机码，在车辆识别代码查询网站上查了下。然后他看着我，说："徐哥，这车是真的！"也就是说，李建树那辆车，才是套牌的。

我问："老板，这车最近有人开过吗？"他说："没有，修好后在这儿停半年了。"周庸说："不可能，这车车顶灰特薄，其他车都灰一片，这车最近肯定开过。"我打开车门，检查了一下，在车座底下，发现了一个扎胎钉，我拿出来，试探问老板："这是什么？"他说："可能是之前修理工留下的。"

我把那天拍的照片给他看，说："有两个人开着这车，扔扎胎钉，把我的车胎扎爆了，现在我正找人赔呢，而且这两个人还涉嫌勒索。"假装立刻要报警，老板说："别介，这事儿肯定是店里之前两个修理工干的，他们最近都辞职不干了，把我愁坏了，正忙着招修理工。他俩应该是知道出了事，藏起来了。"

我向他要了这两个修理工的信息，一个叫吴勇，一个叫苏力，都住在枫林路附近。周庸问我怎么办，我说："报警吧。拿紫光灯照一照，看看车里有没有指纹，然后给你表姐鞠优打电话报警，让他们处理。"周庸回到我车里，取来了紫光手电，我检查车内有没有指纹时，忽然发现在紫光下，后座有一摊血迹的荧光——这车看起来出过什么大事。

警方来了之后，知道车后座出现血迹痕迹，非常重视，把老板叫过来问怎么回事。

老板说这车是半年前来的，有一天早上，一个人开了这车来他这儿，买了台一模一样的GTI，套和这车一样的牌，然后让他把这车拆了。老板找来一拼装的GTI，把发动机码打码翻模，弄得跟真车一样，让他开走。但他有私心，没把这车拆掉，前杠修了修，就放在停车场里出售了。我拿出手机，打开李建树的朋友圈，问他："卖车的是这人吗？"老板说是。

鞠优问我怎么看，我说应该是李建树撞人后逃逸了，为了躲过调查，换了辆套牌车。我让她查一下，半年前李建树换车那几天，是否出现过撞死人之类的事儿。她打了几个电话，说半年前有个南州坝的环卫工人，被撞死后抛尸在几公里外的河里，警方通过监控，调查了当时在南州坝出现过的车辆，发现没有车有撞击痕迹。

两天后，鞠优打电话给我，说抓到了李建树和那两个修车工。

那两个修车工，拍到受害人车震后，趁受害人惊慌离开时跟踪，看看对方的家或公司在哪儿，再想办法勒索对方。

至于李建树，原来是个地下赛车手，总在南州坝跟人飙车赌钱。后来有次飙车时，撞死了一个环卫工人。因为职业原因，他迅速想到了换车这个办法，先把环卫工人尸体装进车，抛到人烟稀少的地方。然后他去套牌车厂，换了辆差不多的高尔夫GTI，瞒过了调查。后来警方开始管控燕市地下飙车，加上撞死了人，他就改行了，去一家色情直播平台，直播自己嫖娼的经过，以获得打赏。他还是个平台扶持的大号，很多粉丝追捧。李建树有个竞争对手，叫大壮，我和周庸找上他时，他还以为我们是大壮派去的。

警方端掉了这个团伙，但这些团伙通常会建立很多平台，基本上打一枪换一个地方。这些平台非常隐秘，经常更换，怎么也打不完。

周庸对这事特不理解，说："都出过一回事儿了，就不能做点不违法的事赚钱吗？"我说："正常，人一旦通过不正当的手段获利，就很难摆脱这种快感，总会寻求点歪道。"

WARNING
被人用裸照威胁怎么办

1. 被威胁时，先别私了、妥协，妥协了对方还会威胁你。

2. 记得取证，比如聊天截图、电话录音、对方威胁证据，然后报案。

3. 被公布裸照，先别找片区民警，马上打110找当地网警，请网警删掉。

4. 同时联系网站客服，要求删掉裸照，并封禁发布者账号。

5. 删除前记得用互联网公证，保存证据。

6. 造成精神伤害，拿受案回执和精神鉴定病历，到法院起诉赔偿，发布者可能因侮辱罪坐牢。

7. 没被威胁，但被前任偷拍了裸照，先谈谈，不删可以到派出所报案，偷拍会被拘留罚款。

8. 云端账号别共享，也别和他人共用，自己的裸照别乱发。

最近有个音频节目，姑娘听完后打同事，揍爸妈，还扇自己耳光

事件：女孩失踪案

时间：2017年12月3日

信息来源：周庸

支出：4380元

收入：待售中

执行情况：完结

　　2017年12月，我正在家玩游戏，我的助手周庸找到我，特着急，说张芝最近失踪了，问我怎么办。我让他先冷静，问张芝是谁？他说："嗨，就那姑娘，我小时候给她写信那个！"

　　周庸有个好妈妈，赚钱多，人还好。2006年，周庸上中学时，他妈妈给一个扶贫助学基金，捐了几十万。同时，还让周庸参加那基金的一对一助学计划，定期给燕市远郊一个农村小姑娘写信、寄书。这姑娘就是张芝，比周庸小两岁，2013年考到燕市，在一个校区比较多的三线大学学广告，两人一直有联系。

　　张芝今年大四，最近刚找好工作，在一家公司实习，还用自己赚的第一笔钱请周庸吃了顿饭。周庸挺高兴，打算回请她一顿，还给她买了个新款苹果手机当庆祝礼物，约好了3日在怡园街的欣新花园见面。结果那天，张芝没来，人也联系不上了——发微信不回，电话也打不通，一直关机。到现在已经三天了。

　　我说："你俩也不是那么熟，偶尔几天联系不上，很正常，你

04 __ 最近有个音频节目，姑娘听完后打同事，揍爸妈，还扇自己耳光

先别慌。"周庸说："不是，我今年跟张芝见过两次面，头一次还挺正常，但上周张芝请我吃饭时，状态不大对——整个人都比较阴郁，经常扭头往身后看。我问她怎么了，她说自己可能被跟踪了，但细问啥都不说。吃完饭，我想送她，张芝说不用，递给我一个礼物，让我回去再看。"我问："送的什么？"周庸说："内裤，一条英国什么什么，磁石壮阳内裤。"

我说："你俩到底什么关系，还送这玩意儿？"周庸说："什么啊，都是电台害的。我平时开车听国际音乐广播。有次接张芝去吃饭，开到南三环西边时，我习惯性打开了广播。平时开车听的这个电台不知道抽什么风，忽然开始放两性节目，一直在讲性功能障碍。我听一会儿赶紧关了，可能张芝就误会了！"我说："别扯了，我开车也听这个台，从来没有放过这种节目。"周庸说："真的，谁撒谎谁是孙子。"

我说："先不聊这事，你有通过其他途径找张芝吗？"他点点头，说："问了张芝的辅导员和室友，说平时都会在微信上聊几句，但这几天一点消息没有。张芝不住校，找到工作后，搬到公司附近了，具体住哪儿不知道。"我问周庸知不知道公司名，他说好像叫"壮大"。我上网查了一下，燕市有十多家叫壮大的公司。问他还有没有其他信息——没有就只能一家一家去问。

周庸想了一会儿，说好像聊天时提过一嘴，在宋臣庄那边。我查了下，在宋臣庄边上，一栋叫花溪山的写字楼里，确实有家叫壮大的公司。穿好衣服，我和周庸开车去了宋臣庄。

壮大在花溪山的17楼，我俩走进这公司时，里面一个人都没

有，连前台都没人。公司的墙上贴着一些毛笔字，我开始以为是诗，仔细一看，其实是"像狼一样去战斗，要成功先发疯，头脑简单向前冲"。除了毛笔字，还贴着一张报纸，写着"壮大公司总裁王常贵，荣获十大优秀企业家奖"。

再往里走，有一间大会议室，全公司的人站成一圈，基本都是女孩。中间站了一个穿着西服，有点谢顶的中年男人，看长相就是报纸上获奖的王常贵。他举着自己的右手："我们的座右铭是？"一圈人举起了手，齐声高喊："锲而不舍，勇争第一，群狼作战，所向披靡！""我们的目标是？""不吃饭，不睡觉，打起精神赚钞票。公司是我家，老板是我爸，工作笑哈哈，赚钱赚到怕！"

周庸都看傻了，我拍拍他，说："你看那边墙上。"

在会议室旁边的墙上，有张大概7寸大的照片，被贴在飞镖靶子上，上面扎着几个飞镖。对面的桌子上，放了些飞镖和小球。周庸仔细看了两眼，说："这不是张芝吗？"他有点生气，跑过去摘了飞镖，扯下照片，这时那边散会了，人都出来了。问我俩是谁，在干什么。周庸拿着照片，说："找张芝。"那些姑娘本来看见周庸，都挺友好地凑上来搭话，但一听找张芝，全散了。我听见有一个姑娘，小声说了一句"贱人"。

这时王常贵走过来，说："你们俩干什么呢？私人公司不知道吗？让你们进了吗？"我说："哥，是这样，我们有一个妹妹联系不上了，叫张芝，之前在您这儿上班，想来问问，没想到她还被这么供着。你知道她在哪儿吗？"周庸拿着扎了一堆眼儿的照片说："就是她。"王常贵看了一眼，说："谁让你们把叛徒照片弄下来的？"周庸问："什么叛徒？"他说："公司的叛徒。这个叛徒，我还想知道她在哪儿呢，一声不响就离开了公司。那些对公司许下的诺言，一个都没实现，就悄悄走了。"

我俩还想多问，被王常贵赶出来了，他说没听过张芝有哥哥，让我俩赶紧滚。出门的时候，员工基本都在打电话，我听了一下，姑娘们声音很嗲，聊的好像都是男性房事的话题。

下楼到了停车场，坐进车里，周庸点了根烟，说："徐哥，这公司肯定有问题，感觉精神都不太正常。"我说："不一定，狼性文化的公司，都不太正常，跟这帮人问，估计问不出什么了，你不是和张芝写过信吗？她老家在哪儿？咱去问问她爸妈。"

周庸回家，翻箱倒柜地找出几封信，确定了张芝老家的地址——定中市陈康县的一个村子，离燕市大概60公里。

第二天中午，我俩开车过去，因为在路上堵了一个多小时，到村子时，已经快下午两点了。

比起城市，在村里找人简单多了，随便找个人一问就行，全认识。很快，我们就知道了张芝家在哪儿。不过问路的时候，村里人表现得有点愤怒。村口抽烟的大爷说，张芝上次回村，把父母都打出家门，还在家门口烧父母的东西，急得他俩团团转。大爷特激动，猛吸两口烟，说："活这么些年，没见过这么牲口的，还大学生呢，听说还是一个有钱人资助上的学。那有钱人也是眼瞎，白瞎了钱。"周庸有点尴尬，我赶紧和大爷告别，去了张芝家。

这是个三间的砖房，院里养着几只鸡，没有狗。敲了一会儿门，张芝她妈拿着一台收音机开了门。收音机特破，天线看起来折

55

过，还用胶带缠起来了，后面装电池处的盖子也没了。

张芝她妈看起来有点木讷，问我们找谁。我问："张芝在家吗？"她看我俩一眼，说不在，然后就要关门。周庸赶紧拦住，说："阿姨，我是周庸，之前我妈一直用我的名义，资助张芝读书，张芝这两天……"话还没说完，张芝她妈推了周庸一把，特使劲地把门关上了。

我们在张芝家门口站着，抽了两根烟，周庸问我："徐哥，咋办啊？"我说："再跟邻居打听打听，看到底怎么回事。"

和张芝家隔了一户的房子，门口有一大婶，正坐在马扎上摘豆角。她一听我们要聊张芝，特来劲，手舞足蹈地骂张芝不肖，替她父母抱不平。周庸说："这些我们知道，但这都是为啥啊？我们平时看张芝不像那样的人啊？"大婶问我们和张芝啥关系，我说同事，她说："那你们也认识冯冰冰吧？张芝最缺德的，就是不仅祸害自家人，还把同村另一个姑娘带坏了。"

有次回村，张芝带走了同村的冯冰冰，说给她介绍工作。再后来两人回村时，都开始殴打父母，也不知道受了什么刺激。冯冰冰家更苦，她爸死得早，她妈辛辛苦苦带大孩子，没等享福，却等来一顿揍。

我们问清冯冰冰家在村西边，正往西走，周庸说："徐哥，我感觉张芝不是那种人啊，是不是看错了？"我说："还不好说，现在最重要的是先找到她。"

找到冯冰冰她妈，跟她提起张芝时，她情绪非常激动，说的事和之前那大婶儿差不多。我问："能找冯冰冰聊聊吗？"她说：

"在燕市，平时很忙，也联系不上，最近电话也一直打不通。"周庸问："她和张芝在同一个公司吗？"她说："是，还租住在一起，不然冰冰也不会这样。"我问能不能看看冯冰冰的照片，她妈在手机上翻出几张，我俩看了一会儿，感觉昨天在壮大公司见过这姑娘。

临走的时候，我问有没有什么要带给冯冰冰，可以顺道捎过去。她妈说太好了，从屋里拿出一小坛子："家里腌的辣椒能吃了，她原来最爱吃这个。"

回到燕市已经晚上8点，我俩打算去吃烧烤当消夜。车开到三环西路附近时，车上国际音乐广播原本正放着音乐节目，这时却变成杂音，几秒钟后，又跳回了节目。但节目不再是艾德·希兰的新歌，换成了一个抑扬顿挫的男中音朗读。

"现代文明侵蚀了我们的生活，手机电脑已经夺走了人类的灵魂，吸走了人类的情感，现在的人情感都在网络上，现实中大家早已成为行尸走肉。

"我们上学时，沾多了大火龙的毒素。现在，我们要想办法去掉这些毒素，找回自己的情感和灵魂。"

周庸说："这什么玩意儿。"伸手把电台关了，我再打开，又恢复了正常，变成了国际音乐广播。他看着我："徐哥，这什么情况？"我说："应该是黑电台，在一定范围内，能强行替代别的电台——以前一直都是听说，真正遇到还是第一次。"周庸说："电台还有黑的，干吗用的？"我说主要是卖药或者性保健品之类的。周庸奇怪，说："刚才咱听那个不太像卖药的啊，有点怪怪的。"

我也奇怪，开车回去，在那个位置来回兜了两圈，却怎么也收不到刚才的那段电台了。

第二天上午，我和周庸又来到了宋臣庄，确定冯冰冰来花溪山写字楼上班后，我俩在车里等了一天，晚上九点，她才下班。我和周庸跟她到了马路对面的一条胡同里，冯冰冰住在胡同里的一个老小区。

她进单元后，我站在一楼，听见她脚步声上到四楼，开门进了屋。第二天是周六，为了防止吓到她，我和周庸直到中午才去敲门。

冯冰冰没太睡醒，可能以为是快递，就开了门。看见是我俩，她很激动地质问为什么跟踪她，拿出电话要报警。我把她妈妈做的辣椒递给她，说见着她妈妈了，她让我们把辣椒给你捎来。

她稍微平静下来，问我们想干吗，我说就想找到张芝。冯冰冰说："六天没见着了，我还想找她呢。又快交房租了，她没了。"周庸说："这样，房租我可以先帮她垫上，但我们想看看她的东西，成吗？"

看她不怎么相信，周庸用微信先给她转了八千块钱，她收到钱后，给周庸鞠了个躬，然后"啪啪"给了自己两耳光。我俩急忙拽住她，问："你干什么呢？"冯冰冰说："误会你了，是我不对，这么道歉比较诚恳——我们在公司都是这么道歉的。"我问她，公司还教她什么了，她和张芝回家打父母，是不是也是公司教的。她说是，那是需要向公司证明，自己是一匹狼。狼有血性，会和自己的父辈战斗，争夺领头狼的地位。这种冲劲，才是公司需要的！

周庸问："张芝也是这样想的吗？"冯冰冰说："不是，张芝比较懦弱，欠缺狼性。她竟然还劝过我，别被公司洗脑。就这样的人，永远不能取得成功。"

看周庸想说什么，我拽了他一把，问："张芝的东西还在这儿吗？"冯冰冰指了指她门口两个纸箱，说："东西都塞里了，如果交房租之前张芝不回来，我就把这些都扔了。"

我和周庸把箱子搬到走廊里，开始翻，想找点线索。奇怪的是——我们在纸箱里，翻出了一个收音机。

张芝的父母用收音机，或许还合理，但像张芝这么大的年轻人，我就没见过还有听电台习惯的，太可疑了。我检查了一下收音机，还挺先进，能选择固定常听的频道。张芝固定的，只有两个电台，我打开听了一下，都是雪花音，什么也没有。

我把收音机拿着，打算回去再研究研究，临走时，我问冯冰冰，为什么他们公司的人管张芝叫叛徒。她说："老板说的，张芝跳槽到竞争对手的公司了。"周庸问什么竞争对手，她摇摇头说不知道。我说你们具体干什么的，连竞争对手是谁都不知道？

她从屋里拿出一个东西，说："我们卖这个的。每天就打电话推销，然后有人打电话咨询时，把这样宝贝推销给他。"我看了周庸一眼，他正盯着冯冰冰手上的东西，是一条磁石壮阳内裤，和张芝送给他那条一模一样。

出门后，周庸问："徐哥你怎么想？反正我现在已经蒙了！"我说："这公司是有点邪性。别的狼性公司，也就是年会时互扇耳光，平时还利用点亲情伦理来绑架员工。这公司更极端，连亲情都不要了。"周庸说："是挺变态的，你说这种狼性有用吗？"我说："短期内可能有点用吧，把人训练成高度服从、听话的狗。但作为自由的个体，这人已经废了。"

回到我家，我俩在网上查了一下，壮阳内裤有很多（估计全是骗人的），但没查到张芝送给周庸的那个牌子。

我忽然想到一件事，问周庸，他那天听到的壮阳广播，是在哪儿，大概什么时间。他说晚上七点多钟，在南三环西边附近的桥上。我看看时间差不多，拽着周庸开车去了南三环，打开国际音乐广播，在那边瞎转。

七点十五的时候，一首歌正放到一半，电台忽然变成了专家讲座。一个"名医"坐镇，"市民"不断打进电话诉苦恼、夸疗效。在主持人的引导下，"名医"与"市民"相谈甚欢。

对话尺度极大，我就不详述了，挑尺度比较小的部分，用文字大概描述下：你好，你们这内裤真的太神奇了，我老公穿了两个疗程，妈呀，简直变了一个人，鸟枪换炮，每天晚上……

我想起冯冰冰说，他们公司主要业务是接电话，然后劝人买东西——这些电话，大概都是听了电台打来的。张芝那天恰好在周庸车里听到，可能以为周庸想买，正好自己在卖，就送了他一条。

给周庸解释了一下，他说："徐哥，你把这个想出来有什么用啊？人还没找到呢。"我让他别急，说："咱现在有两条线索，一个是张芝的收音机，另一个是壮大公司的老板王常贵。他们这种行业，一般都是打一枪换个产品，哪有什么敌对公司，净扯谎。他跟公司的员工说，张芝是叛徒，背叛了他们的'狼群'，完全没人能证实。"周庸点点头，问："那怎么办？"我说："我先研究研究这个收音机，研究不出来再说。"

我失眠很严重，睡得很少，每天也就两三个小时。所以，我把收音机打开，调到一个张芝定好的频道，开始看书写东西。

晚上十一点半，一直在"沙沙"响的雪花声忽然变成了人声，一个我听过一次的男声——上次在三环西路附近听到的那个，神秘的黑电台。他又开始讲一些，人类已经失去了灵魂和情感，大火龙害人不浅，世人需要神之类的话。大概讲了一个半小时左右，电台停了，又变成了雪花声。这时已经凌晨一点多了，我睡不着觉，打电话把周庸叫起来，带上便携式电磁波监测仪，一起去了我们那天听到这个电台的地方。能截断其他电台，证明信号很强，发射器就在附近。

我打开电磁波检测仪，定位了一个大致方向，找到了东铁小区的一栋楼。为了准确定位，我和周庸走楼梯上楼，一层一层检测，一直到了顶楼——通往顶楼的门，挂了一把大锁。

我让周庸回车里取工具，开了十几分钟，把锁打开，上了天台。当走到一个写着"高压危险"的铁箱时，电磁波监测仪反应特大，一直在闪。

戴上橡胶手套，我打开高压电箱——里面一台发射机，上面插着优盘，一截天线和电线，箱内还有个小型空调，一直在给发射机降温。我把优盘拔下来，拿到楼下车里，插到电脑上，里面都是一些传教的录音。周庸问我现在怎么弄，我说守株待兔——电台不好使了，肯定有人过来检查。

　　第二天中午开始，我俩就在楼下蹲点，晚上十点多的时候，两个穿着蓝色工装，背着工具包的电梯工进了这栋楼。我看了眼电梯，他们直接上了顶楼。在通往天台的门上，我安了一个螺丝形状的针孔摄像，那两个修理工的脸，都被拍到了——有一个人，正是壮大的老板王常贵。

　　我俩等王常贵下了楼，跟着他们又去了另一个小区。这个小区，就在周庸收到卖磁石内裤的黑电台附近。

　　一直到凌晨四点多，王常贵终于和另一个人告别，回了家——花溪山后面的小区，上楼之前，还在楼下买了瓶水。

　　我俩在车里等着，开始分析这个人——黑电台肯定和他有关系，但不明白除了广告外，他为什么又弄个黑电台。张芝的失踪，很可能也和他有关，因为张芝一直在听他做的黑电台，同样是员工，冯冰冰却看起来毫不知情。

　　第二天上午，王常贵下楼去上班，我用工具开锁，摸进了他家——张芝已经失踪7天了，虽然不道德，但我们希望尽快找到这姑娘。

　　王常贵家里，沙发椅子上摆了很多传单资料，介绍一个叫上古教的宗教。背景是很老土的Word软件模板，正文全是特效字体，整篇内容，就几个关键词：原始生活、科技邪恶、神迹再现。

　　我打开电脑，里面存了很多视频，最多的，是一个白胡子胖老头，在一片废墟里讲座的视频。周庸说："这老头咋有点眼熟？"我说："废话，这不是那天跟王常贵一起假扮电梯工那个吗？"

　　老头讲的，基本都是社会不好，只有神能拯救他们之类的事。

他还用投影设备，向一堆信徒展示了神迹的视频。一个戴着动物面具的人，先是一段舞蹈，像在跳傩戏，跳着跳着开始模仿大猩猩，没走两步，整个人浑身颤抖，突然伸直双臂，仰着头，慢慢"飞"上了天。周庸说："这什么玩意儿，修的痕迹也太明显了吧。"我说这种应该算作视频魔术，只能通过屏幕看到的魔术——比如，国外有个自称街头魔术师的克里斯·安吉尔，其实大多数魔术都是找托儿录的视频魔术。

视频很多，我俩复制到硬盘里，拿回去慢慢看。下午一点半，在一个视频里，我俩看到了最意想不到的人——张芝。她被袜子塞住了嘴，脚和手都被捆着，一个戴着面具的人，嘴里喊着恶魔，拿着锤子和钉子，把她钉死在了一个十字架上。周庸当时就淌眼泪了，我拍了拍他，说报警吧："有这个视频，都跑不了。"

冷静了一会儿，周庸打给他当刑警的表姐鞠优，举报王常贵，并把视频发给了她。

过了一会儿，鞠优回电话说，因为诈骗，壮大公司今天刚被查封，她已经把这些视频发给了负责的同事，让我们放心，很快就能破案。

接完电话，我又把这些视频倒着看了一遍——发现不管是讲座，还是作恶，背景一直是同一片废墟。而且这片废墟，看起来特眼熟。在网上搜了一会儿，我终于想起这是哪儿——舟际山医院，这家医院是十年前因为一场大规模流行病建的，后来拆除了，成了废墟，有不少人把那当成探险的地方，我也去过一次。我拽上周庸，说："走，咱去那儿看看。"

开车到了舟际山医院附近，我俩对比着光盘上的影像，找到了视频里的地点。在附近找了找，我们发现了好几处干涸的血迹，周围还有烧过东西的痕迹。张芝，应该就是死在这里。

在附近转了几圈，正打算报警，忽然看见远处来了一个人，拎着什么东西朝我们走来。我赶紧拽着周庸，躲在一堆破门窗后。

那人走近了，周庸凑过来，小声说："徐哥，这不是视频里那老头吗？"老头拿着一个喷壶，看看四周没人，对着地里的一个东西浇水，中间还接了一个电话，说："对，就今晚。"浇完水后，他没走，找个地方坐下，玩起了手机。

八点多钟后，陆续有人过来，老头收起手机，和来的那些人交谈。有个人问他，自己怎么能尽快感受到神的旨意。他说别着急，慢慢来，只要心诚，都会有好结果。

十点多，大概来了二百多人，我和周庸在废墟里蹲了一天，还得躲着人，又冷又饿。好在仪式终于开始了。

所有人都围着老头，他说："信徒们，展现神迹的时候到了。如果你们看完这个神迹，还不相信神的存在，一定是心里有恶鬼。昨天我跟你们说，土里有光，你们看，是不是有什么东西要出来了？"我和周庸趁着所有人都在围观，混进人群，看见土地有一块裂开，里面有个金色的东西。老头说："这是神像，之后三天，它会慢慢长出来，不信的人，可以一直在这里看着。"很多人听完，都开始下跪，给神像磕头。

周庸说："徐哥，这什么原理啊，真能长出来吗？"我说："能啊，这都是老祖宗们玩剩下的。清朝的时候，白莲教就开始用这招了，把东西埋在土里，底下铺一层黄豆，然后留个洞浇水。黄豆一发芽，土里的东西就被顶出来了。把你埋进去也一样长出来。"

看来这老头还不知道，王常贵已经被抓了。

我给鞠优发微信，说明了这边的情况，有邪教徒聚会——还有几个杀人的主谋可能在这儿。她让我们看着点，等一下就到。

在等待的时候，我俩发现，人群里有张芝的父母。周庸问："他们是来报仇的吗？"我看着他俩虔诚地跪在那儿，说："感觉不像。"他们膜拜了一会儿土里的神像，正准备散场，警方到了，人群开始四散而逃。我和周庸看见老头往废墟里藏，把他拎了出来。

这案子结束后二十多天，周庸请我在怡园路的小吃街涮海鲜，说从他表姐那儿，打听清楚了具体案情。

王常贵利用黑电台赚钱，剩下的那个电台，是给所谓"上古教"的信徒做的，让他们每天靠听广播找到一种归属感。除此之外，他的企业文化，也是"狼性文化"和"教规"融合的，很多核心员工，最后都变成了邪教的信徒。

张芝并没有相信"狼性文化"，她回家的时候，发现自己父母居然信了邪教，她怎么劝都不听。她摔了父母用来收听上古教电台的收音机，和父母大吵，甚至动了手，但都改变不了她爸妈对于邪教那颗"虔诚"的心。她没办法，只好自己搜集证据，打算报警。在报警之前，她去找父母，希望他俩能回心转意。结果她父母把她绑了起来，交给了教会。

　　周庸那天喝大了，说自己总能想起那天去张芝家敲门，她妈呆滞的眼神，以及手里拿着的破收音机："你说她挺聪明一个姑娘，怎么不一开始就报警呢？"我说："我们学过很多知识和常识，平时说得头头是道，可一旦自己或亲人面临某种状况，还是会惊慌失措，做出不理智的选择。这是人之常情。"

WARNING
如何避免进入一家狼性公司

1. 利用网络查询与这家公司相关的一切信息，尤其注意别人的评价。

2. 在打听公司时，尽量了解公司提倡的文化，着重注意个人崇拜的公司。

3. 跟人事专员沟通时，注意对方措辞，老用鸡汤文风跟你交流，一定要当心。

4. 去这家公司看一看，观察一下他们上下或者同级如何交流，整个办公气氛是不是很奇怪。

5. 进入公司后，发现每天要做所谓的团队训练，请尽早离开。

6. 领导要求在大庭广众面前哗众取宠，请竖起中指，然后离开。

05

女孩失踪两天后，
邻居每天早上起来剁馅

事件：前男友求复合掳走女友事件

时间：2018年6月3日

信息来源：外卖小哥

支出：周庸

收入：200元

执行情况：完结

为不泄露个人信息，订外卖时，我不写姓名和门牌号，只让送到单元门，去楼下取餐。但2018年6月3日是个例外——那个月我要出书，出版商让我提前签好2万份扉页，回头装订到书里。

我忙着签名，把助手周庸叫来打下手。中午的餐也是他订的，直接送到我家门口——结果就出事了。外卖小哥送餐时，发现了门口没出版的《夜行实录》样品。

他瞅了眼周庸："你真是周庸吧？我看订单还以为重名呢，我是你们的公众号'魔宙'读者！屋里的是浪哥吗？"我正要说不是，周庸傻呵呵承认了，然后他俩就聊上了——幸亏有人催单，外卖小哥才赶紧走了。

下午一点半，我俩吃完订的清汤牛腩，正抽烟消食儿，忽然有人敲门。周庸一看监控器，说："徐哥，那外卖小哥找回来了。开不开门？"我说："那咋整？开吧，好好说说，让他别打扰咱正常生活。"

开了门，周庸还没说话，外卖小哥先递过来一张纸条，说："有个事，能不能帮帮忙。"周庸接过纸条，是张外卖订单，上面写着百灵鸟餐厅，订餐人宋茹女士。她订了宫保鸡丁、小炒肉、干锅土豆片和两碗米饭，地址是附近的一个小区。重点是外卖的备注："救救我，帮我拦住他，没开玩笑，救救我，求求你。"

把纸条还给外卖小哥，我让他报警。他说不敢，怕报假警，但又怕真有事，他自己去送餐搞不定——想到我比较擅长处理这种事，就来找我帮忙了。

正犹豫怎么拒绝，周庸说："徐哥，要不咱跟着去一趟吧，这小区就在马路对面，当饭后散步了。要是有需要花钱的地方，都我来。"我说："那成吧。"

跟着外卖小哥，我们去了明居家园的3号楼3单元，正好有人出来，我们直接上了外卖订单上写的12楼。到了楼上，我和周庸躲在两边，让外卖小哥敲门——怕里面的人看见仨男的一起来，不敢开门。他敲几下门，说："外卖！"屋里没人应声，他又用力敲了几下，还没人开，打电话也关机。小哥小声问："咋办？"我做手势让他别吱声，出去再说。

等他下了楼，我和周庸为不被发现，从侧面走楼梯到11楼，然后按电梯下了楼。到了楼下，外卖小哥问我咋整，说好几份外卖都晚点了，不能再等了。我说："这样吧，你把餐给我，联系方式留给我，我来送，你赶紧去送别人的吧。"他答应了，然后开始脱衣服。周庸一愣，问："干吗呢哥们儿？"外卖小哥说："你们不是要装送外卖的吗？穿我衣服！"我说不用，让他赶紧穿上。

外卖小哥走后，我让周庸跑回我家，取了猫眼反窥镜和隔墙听——花钱开这么个玩笑，太没必要了，可能真出事了。

等周庸取完东西回来，我俩又上了楼。我敲门，听屋里没什么声，把猫眼反窥镜架在门镜上，往屋里看——结果吓了我一跳。

我往里看时，一个巨大的眼球迅速贴上来，然后门镜里一片漆黑。虽然吓着了，但我没敢动，抬手示意周庸别出声，怕被里面的人发现。里面的人应该也很纳闷，为什么门镜是黑的。这人肯定有问题，来送外卖，他不应声，还贴着猫眼窥视外面，太怪了。再联想到纸条上的内容，肯定不对劲。

僵持了几十秒，门镜那边的人坚持不住了，退后两步，和屋里的另一个人小声说话。我才看清，屋里是两个中年大妈。我把隔墙听贴在门上，想听听她俩在说什么，但声音太小了，听不见。

我和周庸下楼商量了一会儿，让他假装收水费的，强势一点，说水费太长时间不交，要报警调解。屋里的人如果真有问题，肯定会害怕。周庸点点头，说："放心吧，徐哥，我最爱演了。"

又上了12楼，周庸拿猫眼反窥镜监视着屋里。等那两大妈开始交谈时，他"咣咣"敲门："收水费！听见里面有人说话了啊，干吗呀，一年都不交水费，再不交报警了！"又敲了几下，周庸假装打电话报警时，门终于开了。

开门的大妈口音很重，说让我们进去看，周庸问她水表在哪儿，她说不知道，最后是我们自己在厨房找到的。我俩都不会看水表，周庸假装算了下，说先交200吧。两个大妈凑了凑，拿出200给我俩。

周庸收水费时，我观察了一下屋子，这是个大开间，屋里总共仨人，除了两个中年大妈，还有一个男孩，正在玩玩具。玩具扔了一地，全是兽系的，一些豹人、狮女什么的。还有个超大的、可穿戴的《数码宝贝》里狮子兽的头。唯一是人类的玩具，就是他手里的蝙蝠侠，HT阿卡姆骑士版，2000来块钱一个——这孩子已经把头揪掉了。这么糟蹋东西，玩具应该不是他的。

我假装尿急，借用厕所，发现洗手间里有神仙水和各种不认识的化妆品，再联想一下两个大妈和化妆毫无关系的脸，明显不是她们用的。这仨人和这个房子格格不入。

洗手时，我发现手盆里有一些血迹，想关水龙头时已经晚了——血被冲得干干净净。

收完水费，出门下楼，周庸有点蒙，说："餐是那小孩儿订的，难道他被拐卖了，向外求救？"我给了他一脚，说："你有脑子吗？先不说小孩智力有多高，他看见咱俩毫无反应，而且人贩子能给孩子手机订餐吗？"他说："也是。收这200块钱水费咋办？"我说："你先揣着，一会儿给物业。"

拎着没送出去的餐，我俩去了小区物业，周庸假装送外卖的，给物业的小姑娘看订单，解释了一下情况，说可能有事。姑娘给房主打个电话，很快就接了，说房子签给了一家中介公司，做长租公寓。

我们在小区里找到中介公司，说了门牌号，中介立马想起来了："租给了宋女士，我有她电话，给你问问。"他打了一下，说关机了："不能真出事儿吧？"我说："你们签租房合同，不都有紧急联系人嘛，你打个电话问问。"

中介打过去，对面是宋茹的闺密，说明情况后，她说宋茹的亲属她见过，和我们描述的不一样。这下中介也急了——最近长租公寓被曝了一堆黑幕，他怕再出事受牵连，赶紧打电话报了警，叫上四个没活儿的男同事，一起去堵门。

到了楼上，我让周庸去敲门，说刚才算错了，水费没交够，还得补50。大妈开门时，我和周庸加上五个中介冲进门，把她们控制住了。

警察还没到，两个大妈就交代了——她们是来偷东西的，两人每天就在附近小区四处转，看谁没锁紧门之类的，进去偷东西。怪不得我住的小区也发了告示，说最近有入室盗窃的，提醒锁紧门窗。

大妈说，她们到12楼的时候，发现钥匙串插在门上，敲了敲门，看家里没人，就开门进来了。她说的应该是真话——她们拿出那个钥匙串，上面有防盗门的钥匙，楼下电子门的钥匙，还挂着一串毛绒娃娃挂件，一看就是年轻女孩的。

我把厨房和洗手间都找了一下，没发现其他血迹。

过了一会儿，警察到了，把大妈和男孩带走了，我和周庸也跟着去做了个笔录。

出了派出所，我和周庸在门口抽烟。他深吸一口，说："徐哥，有个事儿我想不明白啊，你说为什么作案还带个孩子呢？不耽误事儿吗？"我说："有很多犯罪者，比如诈骗或者偷窃之类的，都会带个孩子，因为身边有儿童会减少怀疑。"

我俩正抽着烟，中介带着一个姑娘过来，说这是宋茹的闺密陈静——那个紧急联系人。她一直在等我们，想问问情况，宋茹联系不上了，手机关机，微信不回。周庸说："问家里人了吗？"她说："问了，往宋茹甘源老家打了电话，没回去过，公司也打了，说今天没去上班。"我问："宋茹有没有男朋友？"她说："没有，宋茹和前男友刚分手，也就一个多月。"

陈静特着急，说："宋茹是处女座，平时特细心，不是那种把钥匙忘在门上的人。要不是那两个大妈说谎，就是肯定出了其他事。"我想起求救备注和洗手盆里的血迹，这事儿确实有点怪，不像是正常的入室盗窃。周庸这时把我拽到一边，说："徐哥，反正都开始了，要不咱就帮到底吧。"我说："那签名咋整？出版社那边还催呢。"他说："不还有四天期限吗？就两天，咱查不着啥就回去签名！"我说："那成吧。"

又跟陈静聊了一会儿，得到一条线索。宋茹最近总跟一个"海归"一起玩，叫孙耀琦，关系可能有点暧昧。有一次，宋茹说有套衣服在孙耀琦那儿，她陪着去取了一趟："衣服都放他家了，肯定关系不一般，但我问宋茹，她就说是朋友。"

周庸问："有没有孙耀琦的联系方式？"陈静说："没有，就知道住哪个楼，但几层几号不知道。"我问："那有照片吗？"她翻了宋茹的朋友圈，找出一张聚会的照片，指着一个人给我俩看，说这就是孙耀琦。

跟陈静商量了一下，她带我们去了孙耀琦住的地方。

他住的这楼很怪，不是小区，在孙家堡地铁站边上，紧挨着北关，楼特老，电梯上写着，"0点到早上6点停用，请住户尽量0点前到家。"

我让陈静先回去，和周庸坐在他的宝马M3里点上烟，开始想办法，怎么能找到孙耀琦家。还没等想出办法，周庸盯着一个拎着一大包东西刚出单元门的人："徐哥，你看那是不是孙耀琦？"我说："有点像。"刚想下车拦住他，孙耀琦上了辆等在路边的凯美瑞，走了。

周庸赶紧点火跟着，上了西环路。我俩跟着他，一直到科技村附近的一片别墅区，看见他在一栋别墅门口下了车，拎着大包进去了。

我俩把车停到附近，步行来到那间别墅门口，发现屋里正办一个开放式party（派对），门口立了个牌："欢迎各位Furries，本次活动人均酒水费150元，请扫码支付给门口的黑猫小姐，不收现金的哟。希望你玩得愉快，多和大家交流你的Fursona（兽设）。"

周庸看蒙了："是我英语不好吗徐哥，Furries不是毛皮嘛，欢迎各位毛皮是啥意思？"我说："出来再聊，咱先进去。"

拉开别墅的门进去，里面正放着 *The Fox*（《狐狸叫》）——以前的调查里，我见过很多诡异的场景，但这次推门进屋时看到的场面，还是能排在前几名。

屋里没有一个"人"，或者说，没一个穿着正常的人，周庸站在我身后，说："徐哥，全是牛鬼蛇神啊！"

他形容得挺准确——整个屋里的人，都穿着兽装，戴着兽头，除了常见的猫科和犬科动物，还有些神话里的独角兽什么的；有的卡通一点，穿得像主场吉祥物；有的特写实，看起来就像真实动物的头颅和躯干。这里像是在开个诡异的动物聚会。

见我和周庸进门，一大堆"动物"转过头看我俩，周庸凑过来小声说："感觉好尴尬啊，徐哥。"

这时一戴着黑猫头套的姑娘走过来问："你俩是新人吗？在哪儿知道消息的？"我说："是孙耀琦告诉我们的。"她"哦"了一声，说："你俩都没带自己的布偶装吗？我们这儿提供租赁服务，120块一个小时。"我刚想说贵，周庸抢话说："来两套。"

周庸用支付宝交了入场费和租套装的钱后，黑猫姑娘带我俩到了一个房间，里面大概有七八套布偶服，我选了个美短猫的头套，没要衣服，周庸不嫌热，穿了一整套柴犬装。再次回到party时，我俩终于不是正常人类了。

拿了两瓶没拧开过的矿泉水，我俩跑到角落里，周庸特兴奋，说："徐哥，穿上这玩意儿还挺带劲的。"我说："带劲个鬼，都穿成这样，怎么看出哪个是孙耀琦！"周庸说："也是。我算是知道他拎那一大包是啥了，原来是套装，他们为啥穿这玩意儿办party？"

我给他解释了一下，这应该是一群"兽迷"的聚会——英语里管兽迷叫"Furries"，意思是那些喜欢穿动物服装，把自己打扮成动物的人，不过我还是第一次在国内见到这个群体。

戴了一会儿头套，虽然有透气口，我还是觉得喘不过气，拽着周庸脱了布偶装，出了别墅，把车开过来，在外边守株待兔。

晚上十点的时候，孙耀琦提前叫了一车，出门就上车了。我和周庸只好开车跟在后面，又回了北关中路。

周庸找地方停车，我下车跟着孙耀琦，等他上电梯后进了楼道，看见电梯上到9层。等周庸停好车过来，我俩拎着工具，也上了9楼。

这楼一层有6个房间，左右各3个。我和周庸上到9楼时，左边第一个门，有一个大哥正在敲门，看我俩下了电梯，往这边扫了两眼。

我用大哥能听见的声音，跟周庸说，在走廊抽根烟再进屋吧，要不你嫂子又该不愿意了。周庸说成，掏出"大庄园"给我点上一根。

我俩站在窗户边，看着大哥敲门，里面问是谁，大哥说是903的邻居。屋里的人打开门——是孙耀琦。大哥跟孙耀琦说："这几天一直听见你剁馅，能不能别在早晚剁，家里有老人心脏不好，而且也影响睡觉。"孙耀琦连口答应。

交代完了，孙耀琦关上门，大哥往回走，我跟他搭话："我说早上'咣咣'的呢，原来是他剁馅呢。"大哥说："是啊，就这几天太吵了，要不我真不愿找上门说。"

等大哥进了屋，周庸小声问我："每天早上都'哪哪哪哪'地剁馅，正好赶宋茹失踪的时候，不能是碎尸吧？"我摇摇头，说："不知道。先去吃点东西，明天再来。"

去附近的陈记串吧，烤了点串，我和周庸商量了下，决定明天去孙耀琦家看看。

第二天上午9点，我俩打算堵住孙耀琦，进他的屋里看看，没想到有人比我们到得更早。我们上楼的时候，四个大哥正堵在902门口，一直在敲门，说让孙耀琦还钱。

孙耀琦开门，问是不是找错人了，大哥说："没有。我前两天花3000块钱，从你这儿买了四瓶酒，三无产品，现在已经举报了，咱这样，你赔2万块钱，我取消举报。"说完，他拿出手机，给孙耀琦看他在安监部门网站举报的截图。

周庸问我什么情况，我说："应该是碰上职业索赔团伙了，这种人发现了没标识、没过检的东西，会上赶着买，买完就敲诈卖东西的，威胁要举报，让对方赔钱。"周庸说："这不违法吗？"我说："违法啊。但卖东西的人害怕啊，就把钱给了。"

孙耀琦一直说没钱，和他们僵持住了，我和周庸假装邻居上去劝，说："要么报警，要么就少赔点，把买酒钱还给他们。"索赔团伙一听见报警，也有点发怵，同意孙耀琦掏3000块了事。

转完账，我和周庸假装自然，把孙耀琦推进屋里，跟进去把门关上，问他咋惹上这帮人的。都进屋了，孙耀琦不好意思往出赶，让我俩在沙发上坐下，说："我之前在哥伦比亚留学，有些关系，可以托人往中国带一些特殊货，网上不卖的。燕市的南美留学生，经常会来我这儿买东西，索赔团伙也不知道从哪儿听说了，跑到他这儿买了酒。"

周庸好奇："什么酒网上买不着？"他说："一种蝴蝶幼虫泡的酒，哥伦比亚土特产，不是正规厂商出的。"我问："能不能拿出来看一眼，长长见识。"孙耀琦说行，起身去拿酒。

趁他离开，周庸凑过来小声说："徐哥，闻见了吗？"我点点头——屋里有股很浓的酸臭味，像肉腐烂的味道。

孙耀琦拿酒回来，是一种淡绿色的酒，里面泡着几只白色的幼虫，我问周庸想不想买两瓶尝尝，他摇摇头说算了。

我站起身，假装观察孙耀琦的房子，说："你这户型跟我那边不太一样啊。"推开侧厨房的门，探头进去，我看见地上有个黑色的大袋子——腐烂的味道，就是这袋子里传出来的。

看了一眼厨房菜刀的摆放位置，我走过去，把手放在边上，问孙耀琦这袋子里是什么，味道这么大。他说："这个啊，还是别看了吧，我怕你们看了吐出来。"我说："没事，我承受能力强，想看一眼。"他说："行吧。"蹲下打开了袋子。

我当时就后悔了——里面是密密麻麻的，一种棕色的长腿大蚂蚁，全都死了，发出一种腐烂的味道。周庸直接就开始干呕了。孙耀琦说："这是南美的切叶蚁，哥伦比亚人特别喜欢吃，但不吃头和脚。"一边说着，他从我身后拿出菜刀，我想了想没阻止他。

孙耀琦很利索，三刀把蚂蚁的脚和头都切掉，告诉我："这才是食物的状态，一些南美学生特喜欢吃这个，处理好了能卖贵点。"我一下就明白了——每天早上剁馅的声音，其实是在切蚂蚁。

周庸都快吐了，问："南美人怎么吃得这么恶心？"孙耀琦接话，说："其实美洲的虫子，你可能也吃过。星巴克的草莓星冰乐，之前一直用一种叫胭脂虫的虫子，磨碎了当天然色素用，直到这两年有客人发现了这件事，抗议不想喝带虫子的星冰乐，才把它下线了。胭脂虫是经济资源昆虫，可以作为天然染料，广泛地用于食品、化妆品、药品等多种行业。"

他讲得正高兴，我忽然问他："你认识宋茹吗？"孙耀琦有点蒙，说："认识啊。"我问："怎么认识的？"他说："有点共同的爱好。你是宋茹的什么人？"我说："对，我是她前男友，最近一直在找宋茹，但找不到。听说你最近和他走得很近，我找不到她，只能来找你。你要是说不出来，我只能弄死你了。"

他有点害怕了，让我别误会："我们俩就是圈里的朋友，我之前帮她代购过兽装，没啥别的关系。"我说："那我不管，你要是不给我点有用信息，我俩今天都进你家了，指不定能干出什么。"

孙耀琦想了想，说他可能知道一点。之前他跟宋茹说过，自己认识一个哥伦比亚来的留学生，是村子里女巫的女儿，能算卦诅咒什么的，特别灵。两个月前，宋茹找到他，希望认识这个"女巫"，说有事相求。孙耀琦就介绍了她俩认识，具体后面发生了什么，他就不知道了。

我说："你别扯了，哥伦比亚说的是西班牙语，没你她俩咋交流？"他说："那哥伦比亚姑娘英语和汉语说得都还行。不信我可以介绍你认识。"我说："成，你带我去她家，没宋茹我也不想活了，你要敢耍花样，我随时跟你同归于尽。周庸，下去把车开过来。"

坐上周庸的M3，在孙耀琦的指点下，我们到了文州路的一个小区。

他在楼下给"女巫"打了个电话，说了几句我们听不懂的外语，我拍了他一下，让他说英语或者汉语。孙耀琦说不用了，咱可以上去。

　　一进"女巫"的门，我就相信了，这屋里住的确实是个女巫——门口挂着三具二十多厘米，脖子奇长的生物干尸。周庸吓了一跳："徐哥这什么啊，忒诡异了。"我说："这是羊驼流产胚胎晒成的干尸，在国外巫术里经常使用，我在国内还是第一次见。"他问："灵吗？"我说："不知道。反正我是不信。"

　　这姑娘是个棕色皮肤美女，眼睛贼大，周庸看得特开心。她的房间里摆着木偶、挂饰、面具、手鼓、摇铃这些不着边的东西，但本人看起来挺正常的，穿着优衣库的T恤和牛仔裤，一直面带笑容。

　　我用英语问她："知不知道宋茹的下落？"她说："不知道，你找宋茹干什么？"我继续撒谎说："我是宋茹的前男友，刚刚分手，想要和她复合。"她摇摇头："你不是。"周庸说："神了！这都能算出来！"

　　我让他闭嘴，问姑娘怎么知道的。她拿出一张照片，说："这才是宋茹的前男友，她找到我，说她男朋友出轨了，希望帮忙诅咒他。"我问："然后呢？"姑娘说她其实不会诅咒，为了安慰宋茹，拿着她前男友的照片，假模假式地拿铃摇了摇，又撒了点羊驼的骨灰——在她的国家，羊驼骨灰是用来祝福用的。但没过两天，宋茹来找她，说诅咒生效了，自己的男朋友一直发烧、淋巴结肿大、头非常痛，去医院看也没看出原因。姑娘都蒙了，不知道是不是自己施法造成的。过了段时间，宋茹又来找她——那时她和男朋友已经分手了，说前男友一直缠着自己，想把他赶走或咒死，问行不行，这姑娘拒绝了。然后宋茹就再没找过她。

等周庸和外国姑娘交换了联系方式，我俩下了楼，给宋茹的闺密陈静打电话，问她知不知道宋茹被前男友纠缠的事。她说不知道。我问有没有宋茹前男友的联系方式，联系试探一下。过了几分钟，陈静打电话给我，说这位前男友手机关机，微信也不回，和宋茹情况一样。我问："知道他住哪儿吗？"陈静说："知道，在中心湖那边。"我和周庸开车，接上她后去了中心湖边上的一个小区。

到了楼上，我用隔墙听听门里的声音，发现有个女声，在小声喊救命。陈静赶紧报了警，十多分钟后，警察带着开锁师傅一起到了。听见有人撬锁，屋里救命的声音一下就大了起来。

门开后，宋茹被绑在一个凳子上，正在喊救命，她的前男友躺在她脚边，脸色泛青，已经快没气了。警察跑过去给他做心脏复苏，让我们赶紧打120，但最后，人还是没救过来。

后面的事，我是这个月找陈静回访才知道——宋茹对兽装的癖好，已经延伸到了性方面，她要求前男友那什么的时候，戴着狮子兽的头，否则就没有欲望。其实这很常见，国外有个特别火的小说作家，有一个系列，专门写女性和各种"兽人"的故事。宋茹前男友很爱她，但时间一长，又希望有点正常的性生活，就在外面出轨了。然后就有了后面的事，分手、诅咒、纠缠、绑架。

6月3日，前男友上门求复合，不让宋茹出门，还用刀划自己——我看到的血，应该就是那时候留下的。宋茹吓坏了，就在订外卖的时候留言求救，但被她前男朋友发现了，用刀逼着她和自己走，连门都没让她锁完。

我给周庸讲完以后，他说："不对。最重要的，那个诅咒是怎么回事，完全说不通啊。怎么就一诅咒就病了，自己还死了。"我说："最后尸检报告出来了——他得了一种病，叫恰加斯病，号称'新型艾滋'。这是种热带寄生虫病，这几年在南方沿海地区也有发现。"周庸问："咋染上的？"我说："是被一种叫'亲吻虫'的虫子咬了。这个病初期会发烧头疼，两个月后就可能引起猝死——国内北方没什么人得过，医生也想不到这个病，基本查不出来。想要通过化验查到，得抽骨髓，做个骨髓切片。"

周庸说："这什么亲吻虫哪儿来的？"我说："这是种南美的虫子。"他想了一会儿，说："这种虫子，一路活到燕市肯定不容易。那个孙耀琦，有渠道能从那边运昆虫，有没有可能……"我说："我明白你想什么。我也不知道，这事没法验证。"

抽了一会儿烟，周庸突然说："哎呀！徐哥，还有一件重要事儿忘了。水费，收的那200块钱水费，还在我这儿揣着呢！"

WARNING
如何摆脱前任纠缠

1. 表明态度。把话说清，断了对方念想。

2. 避免正面接触。下班约同事一起走，或改变回家时间和路线，尽量不让对方掌握你的动态。

3. 更换联系方式。大到手机号，小到各种社交账号。有条件的情况下，考虑搬家。

4. 求助可信赖的朋友，在他家住段时间。

5. 如果对方表现得比较疯狂，如自残、跟踪等，及时求助警察。

06

别在凌晨乱点外卖，
送餐员可能随身带着小药片

事件：偷窥狂绑架囚禁事件

时间：2018年10月19日

信息来源：周庸同学

支出：周庸

收入：待售中

执行情况：完结

我每次做危险的事前，都会写个邮件，说我去哪儿、干什么了，用邮箱的定时发送功能，设定三天后发给老金和周庸。这是个保险，万一我真出事了，他俩说不定能救我一命。

很多人缺乏这种报平安的意识。有人和对象吵个架、脏水滴新鞋上、被领导骂一顿，心情不好，就谁都不通知关机两天，次数一多，大家就会习惯找不到你，真出了特别可怕的事，没人能意识到，还以为你在哪儿想静静呢。

这种事，我碰见过一回。

2018年10月19日，我的助手周庸带他大学同学李旷来我家，请我帮忙。我带他俩去附近的广东茶楼吃饭，点了些虾饺、糕点后，问他有什么事。李旷说，他女朋友吴霜和他闹脾气，好几天都联系不上，他有点担心，去她公司找不到，给她爸妈打电话，她爸妈也联系不上。我说："这属于失踪，得赶紧报警，找我干什么？"周庸解释了一下，说："李旷的女朋友脾气特差，联系不上是常事儿，报警属于给国家添麻烦。"我说："你就不怕给我添麻烦？"

吴霜的事特别俗套：独生女，长得好看，父母溺爱，性格骄横，脾气也不好，同学同事关系处理不好，跟外卖员和快递员都经常能吵起来。李旷抱怨了半小时，我说："哥们儿，停，你是来找女朋友的还是来发泄的，咱能聊正经的吗？你女朋友太能'作'了，这忙我不好帮，想找到她，可能得用点侵犯隐私的方法，她脾气这么不好，我可能会沾一身屎。"

李旷恳求我，说："吴霜三天没信儿了。因为她最近总去酒吧，15日我俩在电话里吵了一架。吴霜的同事说，那天下班后，就没人再见过她，电话也一直关机。她父母也有点急，怕饿着闺女，但大家都不敢报警——吴霜之前也干过这事，当时报完警发现她只是心情不好，想一个人待几天，吴霜又因为父母报警这事和家里大吵一架。所以，这次父母不敢轻易再报警，但又着急，怕警察找到她后，她再觉得丢人什么的，跟大家急眼。"

我说："这样吧，你让她父母录个视频，说是委托我找的，不是我想侵犯她隐私。"他给吴霜父亲打了个电话，说明情况。过了五分钟，吴霜的父亲录了段视频发过来。

我把视频存到手机，打电话问吴霜的父亲，有没有她的备用身份证、身份证复印件之类的。吴霜她爸说没有，问我想干什么。我解释了一下，说："您闺女脾气不好，没啥朋友，出门了应该只能住酒店。为了不接你们电话，她很可能开着飞行模式——不用手机是不太可能，没几个年轻人能做到。如果补办张她的手机卡，就能登录她的网购、订餐软件什么的，看她这两天买东西订餐没，是送到酒店还是哪儿。"

吴霜她爸说："那不用她身份证了，用我身份证就行。我怕她忘交手机费，就让她用了我的副卡，平时打电话还不花钱。"吴霜家不是燕市的，她爸还在老家。

他补完卡后，我通过他发来的手机验证码，用自己的手机，登录了吴霜的淘宝、饿了么、美团等。然后我发现，10月16日凌晨三点多，吴霜订了个外卖。李旷看了眼地址，脸色一下就变了，说："地址没错，是她租的房子，但我那天早上六点多就去她家了，没人。"

周庸打岔，说："你俩谈这么多年，都没同居啊？"李旷说："试过，但总吵架，还是不住一起感情更好。"我打断他俩闲聊，让李旷带我俩先去吴霜家看看。

吴霜住在北关的一个小区，房子挺老的，但是电梯门禁什么的都有。李旷领着我们到了7号楼1单元，坐电梯到顶层16楼。这层楼有6户，1601—1604在电梯左手边，1605和1606，需要从电梯右手边的拉门进去才能看见。

李旷拿钥匙打开1605，把我和周庸让进屋。一室一厅，大概50平方米左右，几件内衣扔在沙发上，有点乱但还算干净，李旷告诉我俩，吴霜的爸妈雇了一个定期的保洁，每周都来给她收拾一次。

在屋里转了一圈，周庸在洗手间门口的墙角蹲下，说："徐哥你看这块儿，有血迹。"我看了一眼，确实有块暗棕色的血迹，看着不像是最近的，但我还是在手上套了个塑料袋，抠了块儿墙皮，揣进兜里。李旷看我俩注意到血迹，忙说："那挺长时间了，是之前我鼻子出血不小心弄墙上的，和吴霜的失踪没关系。"

我们又在房间里检查了一下，从茶几和垃圾箱里，发现了4盒吃完的止痛药，2盒泰勒宁，2盒盐酸曲马多。这让我挺奇怪——这两种都是强效止痛药，一般都是做完手术、骨折或者得了癌症、肿瘤之类才吃的。我问李旷，吴霜是否得了啥病，身体是不是出了问题。他说没有，挺健康的，但止痛药哪儿来的，他也说不清。

这时我妈在微信上发了个视频邀请，我怕流量不够，问了李旷Wi-Fi（无线上网）密码，连上后接通了，但说两句发现网速特别卡，就又切回了流量。挂电话后我告诉李旷，基本信息都了解了，得回去想想怎么调查，有消息通知他。

和周庸回到车上，我点了根烟，问他了不了解这个同学。他说："了解，有口皆碑的好人。"我说："他反应有点怪，提起墙角血迹和止痛药时，他都特紧张，像在故意隐瞒点啥。"周庸问："那咋整？"我说："先把沾血的墙皮送到朋友那儿鉴定下，看是不是吴霜的，要是的话，就证明李旷在撒谎。"

他奇怪："你哪儿来的吴霜DNA（脱氧核糖核酸）样本？"我说："刚才在她家时，从卫生间的地漏，捡了两根应该是洗澡时掉的长发。"周庸说："徐哥，你不嫌脏吗？"我说："没事。捡完洗手了。"

燕市一般的鉴定中心，都是专做亲子鉴定的。但我有个朋友，自以为发现了商机，在郊区外开了家小鉴定公司，除了亲子鉴定，什么都弄，结果生意特不好——除了亲子鉴定，大家对其他鉴定没什么需求。

到了他公司，我把墙皮和头发扔给他，他看了眼，说这可能得提纯一下，最快也得明天出结果。我说："那成，你明天告诉我结果就成，我先走了。"他说："先别走，钱还没给呢。本来不好意思收你钱，但我天天往里贴，快干黄了。"我想想也是，让周庸付了4000块钱，然后各回各家——谁惹的破事谁交钱。

第二天中午，我接到了朋友的电话："徐浪你是不是跟我闹着玩呢，鉴定个啥啊，我放基因库里一对比，那根本就不是人血，是狗血啊。"我也有点蒙，哪儿来的狗血？

这事儿也太狗血了，即使不是吴霜的血，也应该是李旷的血——他亲口告诉我和周庸，那是他鼻子流的血，在这事上撒谎，太奇怪了。我开始怀疑这人说的一切，所以洗漱一下，约周庸到远广区的一家羊鸡火锅，吃羊腩煲，又跟他确认了一下这人平时的生活作风。

周庸想了想，说："徐哥，他要是有问题，为什么要主动找我，希望咱帮忙找人呢？"我说："他要是真心找人，为啥在血迹上撒谎？对止痛药的事也遮遮掩掩。现在他说过的每一件事，我都不太信了，需要一一验证。"

16日凌晨三点，吴霜订了个外卖，李旷说他早上六点多就到了，然后没见到人，我需要看监控，验证他撒没撒谎。

我和周庸借口要在吴霜的小区做调查，但需要业主身份。我们让李旷带着去了趟吴霜家，找出她的租房合同。拿着这份租房合同，我去物业调监控，说这是我妹妹租的房子，她好几天联系不上了，我想看一下她失踪那天电梯和小区的监控。物业的姑娘联系了经理，说可以给我们看一眼。

10月16日早上六点十几分，李旷确实来了，坐电梯到了16楼，还拎着早餐，没几分钟，就又拎着早餐走了。在这事上他没说谎。

我又让物业的人把监控往前倒了一下，看吴霜是几点出门的。但一直倒到凌晨三点多，一个外卖员乘电梯上了16楼时，也没见吴霜下楼——这份外卖，应该就是吴霜点的那份。看完这段监控，我总觉得有点不对劲，但一时想不到究竟哪儿不对。

我敲了几下头，看着周庸，见他张大了嘴，比我更快发现了哪里不对："徐哥，那个外卖员，他上去之后，就没下过楼！"我浑身汗毛一下竖了起来——吴霜肯定出事了。

我让物业的人调出16日到19日电梯和小区里的监控，我和周庸又看又录，发现了很多疑点。

那个外卖员凌晨三点多上楼后，并不是没再下来过。他在第二天凌晨一点，背着装外卖的大箱子下了楼，两个小时后回来；没过一会儿，又背着大箱子下了楼，然后又回来了一趟——这是最后一次出现。这几次他都没坐电梯，只被小区里的摄像头远远捕捉到了。

反复看了几遍，周庸问了一个问题："徐哥，一个不到一百斤的姑娘，分三次背出去，那个箱子够大吧？"我说足够了，但现在有个问题，吴霜租的房子里，并没有血迹，要是那个外卖员分尸了吴霜，并分三次背出去——他是在哪儿碎的尸呢？周庸突发奇想，说："能不能在邻居家？他撬开了谁家的门，在别人家屋里弄的。"我说："别瞎扯，但今天正好周六，应该都在家，挨家敲门

93

问问，说不定能有点线索。"

敲了一圈门，家家都有人，紧挨着吴霜1606的邻居是个程序员，我俩敲门时他还没睡醒，一问三不知，说一直在公司加班。其他几户也差不多情况，有搞金融的，有做媒体的，全是早出晚归，累得像狗一样。只有1602有个老阿姨，白天不用上班，不确定地跟我说，16日的下午，好像听到楼上有剁东西的声音——正是吴霜出事的那天。这时周庸奇怪，说："阿姨，不对吧，这不是顶层吗？咋可能还有楼上？"阿姨说："是啊，也可能是我耳背，听错了。"

我想到一个可能，拽着周庸出了门，在16楼防火梯里，发现还有向上的一段，通向楼顶的天台，但有个铁门，已经锁了。这破锁难不倒我，拿瑞士军刀一分钟就撬开了。

开了门后，我和周庸上了天台，走了一圈，除了鸽子屎，在角落里发现了一小摊比较新鲜的血迹。周庸问："碎尸只留这么点血吗？"我说："可能是拿什么东西垫着了。验一下是不是吴霜的血，就知道了。"

我打电话把李旷叫来，告诉他现在的情况，让他报警。李旷有点崩溃，蒙了一会儿说："好，我现在马上就去派出所，但庸儿，我说明情况可能得些时间，你和徐哥能不能先找到那人，别让他跑了。"周庸拍拍他，说："我们尽力而为吧。"

李旷走后，我翻了翻外卖软件里，吴霜下的订单——给她送餐的人叫徐常山。但犯罪动机到底是什么呢？肯定不是劫财，劫没劫色暂时还不知道。

　　思考犯罪动机时，我翻了吴霜之前的订餐记录，发现她曾经给过徐常山差评，判断可能是因为这个结仇了，所以，徐常山一直想要报复她。这种事在外卖和快递行业里，并不少见。

　　知道了嫌疑人是谁后，首先得找到他。我通过吴霜的订单，给徐常山打过去，但一直无法接通。没办法，我只好打电话给外卖平台，说明情况后——他们马上开始推脱责任，说那个不是平台自己的骑手，是外包公司的。

　　外卖员分三种：

　　第一种是专送，是平台自己的员工，有底薪，有五险一金，比较正规。

　　第二种是众包，谁都可以注册，没有底薪，没有五险一金，没有正式合同，属于兼职临时工。

　　第三种是外包，介于上两者之间，一些皮包公司从外卖平台接了活，然后提供骑手给平台，也不太正规。

　　嫌疑人徐常山，就是外包公司的一名送餐员。我向平台问清了，他属于一家叫秒速达的外包公司，地址在燕市东南三环附近的一个商场，就和周庸开车过去。快到地方时，我告诉周庸，为了防止这个外包公司包庇或者碍事儿，咱俩就说是来应聘骑手的，先套套话。他点点头。

　　到了秒速达公司，周庸跟前台说是在网上看见广告，来应聘的，没有预约。前台的姑娘看了他两眼，没拒绝我们，给经理打了个电话。十分钟后，一个姓吴的经理，在一间特别小的玻璃房间内面试我俩，问我们是哪里人，我说我是燕市长平关的，我朋友是燕市市里的。他特疑惑地看了周庸一眼，说："你真是来面试送餐员的？"周庸说："是啊，怎么了？"他说："没有，看你还以为是明星呢。"

这种皮包公司，对人基本没要求，随便聊两句，就面试完了，让我们交4000块钱，3700是电动车，300是衣服。我说："先别急。我俩最近没地方住，你们有员工宿舍吗？要是没宿舍我们就再想想。"经理特奇怪，指着周庸说："这小伙子不是本地人吗？咋还没地方住？"我说："他和家里闹掰了，现在想要自力更生，您就别管了，就说有没有宿舍吧。"他说："当然，一个铺位每月800块钱，现在就可以带你们去看。"

员工宿舍离这儿不远，就在春眠路的宏泰小区，秒速达公司租了一个三室两厅的毛坯房，把卧室客厅都放满了上下铺。一进员工宿舍，就一股怪味儿，尤其是靠近左边的卧室，特别难闻——带我们来看的吴经理都不愿意进屋。

看有个人没出去接活，正在屋里抽烟，我赶紧凑过去，给他递了一根，问认不认识徐常山，他说认识，就住里面那卧室，好像好几天都没回来了。我说："我是徐常山老家的亲戚，让他带我看一眼徐的床铺。"他带我往里走，说："那正好，徐常山那屋就两个人，我以后正好可以和他睡一屋。"

接近里面的屋子时，我忽然闻到一股恶臭，比客厅里一群男人住在一起的味道还要难闻。周庸凑过来，小声问我："徐哥，不会是尸臭吧？"我说："有可能，咱小心点。"

我俩打开门，一个男人侧睡在靠门的下铺，看不见脸，臭味扑面而来，要不是有呼噜声，我们都以为他死了发臭了。问带路的大哥："这人不是徐常山吧？"他捂着鼻子说："不是。你知道这屋为啥就睡两个人吗？这人从来不洗脚，除了徐常山，没人能忍得了他。"我俩憋着气点头，周庸捂着嘴问："哪个是徐常山的床？"带路大哥指了一下靠窗左面的下铺，赶紧退出了房间。

我和周庸硬挺着走到徐常山的床铺前，检查他的东西，发现身份证、银行卡之类的东西，他都没带走。这挺奇怪，他要是跑路的话，应该带着这些东西，这时，我发现床垫下好像露出了点什么，我掀开床垫，下面铺满了药盒，上面写着"盐酸曲马多"。正是我在吴霜房间里发现的那种止疼药。周庸也蒙了，问我药和这两人之间到底有什么联系？我说："不知道，你那朋友可能知道一点，但不愿告诉咱。"他说："这也太不讲究了，哪有这么找人帮忙的？晚点咱找他去。"

为了搞清徐常山是什么人，我硬挺着接近了脚臭的大哥，把他推醒，大哥有点蒙，问我们是谁。我说是来找徐常山的，他犯事儿了，药的事儿，我们是来抓他的。大哥这时候有点清醒了，抠着脚说："哎呀，本来以为他改邪归正了，没想到又出事儿了。"我问："改邪归正是啥意思？"抠脚大哥一愣，把手拿上来，挠了挠脸，说："改邪归正，就是以前净干坏事，现在净干好事。"周庸捂着嘴和鼻子，笑个不停。我给了他一脚，转头跟大哥解释："我是在问徐常山之前做过什么错事。"

徐常山和抠脚大哥，是同个镇子的老乡，两人一起来燕市打工前，徐常山在家整天吸毒嗑药，特别败家，招人硌硬。后来因为他女儿得了白血病，他才戒毒，来燕市赚钱给女儿治病。他来燕市后，每天工作得特辛苦，但前段时间，他一个"硌硬人"的表哥来找他——这个表哥在老家时也是那种不学无术，每天瞎混，吸毒贩毒的人；到燕市后，和一群二流子搞在一起。被这个表哥找过之后，徐常山的行为就特别奇怪，白天的活儿都不咋接了，总是晚上出去上夜班，还拿回来一大堆药，放在床底。

我问大哥："徐常山的这个表哥的联系方式有吗？"他说有，给了我一个电话。上网搜了一下这个电话，我发现在一个叫"戒药吧"的贴吧里，有人多次留下了这个电话。

看了这个贴吧一会儿，我大概搞清了这帮人在干什么——这个贴吧里的人，基本都是对止痛药，尤其是泰勒宁和盐酸曲马多这两种药上瘾的人。他们聚在这个贴吧，主要就是探讨如何戒掉这两种药。盐酸曲马多有鸦片成分，很容易上瘾；泰勒宁虽然没鸦片成分，但成瘾性也很强。很多人手术后、受伤后吃过这两种止痛药，就停不下来了，一天不吃浑身难受。

但除了这帮想戒药的，贴吧里还有一种人，就是卖药的。这两种药都是处方药，不太好买，这帮卖药的就混在贴吧的人中间，挨个帖子发信息，留下联系方式，说自己手里有药。这样谁药瘾犯了，就会高价从他们手里买药。徐常山的表哥，就是干这个的。

周庸看完，说："太缺德了，这孙子也太损了。人家想互相鼓励戒药，他跑这儿赚黑心钱来了。"我说："是，但我现在怀疑，吴霜或者李旷，和这事儿有关系。等会李旷联系咱们时，你透露一点这表哥的事儿，看他会不会有异常反应，比如向警方隐瞒什么的。"

我假装买药，给徐常山表哥打电话，问怎么交易。他让我先交一部分定金，提供地址，然后会安排外卖员给我送到。我问他："安全吗？"他说："绝对安全。我们的人在各个区域都有，都是真正的外卖员，送餐时捎带手就把药给你了，警方绝对发现不了。谁会去查外卖员啊？"

我把这些对话都录了音，说再考虑一下。刚挂了电话，李旷就联系周庸，说："报完警了，正和警方在天台取证，找到徐常山了吗？"周庸说："没，但是要到了他表哥的电话，他可能知道徐常山在哪儿。"可能我想多了，李旷毫不犹豫就把这事儿告诉了警方。

三天后的10月22日，警方对天台上血迹的鉴定结果出来了，确实是吴霜的，但徐常山仍然谁也找不到，好像人间蒸发了，他那个卖药的表哥也什么都不知道。能确定的是，吴霜大概率已经死了。

这时候李旷已经接近崩溃了，我和周庸把他约到咖啡馆，坐在外面抽烟，问他止痛药到底怎么回事："都到这时候了，再有什么瞒着我们，真没法帮忙了。"他深吸了口烟，说人都死了，没啥好瞒的了——吴霜有药瘾。

前年她得了急性阑尾炎，做了手术，但从小娇生惯养，特别不能忍受疼痛，在家属苦苦哀求之下，医生给她开了些盐酸曲马多止疼，没想到一下上瘾了。最开始，凭借医生的处方，还能买到药，但时间一长，药店看处方开的时间太久，都不给开了。那时他俩还在同居，吴霜每天特别难受，整天什么也不吃，人迅速瘦了下去。

但有一天，他发现吴霜开始好转，他最开始觉得是好事，但后来发现家里养的泰迪总受伤。他暗中观察，发现吴霜会故意把泰迪从高处扔下去，或拿刀划伤，带它去兽医院开盐酸曲马多止疼，然后自己把药都吃了。墙角的狗血，就是那个时候留下的——然后他赶紧把狗送人，每天什么也不干，就待在家看着吴霜，强迫她把药瘾戒了。两人的感情也因为那段时间的吵架变得很差，吴霜一好，就分居了。

最近这段时间，他发现吴霜总是去酒吧，怀疑她是想去打探买药的途径，所以又开始吵架，然后就发生吴霜失联的事儿了。我说："明白了，吴霜那天凌晨点外卖，其实是买药——凌晨送餐员少，基本只有徐常山一个人在接单，很容易就能接到她的单，顺便把药给她。结果不知道为什么，就出事儿了。"

李旷点点头，说："警方正在审徐常山的表哥，但他说自己什么都不知道。"我说："这样，我想看看吴霜的电脑，说不定她用电脑上过贴吧什么的，和徐常山或他表哥交流过，可能会有些线索。"

周庸开车，我们又去了吴霜的家，李旷怕触景生情，把钥匙给了我俩，没和我们一起。上楼开门，吴霜的电脑扔在客厅沙发上，有密码，幸好李旷知道，省得我费力破解了。

开机后，电脑的杀毒软件提示我："IEXPLORE.EXE>>C:Program Files\Internet Explorer\IEXPLORE.EXE->Backdoor.GPigeon.vla已经清除。"

周庸看了一眼，问我这是什么意思。我说这是一个常见的木马病毒，叫灰鸽子，能远程控制另一台电脑。

吴霜的电脑网速特别慢，我停用了一些软件，重新开机后，杀毒软件又提醒了我一遍："IEXPLORE.EXE>>C:Program Files\Internet Explorer\IEXPLORE.EXE->Backdoor.GPigeon.vla已经清除。"这恰恰是病毒没被清除的表现。

我拿出手机，打开嗅探设备，发现有好几台设备在共用吴霜的路由器——怪不得我那天连视频都卡，原来是被人盗网了。被人知道Wi-Fi密码的原因，可能她电脑上的一个软件能解释——"Wi-Fi万能钥匙电脑版"。很多人为了蹭网，会在安卓手机或电脑上装这个软件，但你享用别人Wi-Fi时，你自己家的Wi-Fi，也会被这个软件共享到网上。

跟周庸说完这事儿，他想了想，说："徐哥，这个木马病毒一般怎么感染？"我说反正不是通过唾液传播——一般是你下什么软件，里面包含的。

周庸问："你还记得吴霜家旁边那个邻居吗？那个程序员。有没有可能，这木马病毒是那个邻居装的，为了偷窥吴霜的照片什么的。毕竟吴霜长得还行，算是个白富美。"

我点点头，说："技术上是可能的。在同一台路由器下，他可以用嗅探设备劫持微博、淘宝、邮箱等所有登录过的账号。如果技术和运气够好，他甚至可以植入一个木马，比如说灰鸽子，具体方法我就不说了，说了你也听不懂。"

周庸说："成吧，能不能反向追踪这个装木马的人，看看是不是隔壁程序员。如果真是，问问他偷窥吴霜时，有没有发现什么不对劲的地方。"我说："你是不是电影看多了？我哪有那么厉害，还反向追踪。"他说："那咋整？"我说："你是不是傻，直接敲门诈他啊。"

我俩再次敲开程序员的门，他又是顶着黑眼圈开门，周庸一把推他进屋，说："你是不是变态？竟然在吴霜电脑里放木马。"周庸吓唬他时，我注意到门口鞋柜上，摆了一个我特别熟悉的、常用的工具——隔墙听。用这个东西，他能听清吴霜在家的所有动静——他在偷偷窥视、窃听着吴霜，应该没什么疑问了。

推他进了屋，穿过玄关后，我发现一个特奇怪的事，整个客厅里，都贴着录音室才会用的隔音海绵。客厅的地上，平放着一个大柜子，倒着在地上，像一个大棺材，下面还垫了几个大瑜伽垫。客厅墙角，还有个大冰箱，屋里能闻到一点咸腥味，像是血的味道。

这时程序员忽然转头往厨房冲，周庸有点蒙，我说："快拦住他！"周庸没反应过来咋回事，程序员已经冲进厨房，拿起把尖刀，我冲上去把厨房门一拽，关上了。里面的程序员在疯狂拽门，我有点要挺不住，小声告诉周庸，说："我开门你就踹他。"

周庸点点头，我把门打开，使劲往里一推，程序员正往后拽门，被惯性和门砸倒在地，周庸上去一脚把刀踢飞，我俩按住了他。我在阳台找了两件T恤，用小刀撕成条，把程序员绑了起来，让周庸看住他。确定绑得够紧后，我打开客厅里倒着放的衣柜，吴霜正躺在里面，只穿内衣，手脚被绑，嘴被塞住，正在睡觉。我检查了一下，除了胳膊上有几道划痕，没什么其他伤。

给她松绑后，我打了110和120，让周庸通知李旷，吴霜没死，我又去看了眼墙角的冰箱。打开门，我吓了一跳，一颗人头正盯着我看——人间蒸发，怎么也找不到的徐常山，原来已经变成了几块，在1606的冰箱里。

程序员很快被警方带走，吴霜被送去了医院。我是在三个星期后，李旷请我和周庸喝酒时，才知道整件事的来龙去脉。

邻居的程序员，一直觊觎吴霜，通过技术手段监视监听着她，然后发现，吴霜不知道为什么，总在半夜点外卖。他觉得这是可以利用的点，产生了一个可怕的想法，从网上买了外卖的衣服、冰箱、实木大衣柜、瑜伽垫准备着，并在墙上贴了一层隔音海绵。只留下了一块儿空白，用隔墙听监听吴霜。

16日凌晨三点，吴霜点了外卖，因为可乐没有了，店家打电话给她，问能不能换成别的饮料。在另一边监听的程序员知道，吴霜又订了外卖——他隔了五分钟，穿上外卖的衣服去敲门，吴霜正迫不及待想嗑药，看都没看就开了门。结果被他拿刀逼着，带去自己家，喂安眠药后，绑了起来，关在衣柜里。等真正的外卖员、给吴霜送药的徐常山上楼后，他假装自己订的外卖，让徐常山进屋，用刀捅死了他。

第二天他把徐常山分尸，放在了冰箱里，为了误导警方，他换上徐常山的衣服，避开近距离的电梯监控，走楼梯出去了几次——即使有人发现吴霜失踪，也会以为是徐常山杀人分尸后逃跑了。为了做戏做全，他还割破吴霜的胳膊，接了点血洒在天台上，制造吴霜确实被杀的假象。然后在其他人的眼里，吴霜就已经死了，但在他的衣柜里，会多出一个任他凌辱的姑娘。隔音做得好，平时多喂点安眠药，就不怕被人发现。而徐常山，为了多赚点钱给女儿治病，替人送违禁药品，把命送了后，还要成为真凶的替罪羊。

周庸听李旷讲完，喝了口酒，说："徐哥，我真有点后怕，要不是咱恰巧用了吴霜的电脑，可能这就是一起完美犯罪了。"

我说这个问题，我在网上回答过一次。

完美犯罪可能有四种：

一、明知道凶手是谁，但没法定罪，没有在法律上站得住脚的证据。

二、被凶手误导，误认为凶手是其他人，或者以为受害者是自杀。

三、完全找不到凶手。

四、警方没有立案，甚至没有人察觉到罪案发生了。

虽然从结果上说，这四种犯罪，凶手都无法得到处罚，但从作案过程来说，是没有人可以完全不留下线索的。只要用心去调查，总有很大概率能破案。

给周庸讲完，我问："李旷，吴霜这段时间怎么样？"李旷犹豫了一下，说："我也不清楚，上个月我俩分手了，吴霜被父母带回了老家，一直没再联系过。"

WARNING
如何防止被人盗取Wi-Fi、入侵路由器

1. Wi-Fi密码设得复杂点，最好大小写、数字符号一起来，位数在8位以上。

2. 路由器后台管理密码，别和Wi-Fi密码一样。如果能改用户名和路由器的登录地址，一块改了。

3. 绑定MAC。MAC就是网卡的地址，这样只有绑定的手机、电脑能联网，其他人就算知道密码也连不上。

4. 隐藏SSID。SSID就是搜Wi-Fi时出来的名儿，在路由器管理页面就能设，这样能降低被黑客攻击的概率。

5. 检查DNS（域名系统），如果不是空的，路由器可能已被入侵，可以清空DNS设置，再修改Wi-Fi密码和路由器后台管理密码。

6. 别瞎用Wi-Fi共享软件，最好别用。

7. 如果对第3、4、5条不是很明白，找个程序员朋友问一下。

07

女孩去世一个月后，
家人在她衣柜里发现一堆骨头

事件：中国足球往事
时间：2018年4月7日
信息来源：微博求助
支出：1000元+苹果手机一部
收入：50000元
执行情况：完结

每天都有人在微博上发私信，向我求助：老公去找小三了，如何定位他在哪儿；父亲赌博欠钱，如何应对上门讨债泼油漆的；儿子失踪，是不是被拐进传销组织了。隔段时间，我会统一回复下，并给出个人建议，帮了一点人，对于更多的人，是真帮不上什么忙。

最多的，是在网上被骗了钱，希望我帮忙追回的。在我表示网络诈骗破案率最低，最难以追回财物，个人无能为力后，多数人表示理解，也有个别人会破口大骂，说我袖手旁观，毁了他的家庭。我理解，但不接受，因为我是个相对自私的人，时间、精力有限，有时候能做到的，就是提个建议而已。

当然，碰到感兴趣或利益很大的事，我也会主动参与一下。比如2018年4月7日，我收到了一条奇怪的求助，是一个五十岁的母亲发来的——她研究了快一天，才搞明白如何发私信给我。

她说，4月的时候，自己女儿方晓发烧出水痘，从燕市回到吉城家里养病。第三天的时候，忽然开始头痛、呕吐、喘不上气，还出现了意识障碍，总不知道自己在哪儿。她和丈夫把方晓送到医院，但没抢救过来，不到一天就内出血、呼吸衰竭死了。

她和丈夫这一个月都沉浸在伤心中，直到5日才缓过来点，来到燕市，去文州路的丛桂轩小区，收拾女儿的遗物。

方晓最多的是化妆品和衣服，她住的地方有两个大衣柜，全装满了，他妈妈打算把这些衣物整理一下，送人或捐了，省得睹物生情。但没想到，在整理到第二个衣柜上层时，忽然闻到一股恶臭——味道是从最上面的一个整理箱传出来的。她把整理箱拿出来打开时，差点没被臭味熏晕，捂住鼻子瞄了一眼，里面有具腐烂的小尸体，很多地方已经露出了白骨。

方晓她妈妈最开始以为是小猫或小狗的尸体，仔细一看，却发现不对，四肢和躯干明显是人形的——这是具婴儿的尸体。她赶紧报了警，经过DNA鉴定后，确定这具婴儿尸体和方晓的父母有血缘关系，但最大的嫌疑人方晓已经死了，自然无法再调查下去。

方晓她妈妈找到我，就是想知道发生了什么，这个死婴是怎么来的，问我能不能帮帮忙，给分析分析、调查调查。最后她说，女儿一死，老两口的人生就算是完了，也就剩这点念想，想知道个答案，可以出五万块钱，并留下联系方式给我。

留言里有很多错字，都是把"你"打成了"祢"这种，一看用的就是手写输入法。这么长一条留言，估计这阿姨得手写半天，我考虑了一下，给她留的手机号发了条短信，说明自己是谁，问她在不在燕市。

那边很快回过来一通电话，说和方晓她爸爸回吉城了，要是有需要，明一早就坐高铁来燕市。我说行，那就明晚六点吧，在怡园街的一家涮肉店见面，那有包厢，比较安静。

第二天，我打电话订好包间，晚上叫我的助手周庸开车接我，到了饭馆，方晓的父母已经在等我们了。我们进了包厢，点了铜锅涮肉、羊上脑等几道菜。等菜上齐了，我让周庸把门关好，问方晓的父母，她在去世之前，有没有和什么人，尤其是异性，接触比较频繁。

方晓他爸爸喝了口酒，说有。方晓出事前的很长时间，他俩一直在催婚，还给她下载相亲的软件，买会员，给她挑相亲对象什么的，为这事吵了好几次架。但方晓还是听父母的话，出去相了几次亲。我问："有没有什么相中的人？"她爸爸说："不知道，方晓每次回家就说一般，多了都不说，我俩怕问多了孩子下回不去了，也没敢多问。"

吃完饭，我提出要去方晓在燕市的住处看一眼，让她父母上周庸的车，到了文州路附近的丛桂轩小区。方晓家在13楼，装修得挺好，北欧风，墙上挂了一些画，还有方晓的照片，姑娘长得挺好看。

他妈妈说，这套房子买和装修的钱，都是方晓自己在国内一家挺出名的证券公司工作赚的，没花家里一分钱。我转了一圈，两室一厅一百多平，带上装修，起码得小一千万——这姑娘还挺能赚钱的。

装死婴的整理箱被警方拿走了。屋里没什么有用的东西，我问："能不能把方晓的手机给我？"她父母有点尴尬，告诉我，他们怕方晓在下面寂寞，就把她的手机和骨灰盒一起埋了，想拿出来得把坟掘了。

我说："这样吧，你把你们给她注册会员那个相亲APP告诉我，我下一个，说不定这个相亲平台就是死婴的来源。"她妈妈掏出手机，给我看了一个叫"真姻缘"的APP，我用苹果应用商店一搜没有，百度了一下，发现需要下载以后再开安全许可，就先没下载。我向方晓的父母告辞，说有消息通知他们，但让他俩别抱多大希望。

出门的时候，她爸爸塞给我一个用报纸包成的方块，我打开一看，里面是五沓一百块钱钞票。

下了楼，我和周庸坐在车里抽烟，他问我："方晓的父母咋还用报纸包钱？"我说："你是从小富贵惯了，他们那边的人求人办事都这样，证明这事是真指着咱俩了。"

晚上我去了周庸家，拿了一个他基本没用过，里面啥也没有的苹果手机，下载了真姻缘APP——这种不在苹果应用商店下载的软件，都有严重的风险，轻一点数据泄露，重一点被偷钱，再重一点，手机里有什么隐私，都可能会落在别人手里。

真姻缘APP的规则挺简单，你遇到有意向的异性可以点赞，如果对方回赞，就算匹配成功，可以在APP里聊天。因为是查方晓的事，我注册时性别填了女，照片用的田静的自拍照——从她朋友圈截的。

为了提高匹配成功率，我编排着填了些信息后，给APP推荐的几十个男人都点了赞，结果就有两个人匹配成功。周庸在旁边看着，说："徐哥，有点不科学啊，按静姐的长相，和你填的白富美人设，再加上我国男性如饥似渴的风格，就只有两个人心动？现在才九点多，应该正是如饥似渴、寂寞难耐想撩人的时候啊！"我说："别管了，先聊一会儿吧。"

聊着聊着，我感觉有点不对了——这哥俩特别善解人意，贼会说话，但言语之间没表现出一点对于田静肉体的觊觎，反倒一直在聊理财，都说自己正在做一个股票类的理财产品，月收益能达到60%，扔里10万块钱，一个月就能变16万。周庸说这也太能扯了，月收益能60%还相啥亲啊，比索罗斯都会投资，什么样的姑娘找不到。（20世纪60年代到90年代，索罗斯的量子基金的平均年化收益率为32%，基本是世界最高。）

我没再继续理这两个骗子，十点多的时候，又有几个男的加我，基本都是聊了点燕市的风土人情后，又扯起了自己的投资什么的。这让我有点奇怪了——相亲平台上骗子多很正常，但这个APP上怎么全是骗子，卖的还都是同一个产品？我决定约出来一个聊聊。

第二天，我去田静的公司找她，说晚上想请她帮忙，跟人约个会。她看我一眼，问我："又憋着劲坏谁呢？"我给她说了一下之前的事："我下午约了一个哥们儿去正安门的云咖啡，用的你照片，要让人发现货不对版，容易出马脚。"她答应下来，但说我不是人。

下午三点，我们提前到了地儿，选了一个室外的桌子，正好能关注他俩的一举一动。三点半时，一个穿帽衫戴眼镜的哥们儿到了，和照片上确实长得一样。他和田静握了个手，点了杯奇异果汁，开始胡侃。我和周庸坐在外面抽烟，只能看见他的表情，听不见他说啥。

半个小时后，两人告别，我让周庸跟上他，我进去和田静会合，问这人都说了什么。田静说跟我描述的差不多，扯了一会儿，就开始聊理财什么的，说自己是投理投资公司的经理，有款收益特高的项目，但没表达出让买的意思，估计是憋着下套呢，后面熟了再说。

那哥们儿站在路边叫了个网约车，周庸开车跟着，到了芳草湖公园附近一个不大的写字楼，他把车扔在路边跟上去，发现那人坐电梯到了7楼。

他给我打电话，问我接下来怎么办。我让他别随便上楼，免得让人发现，先回来再说。周庸说回路边取车，发现上面贴了张罚单，回来以后把罚单拍我手里："这算不算工作支出啊？"我说："要脸吗？你这么有钱，还好意思提支出收入的，太丢人，先说说你跟到哪儿去了。"

周庸说了写字楼的名字，我加上"7楼"这个关键词一搜，有家公司对应上了——投理信息科技有限公司。我查了一下这家公司，真姻缘正是它开发的APP，而且，这家公司还在招人。它在网上挂着信息，招理财顾问，底薪3500元，提成超高。

我和周庸各做了份假简历发到了这个公司的招聘邮箱，除名字和户籍，其他都是瞎编的。第二天，我收到了面试电话，周庸没收到，他特别不服，说："凭啥啊？我写的重点院校毕业，你写了个野鸡大学，凭啥要你不要我啊？"我说："你是不是脑袋让门夹了？这玩意儿比个什么劲儿。这种有问题的公司，一般都避着本地人和聪明人，可能觉得我比你傻。"他点点头："你这么一说我就舒服多了。"

10日下午，我到了投理公司，人力是个中年女人，她把我带进一间没窗户的小屋，问了几个贼没意义的问题，例如"家里几口人""对未来有什么期望"等。然后告诉我，第一个月晚上下班要培训，是半封闭式的，新人要住在公司，提供餐饮，问我接不接受。我问："不接受是不是这份工作就算黄了？"她说："对。"我说："那成吧，我接受。"

当天晚上，我被分到了附近小区的一个房间，20平方米的房间住了4个人，条件还行，比大学宿舍强。第二天早上七点三十分，我被一个老员工叫醒，递给我一个公司统一采购的三明治，让我吃完赶紧洗漱，八点钟老师要讲课。

等"老师"开始授课时，我终于搞清了这家公司在干什么，这就是一个网恋组织。

这个网恋组织除了领导外，基层人员大概可以分为七种：一、键盘手：负责聊天打字；二、电话手：负责语音聊天；三、模特：负责拍生活照和跟人见面；四、推广手：负责线上和线下推广，其中，线下推广主要是去城市的各个相亲角、公园、老年活动中心，向着急子女婚姻问题的中老年人推荐APP，并让他们购买会员（方晓的父母就是来燕市看她时，在公园里被推荐的）；五、老师：对新入职的员工进行指导和工作分配；六、教官：负责研究目标对象的信息和心理，制定聊天方向；七、靶子：这个工作最危险，负责去提款机取骗来的钱，有被监控拍到的风险。

当和一名目标交往一段时间后，经过教官分析，模特、电话手或键盘手，就可以开始行骗了。他们会在交往过程中不断"铺垫"，暗示自己有赚钱的方法，等对方心动了，就可以诈骗了——在内部，他们管这叫"开枪"。

我因为在培训期间，告诉老师自己擅长打字，"光荣"地成了一名键盘手，然后老师给我传了一份超大的文档，里面全是聊天记录。只要根据姓名检索，马上就能查到之前另一人和对方聊天时说过什么，省得陪聊时说差。不管你是男是女，如果你是某个相亲平台的会员，那你的线上聊天对象，极可能是20个来自全国各地的壮汉，随机深情回答你的任何问题。

依靠姓名检索，我查到了方晓的聊天记录，她总共和两个人聊过，说自己有男朋友，在父母的逼迫下才来这个平台相亲。之前负责聊天的人没拒绝和她说话，而是像知心朋友一样和她聊了聊生活——反正他们和方晓聊天的目的也不是结婚，而是骗钱，她爱有啥有啥，别没钱就行。

方晓还是有钱的，她说男朋友想要台车，自己攒钱买了辆路虎，趁男朋友过生日送给他。方晓还发过来一张照片，自己站在一台路虎揽胜前，车牌号是燕*·*****。除此之外，聊天记录里没什么有用的了，从4月1日开始，方晓就再没回过这两人信息。

这公司一开始封闭培训，就让我上交了手机，只在公司电脑上登录微信，让我和"目标"聊天。

我趁着午饭时间，用公司的微信加了周庸，把聊天记录转发给他，告诉他在他家门口等着。我偷偷从防火梯下楼，打了个出租去周庸家。因为想到有可能收手机，所以带的是周庸那个没怎么用过的苹果手机，不要了也不心疼。

到了周庸家，我跟周庸讲了一下这公司的事，他都蒙了，说："太厉害了，自己做相亲APP当幌子，组团骗自己的会员，可真是商业闭环啊！"我说："别管他的商业模式了，你先打110举报一下，我研究一下这台路虎。"

趁周庸报警的工夫，我把路虎的车牌号发给车管所的朋友，让他帮忙查一下车主信息；同时给方晓她妈妈打了个电话，问知不知道方晓有个男朋友，她还给男朋友买了台路虎。她妈都蒙了，说："不知道啊，我要知道也不能逼她去相亲啊，而且也没听她说买台路虎啊。"我说："这样吧，您赶紧拿着方晓的户口本和死亡证明，去各个银行查查她是否有账户。"她说："当初办遗产继承时，法院给出了个继承权公证书。"我说："那太好了，就用那个查，看看方晓的银行账户是否有大笔支出，有的话是和谁交易的。"她妈妈说行，让我等消息。

在等的时候，车管所的朋友来电话，告诉我一个消息——这台车有问题。他刚才看了下这台车的违章记录，3月25日上午十点，这台车在广州异地违章，下午三点，又在燕市压线了。就是用飞机把它运回来，时间也不够。

这两台违章车里，有一台肯定是套牌车，我让他把车主信息和联系方式发我，他说："你可注意点，这都是隐私信息，别整出事了。"我让他放心，拿到信息一看，这台路虎是2015年买的，中间没有转过手，一直属于一个姓李的男人。

我打电话过去说找方晓，他说我打错了，挂断了电话。我又让周庸打过去，问是不是方晓，对方说打错了，挂了电话。换了个网络电话，周庸又打过去，问是不是方晓，对面急眼了，说谁是方晓啊，问周庸在哪儿看到的他电话，是不是哪个孙子把他电话挂网上了。

周庸挂了电话，说："徐哥，这大哥应该真不认识方晓，要不骂人不能这么有底气。"我说："那也不一定。"又打了个电话过去，说："您的车把我挡住了，能不能挪一下。"他说："不应该啊，我停那地方谁也挡不住啊。"他问我在哪儿，我说利莱商业街。大哥彻底急了，说："去你的，我人和车都在广州呢，我算是明白了，就一群孙子诚心打电话逗我玩呢！"

我不想再挨骂，赶紧把电话挂了，这时方晓她妈妈正好打进来，说查到3月20日，方晓工商银行的卡，有一笔37万的转账交易，其他时间没什么大笔支出。我对了一下时间，正是方晓说买路虎那两天，应该就是买车。

周庸说："不对吧，这钱对不上啊——37万怎么买路虎揽胜？"我说："对得上，这个价格符合走私车的价格，揽胜运动款在北美新车也就50万人民币，二手也就十几二十万，运到国内卖37万不少了。"

周庸说："啥？这车是走私的？"我说："你这不废话吗？花

三十多万，用一模一样的车型套牌，这不就是走私车商最常做的一体服务吗？你不是认识很多玩车的吗？能不能帮忙问问，这车是从谁手里出去的？"

他想了想，说："不成啊，徐哥，我怕万一我有朋友掺和进去了，最后咱再查出其他事，我这暴脾气，肯定得举报他们。这种事还是别让我知道了。"

我说："行吧。"又看了一下车管所朋友之前发来的违章记录。真车在广州的时候，这辆车在燕市违章了两次，一次是在彦中街，一次是在春桥路。我问周庸："这两条路你不觉得熟悉吗？"周庸说："是挺熟啊，这不全在苑南酒吧街边上吗？"

如果你经常逛某地的汽车论坛，你就应该知道，一群男人聚在一起谈论车，尤其是谈论走私车时，往往掺杂着性。他们会带着一种意淫去集体探讨，花便宜价钱买来的走私豪车，能骗多少姑娘上床。所以在燕市，如果有人买一台走私豪车，他多半会开车出现在苑南酒吧街，试试自己的桃花运。

连着三天晚上，我和周庸都去苑南酒吧街的各个酒吧门口找车，看有没有那台路虎。

4月14日晚上，我正在外面门口看车，周庸给我打电话："徐哥，来我这儿，找着了！"我急忙赶过去，果然看见了车牌号燕＊·＊＊＊＊＊的路虎停在那儿。我问周庸："确定是这辆吗？"他说："绝对是。你看，车里温度表显示75，是按华氏温度统计的，不是摄氏度，绝对走私进来的。"

我和周庸坐在车里，等到晚上十点多，两个挺壮的男人从酒吧里出来上了车，但是没点火，好像在等什么人。直到酒吧里又出来一对儿男女，上了一辆斯巴鲁，这两个人才点火跟上。周庸也启动车跟在路虎后面："这帮傻子，肯定都喝酒了，还不叫代驾，早晚完蛋。"

车没开多远，到了苑南西街的一家连锁酒店，开着斯巴鲁那俩进去开房了，开路虎的两个壮汉在楼下等着，四十分钟过去了，他俩才下车。我和周庸跟着下了车，进了酒店。

进门的时候，他俩正让前台的姑娘给开房那两个人打电话："我不小心把他车剐了，您现在要是不叫他下来，可别明儿让你们赔。"前台一想也是，打电话到房间，说车剐了，没一会儿，一对儿里的男人下来了，出门检查车，结果一到就被两个壮汉按在机箱盖上了，掏出本证说自己是警察。以被按住那哥们儿的视角，其实根本看不清掏的是什么，但我看清了——是本驾照。

两个壮汉也不管边上有没有人，问被按住那哥们儿是不是嫖娼了。这哥们儿最开始说没有，被扇了两耳光后承认了，说在酒吧勾搭上一个姑娘，两个人就出来开房了。这两个人掏出手铐把他铐上，让他把那姑娘也叫下来。这哥们儿发微信叫姑娘下来后，两个人被一起关在了路虎后座。

周庸问我："徐哥，这明显是两个假警察敲诈呢，咱不管？"我说："感觉咱俩的身板，够呛能整过他俩，还是再等等吧，不行咱就报警。"

这时有个壮汉可能是喝太多了，下车跑到路边撒尿，我说："就现在。趁他比较脆弱，还落单的时候，赶紧上。"我俩下了车，假装从他身边经过时，周庸忽然给他来了个抱摔，倒地的时候尿甩到了我的鞋和裤子上。但这时也顾不上擦了，我帮忙按住他，伸手在他裤兜里掏出了手机和身份证。

他开始"嗷嗷"喊，说自己是警察，问我俩干啥的。我说："你是警察正好，我俩正要带你去派出所呢，你也甭跑，跑了我就把你身份证交上去，再说说你都干吗了。"他一下就不吱声了。

那边车里的人，等半天没回来，看我俩在这边把同伙按住了，估计以为是真警察来了，直接开车就跑了。周庸说："你朋友可真仗义！"

我俩把他带到了周庸的沃尔沃边上。周庸想了想，说："徐哥，要不然咱就别上车了，他身上还沾着尿呢，这车以后还咋开啊。"我毕竟也是爱车之人，说："那行吧，咱就在这儿聊几句。"

"你认识方晓吗？"我问。他说不认识，问我方晓是谁。我说："你这车咋来的，你心里没数？"他说："啊，你们是那女的找来的啊。哥们儿你看这样行不行：我和我朋友说一声，把车还你们，然后你把身份证还我，成吗？"我让他先说说，他是怎么弄到这台车的。

他说："嗨，我们做这活儿你也看见了，就是强行仙人跳，在酒吧盯着那些想卖的女的，看她们跟男的勾搭上了，就在后面跟着，然后想办法诈他们钱。"

周庸问他："那方晓也是在酒吧里做这个的吗？"他说："那倒不是。她不是你们朋友吧？"我说："不是，就是认识。"这哥们儿点点头，说："那我实话实说了。她也卖，但高级很多。"

方晓是那种需要通过中介介绍的，平时只接长线活的商务模特。她不靠每天不停接活赚钱，而是固定长线地服务几个有钱的客户，有点像国外的那种Sugar daddy①。这群客户一般是中老年男子，比较"会玩"，不想搞得像其他性交易一样低俗，所以，每次不会给很多的钱，但会带她逛街、吃饭，几万块钱的包，说买就买了。

做这行的秘诀是，让所有客户都买同一款包，然后把多余的包卖掉，只留一个，下次见这些客户时，他们发现姑娘背的是自己上次买的包，以为她没有拿去折现，就会更加高兴，给姑娘花更多的钱。中山路附近有很多奢侈品回收店，有一部分，就是专门服务这个人群的。这种移花接木的赚钱方式，有时一个月能赚大几十万——方晓的房子，大概就是这么来的。

方晓平时只接长线的活，但最近好像特别缺钱，告诉中介，自己要接几单"短活"赚钱。这两个人正好有那中介的联系方式，一看中介在朋友圈里发了方晓的照片，立马就盯上了——他俩平时就盯着中介手里的姑娘，从她们身上赚钱。

中介只收介绍费，一个姑娘的微信500块钱。他俩花500块钱买完联系方式后，会跟姑娘聊天。如果姑娘说现在正在接别人的活，他们就会发个第三方的企业红包给姑娘。发这个红包能干什么呢？你点开这个红包，会弹出一个选项，问你是否接受红包并同意使用

① Sugar daddy：指通过送金钱、贵重礼品或提供其他支持以诱使年轻女性与其约会和性交易的中老年男性。

定位服务。只要你选择接受红包，对方就能定位你的位置，误差不超过10米。

知道姑娘在哪个酒店开房给人服务后，他们就会找上门，想办法把姑娘和嫖客骗出来，强行仙人跳。

3月26日，这对人渣从中介手里，买来了方晓的联系方式，定位到她所在的酒店，在一楼大厅候着，趁方晓出来时，假装警察抓嫖，对她进行勒索，并让她把嫖客也叫出来。嫖客是个中年男人，被他俩打了几下后，有点喘不上气了，说自己刚从泰国回来，还有点发烧，可能染上了登革热，问能不能把他送医院。

这两个人看他不像装的，就让中年男人转了5000块钱，又用手机给他录了个像，让他自己承认嫖娼，留下了他的身份证和联系方式，打算以后长期勒索他——这个岁数有家有业的男人，最怕这种身败名裂的事。而方晓说自己是真没钱了，就有这一台车，说要不然他们把车开走算了。这两个人也胆大，真把车开走了，也不怕出事。

我问他有没有那个中年男人的联系方式，他把那男人的姓名、联系方式、工作地址、录像等全给我了。然后我让周庸报警，这哥们儿都崩溃了，破口大骂我们言而无信。

从警察局录完笔录出来，我俩回家睡了一觉，第二天一早，我们找到了那个中年男人——他是燕市某足球俱乐部的梯队教练。在他忏悔嫖娼的视频面前，这位教练有什么说什么。

那天他被送到医院，确实检查出登革热，幸亏治疗及时，才没出大问题。出乎意料的是，他不是通过中介找到的方晓，而是通过方晓的那个男朋友。这个男朋友是他手下的球员，为了讨好他，在他从泰国回来的第一天，就把方晓送到了他的床上。

几天后，我们见到了方晓的男朋友，很年轻，很精神，看起来一身正气。跟他说了方晓以及死婴的事后，他一点反应也没有，反过来劝我们不要再来找事，如果影响到他踢球，一定不会放过我们。

离开那家足球俱乐部，坐回车里，周庸点上烟，说："徐哥，为了踢个球不至于吧，那人疯了吧，刚才咱俩就应该揍他的。"我说："现在应该还算好多了。我去年过年回家，和我哥的一个朋友喝酒，他原来是一家特别辉煌的足球俱乐部的青训球员。那天他喝多了，提起最黑暗的那几年，失声痛哭，说俱乐部那帮有点小权力的教练、领导们，连小球员的母亲都不放过。小球员要想踢比赛，要么送钱，要么让母亲投怀送抱。他因为实在没钱，也不愿牺牲自己的母亲，只能放弃自己的足球梦。"周庸说："这帮人全枪毙了也不嫌多。"

关于方晓房间里的死婴，到最后也没有确定答案，但我有一个想法。

登革热只有一种传染方式，就是通过蚊虫，二人发生性行为不会传播。但方晓被教练无意从泰国带回的蚊子叮了，也说得过去。方晓死前的症状，明显就是重度登革热。但因为老家寒冷，很少流行这种病，所以，家人开始以为是水痘，最后医院也没查明白死因。登革热病毒有可能引起TORCH综合症，造成胎儿畸形、流产或死胎，方晓可能染病后流产了，生下死胎，不知道怎么处理，就藏在了衣柜里。

把这些情况告诉方晓的父母后，他们一时都接受不了，问我那帮人说的都是真的吗？有没有可能是撒谎？我说："虽然很难接受，但确实是真的。"5月的时候，我拿方晓的照片，在中山路附近的奢侈品回收店转了一圈，找到一位和她很熟的老板，方晓活着的时候，经常来他这儿出货。

老板告诉我，不只是方晓，这些从事特殊行业的姑娘，很多都有包养"小狼狗""小奶狗"的习惯，把自己赚的"辛苦钱"再花到这些小男生身上，仿佛要弥补些什么。

WARNING
如何预防并识别网络情感诈骗

1. 不相信任何网恋。

2. 如果你非得网恋，那要注意对方是否经常拒绝视频和见面。

3. 警惕对方说要带你赚钱。

4. 警惕对方管你借钱。

5. 警惕对方自称是高富帅或白富美。

6. 坚信任何幸运都不会轻易落在自己身上。

7. 保存好聊天记录，及时报警。

别在网上乱买宠物，
你可能被关进6万块钱的狗笼里

事件：邻居失踪案件

时间：2017年5月30日

信息来源：李东

支出：537元

收入：待售中

执行情况：完结

2017年5月，我的邻居失踪了。

当时燕市房租还没涨得太厉害，我在南城租了个110平方米的两居，一个月才6000块。这房子虽然面积大，但因为是回迁房，开发商明显没好好建，墙体薄，我的主卧和邻居的主卧一墙之隔，经常能听见隔壁小夫妻"做坏事"的声音。

熟悉我的人都知道，我晚上不怎么睡觉，所以，他俩这种行为很困扰我。但我又不好意思说什么，因为隔壁的老爷们儿李东，算是我烟友。我早上睡觉前得抽支烟，但因为睡觉不能开窗户，怕空气不好，一般不在屋里抽，经常去防火梯那里抽。

李东是某个独角兽公司的程序员，经常早晨还在加班，听见我出门了，经常会出来跟我混支烟。他老婆管太严，不敢在家抽。每天他都在抽烟上跟老婆斗智斗勇，除了凌晨跟我混支烟，也就洗澡时敢在浴室偷偷抽一根——他说抽烟的时候开着花洒和排风，屋里和身上都不会留味道。

我第一次意识到李东失踪，是30日，我睡觉之前出门抽烟时，忽然想到，李东好几天都没出来蹭烟了。

这些天，好几个快递员都敲他家门，还骂人说电话打不通。晚上也没听见过他俩"做坏事"。两个人可能是出去旅游了，但我有李东老婆的微信，她每天扫个地、洗个碗都得发条朋友圈，出去玩不发朋友圈，简直是要她命。

这事有点不正常，我给李东夫妻发微信没人回，打电话提示不在服务区。

为保险起见，我决定确认一下，跑到小区门口的小卖部——快递员送不到的快递，大都会送到这儿，小卖部的老板每件会收一元的保管费，每月靠这个赚的钱，比他卖货赚得还多。用李东和他老婆的手机号，让老板查了下快递，从5月25日到30日，5天的快递，都没人来取。

我在家门口装了监控，能保存最近半个月的录像，我查了一下，24日那天，李东打着电话出了门，再没回来过。我感觉出了事，但不知道应不应该管。回到家，我给助手周庸打电话，叫他过来商量一下。

他到了以后，我俩对坐着抽烟，我给他分析了一下现在的情况：隔壁小夫妻可能失踪了，但不能确定，我还不敢报警。首先我非亲非故，就是个邻居。能发现邻居失踪，在这个时代，尤其是燕市这种人来人往的地方，实在太奇怪了。再说了，非亲属关系，也没权利报失踪。

而且我屋里一堆可疑的东西：调查用的隔墙听、猫眼反窥镜、追踪器之类能搬周庸家去的，就不说了。但搬进来的时候，我装了三星和ADT（ADT是一家大型家庭安防公司）合作开发的最高级家庭安防系统——包含了安全中枢、门窗报警器、多个监控摄像头、录音设备以及电子猫眼和运动探测器等。这些东西不好拆卸，而且咋看都挺可疑，要是李东和他老婆真失踪了，估计警方最怀疑的就是我。我不想惹这麻烦。

周庸说："要不再等等，等他们家里人发现失踪了，肯定就报警了。"我说："那就得看命了。别的燕漂平均多久和家里联系一次不知道，但我经常一个月才和我妈通一次电话。"他说："要不咱费点劲，帮忙查一下吧。烟友勉强也能算半个朋友吧？"我说："那算不上，但试着帮忙查一下吧，真出事了我也麻烦。"

手头没什么线索，我反复看了李东最后一次出门时的监控，他锁门时接了一通电话，我把画面反复放大，发现来电是一个燕市的电话。上网查了一下这个电话，我发现很多发在网上的帖子——自称是宠爱宠物基地，是卖猫和狗的，留的都是这个电话，说微信也加这个号。我用微信搜了一下，微信名就叫宠爱宠物基地，加他时没验证就通过了。

没一分钟，对方就特热情地问我，想要买猫还是狗，什么品种。我说："猫吧，想看看金渐层。"这种猫比较贵，所以对方更热情了，不停地向我介绍他们多正规，说都是走空运，当天到。如果是燕市上门自取宠物，节假日可以半价。我说好，问他地址，他让我到北郊边上一个叫绿钥度假村的地方，他们就在那附近。

挂了电话，周庸问我李东是不是去买宠物了。我说不应该啊，之前一起抽烟时，他说儿子在老家父母带着，最近打算接到燕市来上学。儿子想带着家里的小狗一起，他没同意。没道理再去买只狗。周庸问："那咋整？"我说："所以这卖宠物的就更可疑了，咱去看看。"

周庸开着他的M3，拉我去了绿钥度假村——这地方在北郊边上，靠近高速路口，贼远，我俩开了四十多分钟才到。到了度假村门口，我发现还有几辆车停在大门口，但不进去，没一会儿，一辆吉利帝豪开过来，招呼包括我俩在内的几辆车："看宠物的吧，跟我来吧。"

我们跟着他走了一条沙土路，周庸的M3磕了好几下底盘，到了新海镇的一个村子，下了车，就听见到处都是狗叫声。开帝豪的人带我们进了一个大院，院里面有几个门，每个门进去都是四合院式的中式建筑，有四间大屋，屋里面贴墙放满了装猫狗的笼子。狗和大猫一只一笼，小猫小狗几只一笼，大型犬放在院里的大铁笼。带我们过来的人说，他们当时做这些装大狗的铁笼，总共花了6万块钱。

周庸溜达了一会儿，看见一只小杜宾特别心动，当时就想交钱，我让他冷静点："这玩意儿市里不让养，而且这的东西不能买。"他问我为什么，我小声告诉他："用手机搜索一下关键字'新海镇、狗'，就明白了。"

新海，尤其某个村子附近，有很多狗场和猫场，这些地方卖的猫和狗，大多是"星期狗"和"星期猫"。这些狗和猫身上带有各种疾病，但因为注射了血清，看起来特别精神。买回家以后，一星期就死，花多少钱都治不好。

这些狗和猫，都是通过非常不人道的方法繁殖出来的——纯种的猫狗会成为生育机器，不停地被迫繁殖，直到身体完全垮掉。这些新生的猫狗，因为父母身体虚弱，甚至近亲繁殖，大多带有一系列先天疾病，再加上养育环境的卫生比较差，而且这些"宠物基地"为了省钱，不给它们打疫苗，活下来的概率很低。有些人买了回去，要花几千上万的钱给它们去宠物医院治病，还治不好。

周庸看了几条曝光的帖子，说："这都没人管吗？咋不举报这帮人？"我说："维权的成本太高，在燕市大家都很忙，很少有人有这精力；真遇着个狠人，估计他们就认栽，把钱赔了。"

看我俩小声说话，带我们看宠物的哥们儿说："咱家都在这儿十几年了，必须放心。哥，想看什么品种就和我说，绝对给你挑只嘎嘎好的。"

整个"宠物基地"的员工都是一嘴东北口音，虽然不知道他们具体来自哪里，但作为一个长平关人，我感到脸上十分无光。绝大部分老家人都很善良，但总有一小撮人，坑蒙拐骗，给家乡点上小黑点。

我们逛了一圈后，假装没有满意的，带路的哥们儿又带着我俩去村里其他几个地方看了看，我找机会翻出李东朋友圈的自拍，给他看："哥们儿，这人你有印象不，就是他介绍我俩到这儿来买的。"这哥们儿脸一下就拉下来了，说："没见过。你俩是来看狗的吗？"周庸说："是啊。要不然呢，还能是来看你的啊？"他没接话，拿起手机出去打电话了，我拽周庸："赶紧走，别让人堵这儿。"

刚上了周庸的M3，后边就来了两辆黑色汽车，周庸一脚油就把他们甩开了。把车开到新海公园附近，周围都是来玩的人，我俩停下车抽烟，周庸吸了一口："刚才那人肯定认识李东，一见照片就紧张得够呛。"我说："是，但他们人太多了，还有狗，咱无处下手啊。"周庸说："要不然报警吧。"我问："报警说啥？说他们认识李东，李东出事儿了？这也解释不清啊。"他说："那咋办？"我说："咱先回去换台车。你这车太显眼了，估计也被盯上了。"

我俩回到市里，换了我的高尔夫R，在我家附近吃了顿千层肚，晚上七点，天黑下来，我们又开车到了村里。

村里很静，只有狗叫声，我们沿着村里的路一条条开，终于找到上午看见的那辆帝豪，它和五辆车一起，停在一个墙很高的院子前。我让周庸别停车，直接开过去，免得引起屋里人的怀疑——在三百米外的地方停下车，我俩轻声走到了院子外，忽然院里响起狗叫，我俩赶紧走开。

回到车里，周庸问："徐哥，这咋办，里面有狗，咱也进不去啊？"我说："听叫声，应该只有一只，要不咱想想怎么把狗弄睡了吧。"

偷狗的人，一般会用两种药，一种是琥珀胆碱，二是氰化钾，抹在小针上，用管吹或者用弩射到狗身上，狗很快就会失去行动能力。

但这两种人偷狗，都是为了卖给狗肉馆。琥珀胆碱过量可能致死，氰化钾沾上直接就死了——我们肯定不能用这样的方法。我曾经见过一个大爷，卖一种叫狗眠宝的东西，让狗吃了就睡的——在燕市，大家都住在楼房里，而且生活空间狭小，为了防止晚上狗叫邻居找上门，这种药很有市场，但估计副作用也不小。最后我决定，把我常用的安眠药拿出一粒捣碎，抹到火腿肠上，扔进去给狗吃，药效可能慢一点，但副作用小，吃一次对狗没啥伤害。

第二天晚上11点，我俩又来到那院前，凭狗叫声找准狗的位置，确定周边没人说话后，往里面扔了一根"加料"的火腿肠，过了半小时后转回去，狗叫声没了。

我换上弓形的始祖鸟攀岩鞋——墙有点高，得有三米多高，这种弓形攀岩鞋适合爬角度比较直的地方，让周庸托了我一把，我硬蹬了两步，爬上了墙头，趴在上面往院里看。屋里已经关灯了，借着月光能看见，地上躺着一只狗，正在睡觉。在狗旁边还有一个笼子，里面蜷缩着一个身影，看不清，应该也是只大狗。

我看它关在笼子里，没什么危险，就跳了进去，迈过了睡着的比特犬——我本来打算想办法摸进屋，拿走他们的手机，导出通话记录和聊天记录，看有没有和李东相关的信息。但我正往屋内挪时，笼里那个生物站了起来，几乎和我一样高，拿俩眼睛盯着我。

我正想着什么狗这么大，仔细一看，差点没喊出来。我压低了声音："你咋在笼子里？"笼子里站着的生物，是我失踪的邻居——李东。

我观察了一下笼子，用的是锁自行车的那种软锁。我示意李东先别出声，发微信让周庸回我车里取手动棘轮切刀，先把车开到墙边，小点声，踩着机箱盖，把东西给我放在墙头，再把车开到门口，别熄火，随时接应我逃跑。

周庸回复说："得嘞。"过了几分钟，我听见车开过来的声音，没一会儿，一只手把棘轮切刀放在了墙上。我蹬墙往上跳，把切刀拿下来，到笼子边上告诉李东，说你活动活动脚腕，别在笼子里时间长了待麻了，不方便跑。然后我拿棘轮切刀调整到锁的宽度，用力把锁剪断，发出一声巨响。

我拽开笼门，把李东搀出来跑向大门，打开门上了车，屋里才开灯："谁啊？"我让周庸快开，离开了这个地方。

我和李东坐在后排，掏出瓶水给他，问他到底怎么回事，他一直摇头不说话——这种情况也算正常，很多人在遭遇这种事后，会失声或精神出现问题。但有一件事我必须马上搞清楚——他老婆在哪儿，毕竟是一个年轻漂亮的姑娘，肯定比他要危险得多。如果出现了很不好的情况，必须立即报警。

李东终于说话了，声音沙哑，一点不像他自己的："她没事，没和我一起来。"我问那她怎么也联系不上了，李东说没事，她出国玩去了。

我递给他一根烟，说平时你老婆不让抽，现在遇着这么大事，可劲抽吧，冷静冷静给我讲讲怎么回事，我现在带你去派出所报案。周庸说："对。这帮孙子拿狗不当条命，拿人当条狗关笼子里，赶紧把他们弄进去。"李东抽着烟，忽然特紧张，让我们别报警，我问为啥，他也不说。我想了想，说："先送你回家休息，有啥事咱明天再说。"

开车回到市里时，已经过了零点，我在附近的肯德基买了两碗皮蛋瘦肉粥，让他带回家吃。把他送到家，我和周庸又去陈记串吧吃串，周庸问我："李东为什么不报警？"我说："这人有问题，我感觉他不是李东。"周庸串都吃不下去了："徐哥你别吓我，后背汗毛都竖起来了，和照片长得一样啊。"

我说："他受这么大委屈不报警，可能涉及隐私问题，他声音变了，可能是被吓的、喊的，这都可以理解。但为什么，一个十年的老烟民不会抽烟？我递给他烟时，他完全没往里吸，含在嘴里几秒就吐出来了。这又不是抽雪茄，只有完全不会抽烟的人，才会这么整，遭遇这么大事儿，他就不想来一根？"周庸说："对啊，我要碰见这事儿，估计得连抽一盒，那咱现在咋弄？"我说："等明天试探试探他。"

第二天上午九点多，没等我们试探呢，一个大哥带着两个穿西服的男人，"咣咣"敲李东家的门，让他出来。

我先开门出来了，问他们干什么，他们说是买房的和房产中介——李东之前通过中介把房子卖给了这个大哥，他也预交了一部分钱，这几天本来应该交接的，但一直联系不上李东，想着他是不是要毁约，所以上门来找了。

李东的房子是需要还贷的按揭房，这种房子不太好卖，一般卖方会借点钱把贷款全还上，交易后再把借了的钱还上。如果卖房的人没能力还贷，可以协商让买房的人先交一部分房款，用这笔钱还完贷后再交剩余的钱——用这种方法买房的人有风险，一般交易时会通过中介公司去公证处做公证委托，确保自己的利益。买房大哥和房产中介说李东前几天就是在公证委托下，先收了大哥一笔钱，承诺这几天去把房贷还完，然后完成剩下的交易，结果忽然就让人关笼子里了。

我跟大哥和中介公司的人商量了一下，说他这几天家里出了点事，精神状态不好，反正已经公证完了，房子在这儿也跑不了，要不然再让他缓两天。大哥想了一下，看李东不开门，骂骂咧咧地走了，说明天再来。

等大哥走了，李东打开门，把我让进屋，我没问他卖房的事，问他怎么被关进笼子的。

他说自己去北郊的村里买了只柯基，没想到回家半路上，狗就开始便血。他拿狗回去找他们理论，要赔偿。对方态度特别横，就是不给，他一急，说自己在工商局和税务局都有熟人，要把对方搞垮。对方一下有点害怕了，估计没想明白，就把他扣那儿了。我问他老婆在哪儿，他说去日本玩了，过两天就回来。

此时此刻，我可以确定，我面前这个人绝对不是李东。

李东一毕业就来了燕市，已经快十年，普通话进步很大。我面前这个和李东长得一模一样的人，虽然刻意校正着自己的普通话和我对话，但口音太重了。而且，有人趁老婆去日本旅游时卖房吗？有人卖房要搬家时还去买狗吗？有人遇到这种情况还不报警吗？所以，这个人绝对不是李东，那他到底是谁呢？更重要的是，李东和他老婆去哪儿了？

我站起来说要上厕所，在屋里转了一圈，发现桌子上有两盒利他林。这个药俗称"聪明药"，这两年有一些父母，会在孩子高考之前给他们买这个东西吃——为了短期内加强注意力，提高一点成绩。但这药的副作用特大，可能造成精神的永久性损伤以及阶段反应。而且这药和冰毒成分差不多，戒毒所百分之十左右的人，都是因为吃了这药后染上毒瘾。

我之前听说，这药的戒断反应还包括暴力倾向——为什么李东家会有这种药？

我憋着没说，又问了一遍他要不要报警。他说别了，工作太忙，没时间跟他们纠缠。

离开他家后，我去李东卖房的中介公司，找到上午跟买房大哥来敲门的中介，要来李东的身份证复印件。他身份证上的地址，就是他老家的地址——他在燕市买房，是因为交满了5年社保，但并没有燕市户口。

身份证上的地址，很可能就是他父母的地址。我让周庸立刻买机票去李东老家，上门联系他的父母，说明情况。

第二天上午十一点多，周庸给我打来电话，说找到人了，问我要不要和他们通话。

我拿起电话，直入主题，说："叔叔您好，我是李东的朋友，我想问您一件事，有没有可能，有个人和李东长得一模一样？"李东他爸口音很重，平均三句我才能听懂一句，半个小时后，我终于问清了想问的事。

当年李东出生时，他妈其实怀的是双胞胎。那年头婴儿死亡率比现在高，她妈生产结束后，护士说只有一个活了，另一个是死胎，抱来给他妈看一眼，问是医院处理还是他们自己处理。他爸妈就让医院处理了。我问他爸还记不记得当年护士的名字，他爸说是一个叫王春梅的护士，特别热情。我说："叔叔，您去打听打听这个护士的为人什么的，这可能关系到李东的人身安全。"

他爸妈听周庸说李东出事了，联系半天没联系上，也干着急呢，说行，赶紧去医院找熟人去打听了。

半个多小时后，周庸给我来电话："徐哥，当年那个叫王春梅的护士，因为倒卖婴儿进去了。现在基本可以肯定，李东有个双胞胎兄弟，当年被卖给别人了。新生儿长得都一样，皱巴巴的，估计那护士当时就是拿了个其他死婴，骗李东的父母。"

我让他在那边帮李东父母报警立案后，赶紧回了燕市——我报了警，然后以安慰之名，去李东家缠住了那个"假李东"。直到警察来到他家的时候，我才发现他收拾了两包东西，可能正要走，幸亏被我及时拦住了。

去公安局做完笔录回来，已经凌晨，我跑到防火梯那里抽了两支烟，回去睡觉了。

第二天上午，我被吵醒，听见门外有人在骂："他妈的，门咋打不开了？"我出去打开门，发现李东和他老婆大包小包地站在走廊里，钥匙插不进锁孔，看见我说："徐哥，给我来根烟呗，不知道谁把我家锁换了，你说缺德不缺德，我已经叫开锁的了，不知道都丢啥了。"我说对，不仅锁换了，把房子都给你卖了，然后给他俩讲了一下，之前大概发生了什么。他俩蒙了。

我问他俩到底去干吗了，他们说去日本东北六县旅游了。问他们为啥不回微信，两人都没吱声。

大概一个月之后，李东才在凌晨抽烟的时候，坦陈了事情的全部真相：

买走他兄弟那家，其实家庭条件不咋好，买这个儿子基本上算是倾家荡产了。李东的双胞胎兄弟长大后，一直在外打工，去年在清城做了一年房产中介，前两年才知道自己不是亲生的。他打听到亲生父母信息后，发现自己的兄弟混得很好，在燕市已经贷款买房了，他没立即认祖归宗，而是想出一个计划——两个人长得这么像，他是不是有机会把兄弟的房子卖掉，然后神不知鬼不觉地拿走这笔钱。

一开始确实有点愧疚，但仔细一想：没和他一起混过日子的人，不算是他的兄弟；真正的兄弟一定是一起拼杀于江湖，一起承担责任和压力，一起享受成果的人。现在，他直接享受兄弟的成果就行了。他打听到李东的住址，来到燕市，几次趁着李东下楼扔垃圾后，翻了他家的垃圾袋，在垃圾里面发现了利他林。

他研究后知道，这是一种挺难买的处方药，高价托人从老家搞了点印度来的利他林。李东有天去医院，想开点这个药，发现医院不给开，于是去医院后门那堆卖假药的小房子，看有没有人私下卖利他林。

他兄弟戴着帽子口罩，截住了李东，塞给他一张自己做的"聪明药"小广告，其他人都卖20元一粒，他卖10元一粒，价格便宜一半，李东当场就买了200元钱的药。果然，药用完后，李东很快就加了他微信——之所以服用利他林，是因为李东压力太大了。

他们公司实行末位淘汰制，业务能力不行或任务完成度低的人，年底会被淘汰。他有房贷要还，孩子还要来燕市上学，都要钱，不敢失去这份工作。但因为太累了，注意力总是不够集中，所以，偶尔会服用利他林加个班，赶个进度什么的。

两人加了微信后，他兄弟一直在朋友圈卖往返世界各地的打折机票，不仅特便宜，而且说可以先玩后交钱——其实他微信里就李东一个人，就是给李东看的。

果然，时间一长，李东心动了，来问。他兄弟问好日期，自己掏钱给李东和他老婆买了出国旅游的往返机票，以及办好了住宿、签证什么的。

在那段时间里，他通过跟踪李东，还找机会偷了他的身份证——我忽然想起，一个多月前，李东凌晨和我一起抽烟时，提起过他身份证丢了，我还让他去公安局报备一下，别让人拿他身份证去网上借款什么的。

李东去外国旅游后，他拿着李东身份证，叫了个开锁的，把锁换了，在屋里找到房产证什么的，两天就把房卖了。拿着三百多万的预付款，他觉得人生得意须尽欢，自己喜欢狗，手里又有一大笔钱，听说燕市的狗市特别出名，在网上查了查，加了微信聊一下，就决定过去买只柯基，带回老家养。据警察说，因为这家伙揣着太多钱，那群卖狗的想黑吃黑，把他关进笼子，就是打算从他那儿榨更多的钱。

而李东之所以谁的微信都不回，他老婆也不发朋友圈，是因为怕人知道他们去国外旅游了，让帮忙代购东西。他们想好好玩一下，连父母都没告诉——也是因为怕亲戚知道了，要求帮忙带东西。李东的老婆攒了几百张相片，就憋着回来发呢。

李东的父母确认这也是自己儿子后，希望法院能轻判，给他一个机会，但李东不同意。

我决定近期搬家，收拾东西的时候，突然鬼使神差把门口监控倒回24日看了一眼。李东和老婆拉着行李箱出门3小时后，一个和他长得一模一样，但穿着不一样的人，打电话找了一个上门开锁的，向他出示了身份证。开锁的还需要物业证明，他给物业打电话，物业的人拿身份证复印件来对了一下，确认了这个人就是李东，开锁的帮他开门换了锁。

看完监控，我打开微信，发现李东的老婆新发了一条朋友圈："从国外回来后，发现房子被卖了，不知道怎么办了。"

十分钟后，她又发了一条："邻居还在门上装了监控，进进出出总感觉在被人盯着，有种好变态的感觉。"

我回复她，是不是忘屏蔽我了，然后把她拉黑了。

WARNING
宠物店购买猫狗时应该注意什么

1. 签订15天健康协议。为了避免买到星期狗或猫，选购时一定要和宠物店签15天健康协议，如果对方不签就不买了。

2. 让商家出示证明动物健康的证明。查看宠物店的营业执照，给猫狗打疫苗的疫苗本，打针视频，宠物身份证明等，有条件的可以现场进行犬瘟和细小病毒的测试，签合同或购买协议时，一条一条仔细看。

3. 问清市场价，别贪图便宜。

4. 仔细观察猫狗，猫可以重点看：

   （1）身体是否畸形，有没有活力；

   （2）眼睛有没有异常分泌物，耳朵里是否有耳疥虫；

   （3）有没有口臭，鼻子是不是微湿，呼吸有没有杂音；

   （4）肛门是否干净；

   （5）若号称血统猫，必须有CFA（国际爱猫联合会）等公信力爱猫协会开具的出生证明（蓝单）或注册证明（绿单）。

5. 观察狗时，除了上边提到的，还可以：

   （1）看狗进食情况，买食欲好的狗；

   （2）观察粪便是否呈条状。

6. 观察宠物店里的氛围和卫生环境状况。

7. 员工对动物的态度，给它们吃什么，看看猫狗的生活环境，卫生好的不一定会好好对待猫狗，但卫生差的一定不会好好对待。

8. 猫3个月左右可以开始接种疫苗，狗出生满30天就能开始接种疫苗，如果到时间店主还没接种，让你买回去自己接种，要留个心眼，宠物

　　流动很大，动物很容易被感染。

9. 大部分正规猫舍卖的都是4个月以上、绝育过的猫，需要提前很久预订，如果两个月左右的幼猫幼犬太多，基本可以判断不太正规。

10. 条件允许时，最好领养代替购买。

09

别在朋友圈算命，
你可能出现在郊区的骨灰盒里，沉甸甸的

事件：塔罗牌杀人事件
时间：2018年12月5日
信息来源：卖器材大哥
支出：1500元
收入：50000元
执行情况：完结

这两年，朋友圈里忽然出现很多算命的，以用塔罗牌算命为主。不知道为什么，干这个的和卖面膜、卖假包、卖茶叶、卖减肥药的一样，一般都是个漂亮姑娘。当然，也可能只是头像漂亮，本人是个胡茬大汉，一上微信，就和张飞一样，喜欢叫人哥哥。

你可能觉得无所谓，就是在线算个命嘛，最多骗你一点钱，对生活能有什么影响。你可错了朋友，等我讲完这个故事，你就再也不想在朋友圈看见算命的了。

2018年12月，一个在枣营南里卖器材的老板找上我，说他朋友最近总遇到些诡异事，跟中邪了似的，找大师又作法又驱邪的，都不好使，想请我帮忙查查。

我平时总在这哥们儿那买些窃听器之类的小物件，有时想要什么国内没有的，还要拜托他找人进货，得和他搞好关系，就答应下来，谈好5万块钱调查一周，有没有结果都这价儿后，我跟他要了他朋友的联系方式，约在附近吃午饭，了解一下情况。

第二天中午十二点，我和我的助手周庸来到海棠路的饭馆，与出事的哥们儿见了面。

这哥们儿叫吴鹏，三十多岁，高高瘦瘦，虽然戴着眼镜，但俩眼眶子贼黑，一看就好几天没睡好了。

他就住在饭馆附近的一个小区，我刚来燕市时就住这边，这一片房价三万多，现在已经十多万了。

吴鹏最近遭遇的，不是单个事件，而是一系列的事。

他家的电子门铃，每天凌晨一两点就响，但接起来没人说话，吴鹏最开始怀疑，是小偷或者什么人在踩点，看家里有没有人，于是故意不挂断门铃，和女朋友演戏，大声说："要不咱们打110报警吧？""嗯，行，打吧。"结果啥用没有，第二天该响还响。

他家的电视、空调，也总是无缘无故自己开机。除此之外，他还在公司收到一封信，打开里面是十张面额100亿的冥币，但这都不是最诡异的。

最诡异的是12月3日，早上5点来钟，天还没亮，吴鹏要出差，出门去赤松站坐地铁去高铁站，穿过附近的公园时，隐隐约约看见地上站着几只大狗。他怕被狗咬，擦了擦上霜的眼镜，寻思绕远点走时，忽然发现，地上趴着的狗，全都长着人脸。吴鹏吓傻了，一路跑到地铁站，还因为走神坐过了站，没赶上火车，被领导一顿骂。

周庸听他讲完蒙了，偷偷发微信问我："这哥们儿是不是讲鬼故事呢？净整封建迷信，拿咱俩当傻子逗着玩呢吧？"我回复说："不能，钱都到账了，你见过花五万块钱逗人玩的吗？那得多傻啊？"

　　但吴鹏的故事确实有点离奇，我怀疑他会不会有精神问题，产生了幻听和幻视，问他这些事儿发生时，是否有别人在场。他说收到冥币时，单位同事都看见了，门铃半夜响时女朋友在旁边，"人面狗"那次，就他自己。后来我咨询了他的同事，确定这不是假的，但没见着他女朋友——吴鹏说，自从发生这些"灵异事件"，女朋友就收拾东西走了，再没和他联系过。

　　当天下午，我去吴鹏家看了一眼，一到他家，发现屋里就像个小型的辟邪展览馆。一进门，门口一个六芒星地毯，鞋柜上摆了个观音，墙上挂着桃木剑、藏传佛教的嘎乌盒、基督教的十字架、小瓶的不知道什么水，正对着门，摆着一块一米多高的大石头，上面用红字写着"泰山石敢当"。屋里也是摆满了这类"小玩意儿"。

　　周庸说："嚯，您这信得挺杂啊？"吴鹏挺尴尬，说都是他女朋友弄的。他女朋友平时在网上给人用塔罗牌算命啥的，还顺带着卖点周边。

　　我问吴鹏要他收到的装冥币的那封信，他说没有，太不吉利，当时就扔了，但拍了照片。他拿出手机，给我和周庸看照片，收件人是他，地址是公司。寄件人填的是吴明施，地址是城西风雅苑邮政支局，是封投进邮筒寄来的平邮信。以邮政寄这种信件的效率，虽然是同城，但也不知道过了多长时间了，估计监控早查不到了。

　　我又绕着屋转了一圈，除了用来施法辟邪的东西，其他没什么特别的。我让吴鹏带着我去物业看一下晚上的监控录像，有没有拍到按门铃的人。他说查不到："冲着我单元门的摄像头坏了。"我点点头："那成，基本情况我了解了，今天晚上你好好睡觉，我俩在楼下蹲点儿，要是门铃又响了，你马上给我打电话。"

我下楼点了根烟，绕着小区转了一圈，发现确实只有一个摄像头能拍到吴鹏家单元门口，而且还不亮了。然后我又去附近他碰见"人面狗"那个小公园转了一下，还挺有人气的，有人遛狗，有人打篮球，还有几个大爷大妈在"咣咣"撞树，一点也不担心自己的骨头——看不出来这地方能发生什么奇怪的事。

我和周庸抽着烟，在公园里转了转，他说："徐哥，半夜按门铃的人，是不是可能是不怀好意的人在踩点？"我说："概率不大——很多人对入室盗窃、抢劫都有点误区，认为晚上一个人在家，比白天更危险。"

实际不是这样，按门铃后入室作案的案件，一般都发生在白天，很少发生在晚上。在大家睡觉后按门铃作案的，只能说是没有经验的菜鸟。想要作案，得尽量不引人注意，不让人警觉——谁半夜听见有人按门铃不警觉？而且在燕市这种城市，人口密度这么大，白天大部分人都去上班了，晚上全回来了，一条走廊恨不得住上好几十人，弄出点啥动静，一喊，邻居全都听见了。

周庸说："也是。那咋回事？门铃坏了？"我说："不是，我最开始也这么想的——电子门铃受潮生锈短路什么的，就会乱响。但刚才在吴鹏家检查了一下，发现没这情况。咱还是一个个线索捋吧，先蹲点看看是否有人按门铃，早上再去那个公园转转，看是否有新收获。"周庸说："成。"我俩回车里把前排座椅放倒，躺到了十二点后，把准备好的热得快拿出来，塞到鞋里，又把两个暖宝宝揣进怀里，裹好大衣，戴上口罩，拎着两保温杯热水，回到了小区里，远远站在对面的阴影里，盯着吴鹏的单元门。

一直到凌晨五点，只有用卡开门的住户，并没有人按门铃。

吴鹏那边也没打电话来，看来今晚没啥事，我和周庸回车里暖和了半小时，又去了那个小公园。

早上天没亮，还有雾霾，看啥都挺模糊。我俩从侧门进来时，路灯也关着，只能用手机打光，周围都是植物和健身器材，整个环境跟鬼片似的。沿着人行道，我俩打算绕公园一圈——我没觉得真有什么"人面狗"，估计是他这段时间被门铃、冥币啥弄得太紧张了，还没咋睡好觉，把什么玩意儿看错了，再加点自己的想象，就成"人面狗"了。

周庸眼神比我好，我俩正走着，他忽然拽我一把，指着篮球场那边小声问："徐哥，那是啥玩意儿？"我仔细一看，在雾霾里，七只挺大的动物正绕着篮球场跑圈，前后两队爪子动得很快，看跑的姿势像狗，但体型有点太大。周庸问我要不要再靠近点，我有点犹豫——七只这么大的狗，能把我俩生撕了，跑都跑不了。

正跟这儿想呢，中间有两只"狗"忽然立起来往这边看，好像看见了我俩，还招了招手。周庸说："咱过去吗？"我说："过去吧，肯定不是什么鬼鬼神神的。"

周庸走在前面，我走在他身后，两人走过去一看，几个大爷大妈戴着白手套，正在弯腰弓背四肢着地，一个跟着一个，快速转圈爬行，给我俩看蒙了。有个大妈还热情地招呼我们："来呀小伙子，一起啊。"我说："不了阿姨，我们没戴手套。"

　　大妈告诉我们，这是种新的健身方式，起源于华佗的"五禽戏"，运动者四肢伏地，手足并用，通过模仿动物的爬行动作来强身健体。回归"原始状态"的爬行，能缓解"直立行走"的弊病。大妈一边说着，一边戴上手套，在周庸面前弯下腰，给他示范："爬的时候啊，头和脖子都要抬起来，减轻腰椎和颈椎的负荷，每天爬这么1小时，就什么病都没有了。"

　　离开公园时，周庸问我："她说得对吗？"我说："不知道。但据我判断，这项运动就跟撞树一样，应该纯属扯淡。"

　　周庸说："中国老年人健身方式太野了，不是单杠上练大回旋，就是满地学狗爬。"我说："是，他们这么早出来练这个，估计也是怕别人看见。"

　　从公园出来，我们去附近星巴克吃了个早点后，给吴鹏打电话，问他睡得怎么样。

　　他说睡得贼香，好长时间没睡这么踏实了，就是有点拉肚子，要不然能睡得更好，现在精神饱满，正准备收拾收拾去上班。

　　我给他解释了一下"人面狗"的事后，他更放松了，觉得说不定就是自己多疑了，电子门铃其实就是坏了。

　　挂了电话，周庸问我："真是电子门坏了么？"我说不应该，咋那么巧咱俩往那一站就好了，又不是秦琼和尉迟敬德，而且装着冥币的信没法解释："咱先回去睡一觉，晚上再来吧。"

　　结果这觉没睡成——开车刚上环线，吴鹏就打电话来，哆嗦地告诉我，他早上出门时，发现门上贴了张五六厘米长宽的小纸条。纸上写了段顺口溜："肚子疼，找老能，老能拿把刀，割你肚子里的小屎泡。"

我让吴鹏请假，下桥，绕回家，把纸条拿过来给我。

纸条不是手写的，按照纸的样式，应该是那种便携式打印机印出来的——这玩意儿相当于半个拍立得，用手机拍完照，可以连上它随时打印个照片什么的，姑娘们用得比较多。

我问吴鹏："早上你跟我说，昨晚有点坏肚子，这事儿还和别人说过吗？"他说："没啊，昨晚到现在，就跟你们通了个电话，连微信都没发。"

那只有一个可能，吴鹏被监听了。我们昨天晚上的对话，被人窃听了，所以，昨晚没人来按门铃；这个人还通过某种手段，监测到了吴鹏拉肚子。

我让周庸去车里拿热成像仪上来，先去厕所检查了一圈，没查出什么东西，又仔细检查了卧室和客厅，以及各种施法辟邪的小玩意儿，毫无收获。

客厅中间有个家用监控，吴鹏养兔子，这个摄像头是对着兔笼，好让他上班时能随时看着，有动态跟踪，可以看180度的空间。这个摄像头昨晚我就注意到了，因为完全是冲着墙的，根本看不到后面的情况，即使被人入侵了，也拍不着啥，何况我用嗅探设备检查了，吴鹏家的Wi-Fi并没有被入侵过的痕迹。

我又开始重新打量整个屋子，然后注意到，吴鹏的床边摆着台外星人笔记本，正对着客厅和厕所的方向。

问了吴鹏开机密码，过去打开电脑，在后台检索了一下，我发现有两个不太对劲的软件，其中一个发现了灰鸽子——一种木马病毒，另一个发现了网络人。它俩的功能都是一样的：远程文件管理、屏幕监控、视频监控，远程重启、屏幕录像。说白了，就是远程监控操纵你的电脑。不同的是，灰鸽子是木马，会被杀毒软件当作病毒查杀；而网络人获得了多种杀毒软件的安全认证，不会被当作病毒查杀，所以网络人使用费贵一点。

我点开网络人，发现有几个选项被点了对号：

√【以服务方式实现自启动】使被控端软件在电脑进入系统桌面前就开始运行，保证被控端的运行权限优先级。

√【隐藏运行】隐藏托盘图标。

√【本机被控时无提示】被控端没有任何弹窗和提示。

√【自动登录】自动登录您填写的账号。

我迅速关了电脑，跟周庸和吴鹏说饿了，想要下去吃碗面，让他俩一起。等出了门，我告诉他俩被监控的事，让他们别打草惊蛇，先搞清楚是谁在监视。

灰鸽子之类的木马病毒，一般是进行捆绑伪装，夹在色情影片或图片里，通过QQ之类的软件发给别人，再进行欺骗性安装。网络人不一样，这个远程控制软件，只能手动在电脑上安装。

吴鹏告诉我，这台电脑自从买回来，就一直放在家里打游戏用了，从来没拿出去过——所以监视着吴鹏的人，只能是来过这个屋里的人。这个屋里，除了我和周庸，只有两个人来过，吴鹏的女朋友闫迪，以及前女友苗欢雪。因为闫迪和吴鹏共同承受了之前那些惊吓，所以优先调查的对象，应该是前女友。

我问吴鹏，他前女友是个什么样的人。他想了想说，分手的时候，苗欢雪是有点死缠烂打的，每天到他家楼下等着，一天给他发上百条微信，希望他能回心转意。

在所有杀人案里，情杀是最多的——人类就是容易为感情冲动。前男友或前女友报复的事，更是不少。之前外国有个大姐，为了报复前男友，写了整整七本报复计划，不仅让前男友丢了工作，还3次把对方搞进监狱。这几年谋杀前女友的人也见诸新闻。

苗欢雪的嫌疑很大，但由于吴鹏已经被对方拉黑，他只能找到双方共同的熟人，打探苗欢雪的近况。结果，他打探到一个非常不好的消息，一周前，苗欢雪出车祸去世了。熟人还截了张图给他，上面是苗欢雪的最后两条朋友圈，都不是她自己发的。第一条："小雪的朋友们，你们好，我是小雪的父亲，小雪已经于11月30日，因车祸离开这个世界。12月6日将在天堂殡仪馆举行告别仪式，非常感谢你们平时对她的照顾。"第二条：拍了一个火葬场的烟囱，正在冒烟的图。"谢谢今天来送小雪最后一程的人，再见我的孩子。"

吴鹏很伤心，当时就掉眼泪了，哭了一会儿，周庸递给他一根烟，说："行了，要不然你去看看她吧。"

看他状态不咋好，我俩开车送他，去了西郊的一个陵园——苗欢雪的骨灰就在这里。一进村，就有一个老头拦车，推销墓地，说还有燕市最便宜的墓碑墙："只要6500元，就能买一个20年的容身之所，你想想，燕市去哪儿还能有这么便宜的住处？"

09 别在朋友圈算命，你可能出现在郊区的骨灰盒里，沉甸甸的

进了陵园里，我们在骨灰墙上找到了苗欢雪。

吴鹏挺可怜，爱他的前女友死了，他爱的现女友跑了，还有人天天晚上跑他家按门铃，给他寄冥币。他低头弯腰，捂着脸在那哭，周庸不停地拍他后背安慰他，要是把场景换成晚上的苑南，别人肯定以为吴鹏是喝多了要吐。

等他哭完了，我们又送他去苗欢雪家，探望姑娘的父母——这是我提议的，除了被按门铃和塞纸条，吴鹏最近收到了冥币，说不定和苗欢雪的死有关。去姑娘父母家，既是探望，也是打探情报。

路上周庸问他："这姑娘家经济条件不行吗？咋就买个骨灰墙的位置，没买墓地。"吴鹏也奇怪，说："是啊，她家经济条件还行啊，虽然不能说多好，但有房有车，多少有点积蓄。苗欢雪家在东边的梅林街，房子是老房拆迁时分的，她是家里的独生女，这一出车祸，老两口等于是失孤了。"吴鹏之前见过她父母两次，也到了谈婚论嫁的地步，但最后这孙子出轨了现女友，和前女友分手了。

到了苗欢雪家，吴鹏在楼下水果店买了两箱特仑苏，买了点苹果，我们一起拎着上了楼。苗欢雪她妈开门时，看见是吴鹏很惊讶，但还是让我们进了屋。大家坐在客厅里尬聊了几句，吴鹏说起为什么不买块正经的墓地，苗欢雪她爸一下急了，说："还不是你，要不然她能花那么多钱？"吴鹏问咋回事，他爸把我们带到苗欢雪的卧室，说："你们自己看吧。"

苗欢雪的房间里，挂满摆满了各种各样的"魔法道具"，佛牌、蜡烛、精油、地毯、罗盘、水晶球、塔罗牌、符箓……

因为现在喜欢这些东西的姑娘很多，所以，周庸对此略懂一点，他挑认识的给我讲了几样，特别不着调。"比如说拉祜佛牌，功效却是治水逆和太岁——水逆是西方星座理论里的，太岁是咱们国家的，最后全被东南亚那边的佛牌管了，这都不挨着啊。还有蝎子油，据说能让你的情侣回心转意，或者更加爱你，指甲盖大小的一小瓶，就将近1000块钱。这不神经病嘛，往人身上倒一大盆蝎子，让他彻底不爱你，也用不着这么多钱啊。还有开了光的魔法口红，增加桃花运的眼镜，一看就全是骗人的破玩意儿。"

苗欢雪她爸说："为了让吴鹏回心转意，这姑娘花了快七十万来买这些破烂，要是没出车祸，估计连车和房都要卖了。"

从苗欢雪家出来，我让吴鹏和我们说实话，他和现在这女朋友闫迪，到底怎么认识的，和苗欢雪有没有关系。他问我怎么知道的，我说："刚在苗欢雪家看那些破玩意儿，有的还没拆封，上面写着'NONO家'。之前我在你家看见的那些玩意儿，有的也有这些包装。你说你女朋友卖这玩意儿，那不就是你女朋友卖给前女友的吗？"

苗欢雪一直信塔罗牌、算卦什么这些，之前她推了个在线算塔罗牌的姑娘给他，说算得特准，让他也去算一算。吴鹏本来不信这玩意儿，一看头像是个美女，就加了——这美女就是闫迪。两人加了微信以后，聊得挺开心，和很多微商一样，闫迪也有两个微信，一个卖东西，一个自己用。她把自己用的微信给了吴鹏，没多久，两人就搞到了一起，然后在她的另一个账号上，她仍然管苗欢雪叫"亲"，卖很贵的东西给苗欢雪。周庸说："你也太渣了。"

把吴鹏送回家，我和周庸去远广的一家火锅店吃饭，菜上来后，周庸夹了块鸡："徐哥，我有点怀疑吴鹏，你说现女友骗前女友那么多钱，他知情吗？"我说："不知道，这和咱没关系，咱要搞清的是，按门铃、塞纸条、邮冥币的人是谁。"

第三天下午，我和周庸约好，晚上继续去吴鹏家蹲点，但不告诉他，省得被别人知道。然后托田静帮忙，约了几个做塔罗牌算命的人聊了聊。

除了一些没意思的行业内幕，比如我早就熟悉的冷读法，我还知道了一个有意思的事。

日本有一种新兴职业，叫塔罗诈骗师，一般都是女性，通过勾引来算卦女孩的男友，来获取更多这对情侣的信息，然后利用这些信息，取得女孩信任，觉得算得太准、太神了，让她们不停消费。男朋友因为出了轨，即使识破了，一般也不敢拆穿塔罗诈骗师。这和闫迪的情况太像了。

晚上我去吴鹏家，跟他说明了这个情况，他发微信给闫迪，说让她把钱还给自己，再由自己转交给苗欢雪的父母，不然就报警。闫迪本来几天没理他了，这次瞬间就回了，说："好啊，你要是报警，我就把你在'前女友吧'那些破事，也和警察说说。"

吴鹏最开始发消息时没避着我和周庸，看了闫迪发来的截图，他慌忙转过身去，但是我和周庸都已经看见了，周庸还问我："'前女友吧'是啥？"我说："是个贴吧，里面有一群人互相交换自己前女友的裸照和视频。"周庸小声对我说："那这也太恶心了。"我说："是挺恶心，这次的整件事都挺恶心。"

我问吴鹏："这事打算怎么办？"他说："能不能别报警？"我说："你自己想吧。但是等一周到期后，不管查没查清冥币和半夜按门铃的事，我都会把这事告诉苗欢雪的父母。"吴鹏自己在那嘀咕："不会啊，她不会知道啊，这事就只有我前女友知道啊。"

我说："你电脑里的远程控制，应该就是她装的，每天线上线下的，了解你每天的动态，好骗苗欢雪的钱。"

按门铃的事还得继续查，晚上实在有点冷，我和周庸不愿在外边熬着，在吴鹏家单元对面的树上，装了两个无线的高清摄像头。第一天啥也没拍着；第二天，拍到一个穿着运动帽衫的人，在凌晨两点钟按了门铃，然后快速掉头走掉。

我们不断地放大画面，终于隐约看清了这个人的脸。周庸蒙了："这不是苗欢雪吗，她不是车祸死了吗？"我拿起手机，拨打了110。

后面的事，是警察局的朋友告诉我的。

苗欢雪对男友的爱，不仅表现在巨资购买各种"魔法物品"上，她还在电脑里装了监控程序，看吴鹏每天都干啥。分手以后，她还继续通过电脑的摄像头和麦克风监视着吴鹏，直到有一天，吴鹏没在家，闫迪给别人打电话的时候，她才发现吴鹏的新女友就是自己的算命师。她怒火中烧，趁着对方晚上出门，在一个没有摄像头的地方撞死了闫迪，找了个人少的地方，把尸体拖到驾驶位上，伪装成她自己，又把车给点了。

她和父母串通好，老头老太太指认尸体时撒了谎，闫迪被当成她火化了。然后她趁着吴鹏不在家，回去收拾了闫迪的东西，伪装成闫迪已经离开的假象，还继续用着闫迪的手机。苗欢雪父母当然不想买贵的墓地——因为骨灰盒里装的根本不是他们的女儿。至于为什么要按门铃，寄纸钱，不是为了报复，苗欢雪一直想让吴鹏发现自己死了，她想在笔记本的摄像头里，看见吴鹏为她伤心的样子。

我和周庸都没再跟吴鹏联系过，但听安亭北里电器城的大哥提过一嘴，说他前一段因为传播淫秽物品罪，被刑拘了。

闫迪的父母去取女儿的骨灰盒时，发现骨灰里混着一些黑色的小石子。警方去问苗欢雪时，她特别高兴地说："这是夏威夷的黑石头，代表着一种古老的诅咒，放在谁身边，霉运就永远伴随着谁。"

WARNING
不要迷信网络占卜算命

1. 不要信任何"算命大师"或者"高人"。

2. 涉及金钱的，应与家人朋友商量，静心想想，是否有不妥之处。

3. 生活要靠自己努力，需要一点运气，但运气不可通过任何方式获得。

4. 永远不要百分百相信别人，哪怕是父母，要学会独立思考。

5. 每次想在玄学上花钱，就拿这钱吃点儿好的，你会获得真正来自生活的满足。

10

有个小伙非给我跳脱衣舞，
你说俩大老爷们整这玩意儿干啥

事件：假练习生公司诈骗事件

时间：2018年7月2日

信息来源：微博私信求助

支出：周庸

收入：30000元

执行情况：完结

　　人年轻时，基本都犯过傻，我也一样。

　　我右腿有条3厘米的疤，夏天穿短裤时，别人总问咋整的。为了不丢脸，我扯过十来个版本的谎话，什么勇斗小偷、智取飞车党，都说过。但真相是这样的——高中时，朋友失恋，整个人很抑郁，经常在桌子上摆几个香蕉、草莓、猕猴桃啥的，给它们开会，还做会议记录。我一看不成，这么下去人就废了，本来我朋友就少，他要是没了，再交个知根知底的，时间成本太高，我决定帮他。他前女友是外校的，我打算带他去找姑娘谈一谈，撺掇姑娘说两句狠话，让他彻底死心。

　　周一下午，我俩逃课来到他前女友学校，因为大门有保安，我俩就决定翻墙。墙是那种带尖的铁栅栏，很高，但为了显示自己身手敏捷，我打算以最快速度翻过去。爬到中间时，我一个大跳加高抬腿，打算跨跃铁栅栏。但由于高度不够，角度不好，我的右腿被栅栏尖刮住了，使劲踮着左脚尖，才让右腿没被直接扎穿。我朋友也慌了，帮我举着高抬的腿——如果当时有人没专心听课，从窗口向外望，那个画面他一定终身记得。

腿没法抬更高，栅栏尖扎透了我的外裤、棉裤和秋裤，顶在大腿上，如果坚持不住，会有两种可能：要么，大腿被贯穿，消防队把我从上面吊出来；要么，大腿被贯穿，消防队锯断铁栅栏，连我一起送到医院。

一字马了五分钟，下课铃声响起，二十秒后，一群高中生将冲出教学楼，我腿要是还没放下，将成为他们此生无法忘记的笑话。我用最后的力气抬腿，三条裤子同时撕裂，大腿哗哗流血，但好歹腿拿下来了。为了朋友的爱情，差点献祭一条腿，太傻了。

做夜行者后，接触了一些年轻人的案子，我发现跟他们比起来，我还不算太傻——一条腿真不算啥，家破人亡的都不少。

比如2018年7月2日，有个姓李的大哥在微博上私信我，说他闺女丢了，希望我帮忙找回来。我说："孩子丢了你赶紧报警啊。"他说："也不一定是丢了，也可能是离家出走了，因为姑娘走的时候带着40万人民币。"我仍然建议他报警，说这明显是有预谋的离家出走，根据《公安派出所执法执勤工作规范》，未成年人离家出走和逃学，警察得管。

大哥挺尴尬，说他闺女满十八周岁了，咨询了律师，这种拿父母四十万的行为，属于金额巨大了，报警有可能被追究刑事责任。而且他最担心的是，在之前一次警方临时排查里，他闺女尿检没过，吗啡和可待因都呈阳性，是他去派出所领回来的，但怎么问都问不出来在哪儿买的毒品，就说自己没吸。他担心闺女是拿着钱，出去跟人鬼混吸毒了。

　　这大哥是做装修建材生意的，家里有点小钱，四十万倒没啥，但闺女走了快一个月，就通过微信和他们联系过一次。大哥说愿意出十万块，找到闺女。

　　他住在南关，我让他带着身份证和户口本，在南关商贸中心的星巴克见面。

　　下午三点，我叫上我的助手周庸一起，开车去了南关。到了地方一个头发有点泛白的中年人一直焦虑地在门口晃悠，我上前问他："李哥吧？"他说："是。"我们握个手，进星巴克点了两杯星冰乐。我检查了一下他的户口本和身份证，李哥确实是女孩的父亲，说好找不到也不退钱之后，我收了他3万定金，说："要是很快找到，收这些钱就行了。"

　　我问李哥，他闺女是怎么拿走的40万。他说闺女这几天总说自己手机没电了，借他的手机玩，其实是用他手机转账啥的，还把银行发的短信都删除了。周庸喝了一口星冰乐，说："真是借钱都不能借手机啊！"

　　这种活儿我平时接得不多，一般我会接点更有意思的，像这种出轨、离家出走的，一般都是私家侦探的活儿——他们就是托关系查查开房记录和违章记录，借此找人，没啥技术含量。我当时以为，这姑娘离家出走后，肯定是住在酒店，一查开房记录就找着了，结果托人一打听，这姑娘最近没住过酒店，起码没用身份证住过。

　　这就不好查了，我跟李哥商量，去他家转一圈，看有没有什么线索。

李哥家所在小区是十几年前建的，还算新，但不远处就是一个海鲜市场，略微有一点腥味。我和周庸商量好，一会儿下楼去吃海鲜。跟李哥上了楼，来到他闺女李林雨的房间。整个屋子里贴满了海报，我一个都不认识，但据李哥说，这些都是什么什么团和什么什么练习生。问周庸，他说："不认识，这发型咋都这么难看呢，他们的Tony（托尼）老师不行啊！"我让他别闲扯，赶紧好好找找，看有没有啥线索。

李哥日常爱看些刑侦剧，还挺有犯罪现场保护意识，闺女离家出走后，啥也没动过，外卖盒在角落的垃圾桶里，都已经放臭了。我管李哥借了他家刷碗用的胶皮手套，硬挺着恶心，翻了翻垃圾桶——李林雨一定很爱吃麻辣烫，垃圾桶里的两个餐盒，都来自一家叫"四海缘"的麻辣烫，还不是同一天订的。除此之外，还有些小零食的纸袋。

把屋子翻了一圈，我打开了最重要的东西——桌子上的台式电脑。

查了姑娘的浏览器记录和百度搜索记录，全是关于男团、练习生的新闻八卦，最经常逛的是"练习生吧"之类的贴吧。她的搜索记录里，出现最多的，是一个叫"舒鹏"的小明星。

我也搜了一下，出现了一些新闻，如《舒鹏在上海举行粉丝见面会，一票难求》《独家采访舒鹏：希望能靠自己的努力，取得成功》；还有一些是黑料，《舒鹏成名前曾搞大过前女友肚子》《舒鹏机场耍大牌，拒绝和粉丝合影》。

我看了一会儿，忽然发现不对劲——这些都是假新闻。所有的文章都很不严谨，文笔贼烂，像是同一个人写的，而且在所有新闻中，都不断提及一个信息，就是舒鹏是长钧公司的练习生，这家公司培养出过很多明星，还注明了联系方式和地址。这是典型的假新闻，广告软文。

有不少违法广告，都是混杂在新闻资讯中，让读者以为是真事，以达到宣传的目的。有个赌博网站，做了一篇《保研大学生利用专业知识破解彩票获刑》的假新闻，在其中暗藏了网站登录方法，就是为了制造自己网站能赢钱的假象，骗人去赌博。这种方法叫漏洞营销，既好用，成本又低，靠这个赚钱的人有很多。

为了确定推测，我又去微博搜了搜——舒鹏的微博底下，只有一群水军，在刷着"好棒啊""爱你"之类的套话，微博里只有两个和一群人一起跳舞的视频，即使我对舞蹈不专业，也觉得跳得不怎么样。

我让李哥别急，说他闺女可能是拿着这钱去追假明星了，我会尽量把人找回来。

离开李哥家，我俩去了他家附近的饭店吃海鲜。点了潮汕砂锅粥和一些海鲜，花螺不错，很新鲜。周庸买单后，我俩各自回家，约好明天去远广的长钧公司。

第二天上午十点半，我俩开着我的高尔夫R，到了吉安区经世街道的一栋写字楼，在楼下打听了一下，长钧娱乐在12楼，我们俩出电梯的时候，有一个大妈刚从旁边的厕所出来，正在甩手上的水，看见我俩，迎上来问："是去长钧娱乐的吗？"她看了眼周庸，说："我是长钧娱乐的经纪人助理，小伙子是来报名做偶像的吧，条件真好，努努力，肯定能成明星。"周庸说："不是，我又不想出名，当那玩意儿干吗？"

我看大妈挺尴尬，赶紧接茬儿，说："我表妹是舒鹏的粉丝，知道我在燕市，托我来要个签名。"大妈说："舒鹏没在公司，要不然你们先加入他的粉丝群，等我看见他，管他要了签名就联系你。"

我俩加入粉丝群后，大妈还强行要走了周庸的联系方式。周庸本来不想给，我示意赶紧给，调查说不定还得靠她。

名为"舒鹏全球后援会"的QQ群，不用验证，我俩一申请就加入了。然后我俩发现，根本没有人理我们，群里的人就像机器人一样，偶尔发几句话，互相也不交流，咋看都是个"僵尸群"。周庸说："现在这帮人不仅脸造假，连粉丝群都这么假。"

晚上十点多时，舒鹏本人在群里发了个视频网站链接，说自己正在直播。我赶紧点进去，是个没听过的直播软件，叫小粉灯，授权后一点进去，就看见舒鹏那张锥子脸出现在镜头前，说"欢迎我们这位叫徐浪的新朋友"。

直播软件显示在线人数是50万，但考虑到假新闻和假QQ群，我有理由相信，这个直播间的人数和留言也都是假的。要不然，舒鹏也不会在茫茫人群中，一下就注意到了我。没过多久，舒鹏主动提出要和我连麦。在粉丝打赏排行榜上，我看到一个眼熟的头像——李哥给我俩看过他闺女照片，打赏榜排第一的，就是他闺女李林雨。

但想要和他连麦，需要会员等级达到三级，点亮专属主播，还要守护主播，我算了一下，会员充到三级500块，点亮主播200块，守护主播每月150，啥也没干，想跟他说两句话，小一千就进去了。这不和我闹呢吗？我赶紧给周庸打电话，让他上这个直播软件充点钱，跟舒鹏聊两句。

周庸充完钱以后，和舒鹏连麦刚唠几句，舒鹏就提出让周庸给他刷个礼物。周庸发微信问我："还接着充钱吗？"我说："不能惯着他，这就是骗钱的，没完没了，咱换个方法。"他问我啥方法，我说："要合理利用资源，去和那个大妈聊聊，问舒鹏的事，看能不能套出来啥。"

周庸跟大妈聊了一会儿，说大妈别的啥也不说，就一个劲儿地让他去长钧娱乐面试。我说："那行吧，你去那个长钧娱乐面试，在那儿待两天，看能不能跟舒鹏交个朋友，套套话。"

第二天上午，周庸去面试，没几分钟就给我发微信说面上了，但让他交六万八的培训费。我说："那不能交啊，你就说你没钱，看他们怎么说。"

过一会儿，他们告诉周庸，说钱先欠着也行，但要接受他们安排的工作，打工还钱。我让他忍一忍，问看没看见舒鹏。周庸说没见着，问了下别人，说舒鹏也在打工。我说那正好，你去打工说不定能见到他。

晚上十点多，我正在家喝啤酒吃毛豆，周庸忽然打来电话："徐哥，我不干了，太傻了。"

晚上六点多的时候，他们给周庸找了套紧身小西装，把他和几个同为练习生的小伙，一起拉到了北五环的一家五星级酒店。这家酒店27层有个私人会所，只能通过一个私密电梯上去。周庸到了以后，发现所有服务人员都是男的，而所有顾客都是女的，在一个个包间里，一群追求梦想的年轻人和一群追求快乐的富有阿姨搂在一起，彼此成就。周庸刚到地方，就被好几个阿姨指名陪酒，他借口上厕所，从防火梯跑了。

看他心情不好，我就约他去喝酒，他连干两杯金汤力，问我现在咋办。我说："那也不是老爷们去的地方啊，咱得求助点外援。"

第二天，我去找我的朋友田静，说请她去高端会所。她说可拉倒吧，准没什么好事。我把情况跟她说了，她虽然为难，但是也答应下来——晚上六点多，我开车把她送到酒店，给她带了个无线遥控报警器。我和周庸会等在26楼的防火梯，万一她遇到危险，一按报警器，我们就冲上去救她。

到了酒店，田静和大堂经理说了几句，对方叫了个人带她上楼。我和周庸趁没人注意到，钻进了防火梯，爬到26楼时，累得要命。

周庸忽然问了我一个问题："徐哥，咱为啥不坐电梯到26楼，而走防火梯呢？"我说："酒店电梯得刷卡，咱俩没卡。"周庸奇怪："为啥不开个房呢？"我说："是是是，就你有钱，别废话了，让我喘口气。"

过了大概半小时，田静打电话给我，说她已经下来了。我俩从26楼坐电梯下去，去路边取了车，仨人坐进车里，我问她怎么样，有什么收获。田静看我一眼："舒鹏在里面，但我没看见他。里面分俩服务区，一个是为女人服务的，另一个是为男的服务的。我特意打听了一下，舒鹏在另一个区。"周庸问："为男的服务的也是男的吗？"田静点点头。我说："懂了，里面不仅有'小鸭子'，还有'小兔子'。"她说："对。看来得你自己去了。"

要装就装得像点，我向周庸借了套叫Off-White的潮牌服装，借了块百达翡丽，上了楼。在一个穿着黑衬衫的帅小伙带领下，走了一段比较暗的路，进了包间。包间里有独立的洗手间和淋浴间，沙发很大。

小伙拿了一个平板电脑，说："咱家陪酒的小帅哥分蓝牌、金牌和黑牌三个级别，价格不一样，您看中哪个了就在这上面选；要是要那种有名气的，得提前预约。"我翻了一会儿，终于看见了舒鹏——他属于最便宜的蓝牌。

选择他后没十分钟，舒鹏来了，一屁股挨着我坐下："哥，你好帅啊。"我往旁边挪了挪，说咱先点酒。点了提啤酒后，舒鹏问我："来这儿多吗？"我说："不多，第一次。"他说："难怪感觉哥有点害羞，放不开。这样，弟弟先给你表演点节目，让哥高兴高兴。"

然后他就开始跳脱衣舞，把外套裤子脱了，剩T恤和内裤，跳了一会儿，他拿起一瓶百威："哥，看我给你来个'杯壁下流'。"说着就扯开T恤，往胸口倒酒，一边倒还一边动他的胸肌："怎么样哥？喜欢吗？咱一会儿就用这个方式喝酒！"我本来想不多花钱，喝着酒就把话套出来，这会儿实在受不了了。强忍着想给他一个大嘴巴子的冲动，我说："别整那没用的了，出台多少钱？"他说："一万五。"我说："成，那走吧。"

交了钱带舒鹏下楼时，我给周庸发了条微信，让他准备好。在路边打开车门，我让舒鹏坐在副驾驶，周庸躲在后座，拿麻袋就把他头套住了。舒鹏吓蒙了，一直挣扎，说："你是要钱还是要人？"我问他："李林雨在哪儿？"他不知道李林雨是谁，我让他别说话，开车到了昆仑公园后面的一条小路——这儿是燕市著名的偏僻场所，停在路边的车谁也不会打扰谁。

我把舒鹏头套摘下来，打开录音笔，然后把手机上李林雨的照片给他看。他一看就像知道了什么似的："小雨啊，你们是来替她要钱的吗？"

舒鹏是在某交友软件上搜"附近的人"时，搜到李林雨的——这姑娘一直想当练习生，知道他是练习生，又在网上搜到很多和他相关的新闻后，就特别信任他，想跟舒鹏套近乎，借用他的关系出道。但舒鹏自己也是个假的，他的梦想也是当练习生，但本来外貌就不出众，一直在燕市交费学习的生活压力太大了，在长钧娱乐给他们集体整容时，又欠了公司一大笔钱。他只能靠在社交软件上约女孩，勾引她们去公司"特制"的直播软件上打钱还债。但这么还钱太慢，他只能去那个会所，"打工"还钱给公司。

公司拿他们当赚钱的工具，赚到这么多钱干什么呢？砸钱培养出明星，再拿这些人做宣传，然后就有更多的年轻男女怀揣梦想，闻名而来，成为他们赚钱的工具。当然，不是所有公司都这么黑，大部分公司只是单纯地割韭菜。

燕市有上百家做练习生的公司，每天都有大量年轻男女投简历给娱乐公司，在大街被星探看中。公司会给所有人评定等级，优质的练习生，会得到免费培训，其他人一年课程费用在6.5万至10万元之间，用自己的爱和钱，供养其他人成为明星。

李林雨之所以想当练习生，是因为有一个特别喜欢的明星，她房间里贴的那些海报，大多数都是那个人，我和周庸都不认识的那个人。也许她觉得自己成名后，会离偶像近一点。

其实，这个我们早该想到——李林雨平时上的那个练习生贴吧，根本就不是追星的，上面都是一群自己想当练习生的姑娘小伙儿，有的只有十三四岁。他们在那个贴吧里，毫不在意地曝光自己的隐私信息，只为被星探或公司看中出道，却不知道，大部分都是骗财骗色的。

舒鹏给李林雨介绍了长钧娱乐的特训班，也是纯骗人的，这个特训班半年10万块钱，号称去韩国培训，在韩国出道。至于具体怎么骗，舒鹏就不知道了。我问他是否勾引李林雨吸毒了，舒鹏一直不承认，我们拿测毒试纸强行让他测了下，全是阴性，这哥们儿最近确实没吸毒。

如果涉及国外，我和周庸就弄不了了，我俩把李哥叫过来，让他带舒鹏去报警。

半个多月后，李哥又给我俩打电话，情绪特别崩溃，说在国外警方的配合下，打掉了违法培训班——那是一个针对被骗出国当练习生这群人的培训班，专门骗人用的。

我说这挺正常的，国外很多地方，早就有这种产业链，衣食住行，连旅游景点都不是国外原有的景点，是骗子们在国外承包的假景点，专门用来骗自己国家的人。很多人报团出国旅游，会感觉去了个平行世界，大部分时间一个外国人都见不到，都是自己国家的人。

李哥说这都无所谓，但是李林雨还是没找到——她确实交钱去了韩国，但据被捕的培训班校长说，没多久她人就跑了。李哥说："小徐啊，她不能出什么事了吧？"我让他先别着急，让我想一想——这种情况，确实容易让人联想到人口贩卖、囚禁强迫卖淫之类的极端事件，但如果真发生了这种事，所有人几乎都无能为力。只能先想点好的——万一李林雨已经回国了呢，只是因为偷了钱，不敢回家。

抱着这个想法，我和李哥打听了所有李林雨可能去的地方，和周庸挨个地方开车去找。找到那家她订餐时最爱吃的四海缘麻辣烫时，我发现店关着门。周庸跟旁边便利店的小哥打听了一下，问这家麻辣烫都什么时间开门，小哥说："开不了了，因为往汤底里加罂粟，前两天被查了。"

我忽然想起来，李哥之所以担心李林雨吸毒，是因为之前一次警方临时排查里，他闺女尿检没过，吗啡和可待因呈阳性。这两样东西，正好是罂粟里含有的——李林雨并不吸毒，她是吃了带罂粟壳的麻辣烫，尿检才出问题的。怪不得她这么爱吃这家麻辣烫，可能是有点上瘾了。

如果她在燕市，说不定会克制不住来这家麻辣烫吃饭。我去附近几家商店，请求看一下他们店门口的监控。连锁的店都比较麻烦不给看，只有一家名烟名酒给我看了。作为回报，我让周庸买了五条"大庄园"。

在半个月前的监控里，我发现了李林雨，我把这个好消息告诉李哥，现在的问题是如何找到李林雨。

我又去详细了解了一下她喜欢的练习生，发现那小伙这两天正好有一场生日见面会在燕市开，网上一票难求，黄牛炒出天价。研究了一下票，我用作图软件改了一张网上没出现过的座位号，挂在各个贴吧和二手交易网，卖得比黄牛便宜一些，说因为怕黄牛转手，要核对买家的身份证和本人信息，一手交钱一手交货。然后短短的一天里，我们收到了一千多条求票私信，还有人说自己没钱，问通过"其他方法"换张票可不可以。

经过三小时的筛选，周庸在求票的人里发现了李林雨，把她约到南关商贸中心附近，带着李哥去把她堵住了。李哥特别崩溃，问他闺女为什么要做这些事。李林雨说："你根本不懂。成功是需要付出代价的。"周庸在旁边插嘴说："对，你就是别人成功的代价。"

那天晚上，我和周庸去家附近的一家串吧撸串喝酒时，周庸问我："徐哥，为了梦想和喜欢的事，真应该倾尽所有吗？"我喝了口酒，说："追求梦想啥玩意儿的，都没错，但付出也要有个限度——倾尽所有，可去他的吧。"

WARNING
如何分辨偶像公司是骗子

先拽住三个路人，问自己看起来像当明星的料吗。

得到两个以上肯定回答后，再继续往下读：

1. 搜索一下公司名称，是否全是负面新闻，比如××公司骗钱。

2. 该公司微博超话和贴吧上的招募启事，是否有人爆料是骗局的。

3. 报名后是否乱收费，比如，包装费、培训费、服装费。

4. 有没有积极安排学员贷款的，比如，分期付款和白条。

5. 面试是否轻松通过，随便表演一下就往死里夸。

11

别随便跟人闪婚，

相亲网站可能推荐了个智障，还说是基于大数据

事件：委托人失踪事件

时间：2018年12月2日

信息来源：微博私信

支出：1602元

收入：待售中

执行情况：完结

不同语言间，有些词能翻译，有些词不能。有个英语单词，我一直没想到准确的翻译，就是"creepy"。

creepy一般的翻译是，毛骨悚然的，但这不太准确，很多场景下，都可以用这个词。

比如，国外有个"艺术家"，做了个假人皮的易拉罐，一看就非常creepy，不舒服，但不是毛骨悚然。有个同事邀请你去他家玩，你发现他的房间里摆满了娃娃，都在盯着你看，令你感到怪异，这也是creepy。你路过一个楼，往里面扫了一眼，发现里面全是各种各样的假人，发现里面是一堆假人，假人中间，有个戴着面具的怪人，正盯着你看，这也是creepy。

再举个现实例子，白银连环杀人案里，有个女工曾经逃过一劫。她下夜班后，发现有个男的尾随自己，并试图跟她进屋。她把这人推出去后，还没从恐惧里缓过来时，发现那个试图进屋男人的脸，出现在她家窗户外，正对着她笑。她赶紧给丈夫打电话，以为家里有个男的，肯定安全了，结果丈夫回家后，那个男的又在窗户边出现，对着他俩笑。

这种感觉你用毛骨悚然、怪异、变态，都对，但都差点啥，这个感觉就是creepy。就是那种，在你生活里可能出现，不是特别夸张，但就是让你感觉心慌的人或事。

2018年1月，我在微博上收到一条私信，就特别creepy。

发私信的，是个刚结婚没多久的姑娘，说结婚后，感觉自己老公"怪怪的"，问我怎么回事。我回复说："姑娘，你俩我都不认识，你老公的事我上哪儿知道去，要知道咋回事才真是'怪怪的'。"

然后她就给我讲了一下。她叫吴雨洁，三十二岁还没男朋友，家里挺着急的，她就在相亲网站上办了个黄金会员，中介给她介绍了现在的老公。见了几回面后，她觉得这人不错，说什么都笑，脾气好，话也不多，做事什么的都有点笨手笨脚的，一看就是个老实人。然后深入一接触，发现对方家里条件不错，燕市本地户口，四套房子，就这一个儿子——和很多为了结婚而结婚的人一样，两人接触没多久，在还不是那么熟悉的情况下，就结婚了。

结婚了一个月，她觉着有点不对了，老公不咋跟她说话，也根本不碰她，她问啥也不出声，总是一个人呆坐着想事。婆婆总来自己家，没事儿就和儿子说悄悄话，说啥从不让她听见。更奇怪的是大前天晚上，吴雨洁睡觉前忘开加湿器了——燕市太干，她半夜渴醒了，打开手机的手电筒找水喝，然后晃过床对面她梳妆台的镜子时，她瞬间惊出了一身汗，吓得差点没把手机扔了。镜子里，她老公正侧躺在床上，瞪大眼睛看着她，咧着嘴笑。

她转过身去时，发现老公正闭着眼睛装睡，吴雨洁挺冷静，强忍着没喊出声，喝完水接着装睡，天一亮就说早上有个会要开赶紧走了，这两天一直睡父母家了。老公和婆婆已经打了好几个电话了，她也不敢回去，也没敢和父母说，不知道怎么开口，也怕是自己太敏感了。

我问她是否看错，她说绝对没看错，她的左右眼从小到大一直5.0。而且发生了这事后，她回想了一下，之前好像经常看见老公偷偷盯着她，嘴角带着克制不住的笑。

吴雨洁问我，她没多少钱，但能不能见一面，帮她调查一下。我对这事真挺感兴趣的，说少收点钱没问题，但需要她授权，调查结果我可能会匿名后卖给媒体。她考虑了一会儿，答应下来。我让她把手机号和身份证照片发过来，确定是本人后，问了一下她住哪儿，她说在南关长亭地铁站附近。我约了她下午一点，在地铁站旁边的肯德基见面。

第二天下午，我叫上我的助手周庸，开车去了长亭地铁站，在肯德基等了一个多小时，吴雨洁也没来，电话打过去是通的，但是没人接。

周庸问："是不是被放鸽子了？"我说："被放鸽子还好，就怕出事了。昨天翻了她的微博，注册六年多了，中间发的一些吃饭地点、学校什么的，和她说的都能对上，应该不是假的。"周庸问我那咋整，我说先试着联系一下她朋友什么的吧。

所有上网的人，都会留下一些痕迹，像吴雨洁这种就更多了，我查了她所有在微博上@过的人，分别给这几个人都发了私信，但可能是微博这两年不太行，大家都不咋上了，没一个人回我。我又搜了一下@过她的人，发现有一个微博名叫"棉牙"的姑娘，曾经发过两人的合影，说在公司楼下吃饭。我看了一下，这家饭店我吃过，是和光楼下的一家跷脚牛肉火锅。

这姑娘估计在和光写字楼上班，我又翻了一会儿，发现这姑娘有张在公司的自拍里，远处玻璃门上贴着"毅力砂白"的字样。我查了一下，和光确实有这么一家公司，叫上周庸，开车往那边走。

到了和光，发现进办公区域需要刷卡，旁边还有保安看着，硬闯很难。

周庸问我咋办，我拿手机查了一下，确定那个毅力砂白公司是在50层左右后，在附近找了个房屋中介公司，说想租个场地开公司，问他们手里有没有和光50层左右的写字楼。中介可能看见了周庸手里的M3钥匙，还比较热情，说："有有有，随时都能去看。"带着我们就进去了。

毅力砂白公司那层正好有空房间，中介带我们去看的时候，我说肚子疼，去趟卫生间，让周庸跟着中介先去看，自己跑到了毅力砂白的门前。我从棉牙微博上找了张她自拍的照片，设成手机的锁屏背景，然后敲了敲门。

前台的姑娘过来开门，问我什么事。我说："我是个滴滴司机，今天有个姑娘把手机落我车上了，我之前听她在车上打电话，说公司在和光50多层，我就挨个问问，想把手机还给她。"说着我拿出手机给前台姑娘看锁屏情况下的照片，问："你们公司有这个人吗？"前台姑娘说："是我们公司的，您把手机放我这儿吧，我等下转交给她。"我说："那不成，得看见本人才能交手机，要不然中间出什么问题了不好。"前台姑娘说："行吧，您稍等，我进去把她给你叫出来。"

过了一分钟，棉牙出来了，说："你是不是找错人了，我没丢手机啊？"我说："没找错。"拿出手机，给她看我和吴雨洁的微博私信记录，说："你闺密现在找不到人，有没有可能出事了？"

棉牙没回答，问我怎么找到她的。我大致说了一下，她说："感觉有点变态啊。"我说："你先别管我是不是个变态，吴雨洁有可能出事了。你这两天和她联系了吗？"她说："没有啊。其实，她结婚后我俩玩掰了，有段时间没联系了，我给她打个电话吧。"

棉牙打电话时，我让她给我看了一眼，就是吴雨洁给我的号码——她打过去也没人接。我问："有没有吴雨洁家人的联系方式？"棉牙说："没有，但是我知道她现在住哪儿。她结婚后去她家聚过一次餐。"

问清了地址，和她加了微信，我跑去找到正和中介瞎扯的周庸，说："临时有点事，需要赶紧走，今天先看到这儿吧，明天再来。"

坐进车里，周庸说："徐哥，你再不回来，我就要租写字间了，中介那哥们儿都跟我聊出感情了。"我说："别瞎扯，去民安街。"

根据吴雨洁的前闺密棉牙说，民安街那套房子，是吴雨洁丈夫家的，给他俩婚后住，但吴雨洁之前跟她抱怨过，说公婆就住楼下，总上楼看他们儿子，太烦人了。

到了民安街附近的一个小区，找到7单元，上了12楼敲门，有个男的给我开了门，我问："这是吴雨洁家吗？"他说："对，是我老婆，你俩是谁？"周庸说："我俩是吴雨洁的朋友，她本来今天约了我俩吃饭，然后就联系不上了。"吴雨洁的老公看着我和周庸，问了句莫名其妙的话："原来就是你们啊，你俩谁是外国人？"这时他身后走出个老太太，问我们俩是谁，我说是来找吴雨洁吃饭时，她特别不客气，骂骂咧咧地说不认识我俩，让我们赶紧滚蛋。

下了楼，我和周庸站在小区楼下抽烟，他说："徐哥，那大妈太紧张了，这里面明显有事儿啊，啥也没问就赶咱走。"我点点头，说："他老公那句话挺莫名其妙的，为啥问咱俩谁是外国人？"周庸想了想："是不是我五官比较立体，鼻梁又高，他把我当混血了？"我给了他一脚，让他别扯淡："咱这两天就在这儿蹲点吧，看看能不能找到什么线索。"

出来之后，我想起当时太着急了，有事忘记问棉牙，就给她发微信，问她见没见过吴雨洁的老公。她说："见过啊，我记得叫潘松，感觉人挺好，话不多，总是笑眯眯的，有点笨。"我说："就没啥奇怪的吗？"她说："没有。"

当天晚上什么也没发生，我和周庸拿着隔墙听去他家门口窃听，也没听见他们聊什么有用的，而且一家人十点多就睡了。

第二天上午，潘松和他妈妈出门，我和周庸跟着他俩，一直到了五环东路一家叫"脑悟一切"的心理咨询工作室。看他俩进去了，周庸问我："徐哥，你说潘松是不是有精神问题啊？"我说："有可能，昨天跟他说话时候，他有点莫名其妙，再加之前吴雨洁跟咱俩说，他半夜看着她笑，确实不太正常。"

过了两个小时，潘松和他妈出来了，我和周庸等他们打车走了，才进了这个"脑悟一切"心理咨询工作室，门口有个穿着护士服的姑娘，问："你们是来看病的吗？"我说是。她看了周庸两眼，说："我发现你们这个群体长得好看的特别多。"周庸奇怪，说："头一次听说，有精神问题或心理问题的人，会长得比较好看？"护士说："对，反正我看见的是这样的。我给你们联系一下李老师，他是治疗这方面的专家。"我俩都蒙了，说："你一眼就看出我们有问题了？"护士说："当然，见多识广嘛！"她打了一个电话，说："李老师现在有时间，你们直走，注意看左手边的牌子。"

我和周庸往里走，进了李老师的办公室，他让我俩在沙发上坐下："多长时间了？是从小就有吗？"周庸彻底蒙了："您一眼就看出我有什么病了？"李老师笑了一下，说："那还用问吗？找我的都是看性变态的，你俩不是一对吗？"

我看周庸想打人，赶紧站起来说："不是不是，误会了，我是他哥，今天陪他来的。"李老师说："哦，你弟同性恋的情况你了解吗？"我说："知道一点，发现得挺晚的，这个情况怎么治？"他说："先检查一下再说。"然后把我俩带到隔壁的诊疗室，让周庸坐在一个椅子上，拿了个缠满白色线圈的头套，箍在周庸头上，夹上十多个夹子。

过了一会儿，旁边的液晶屏上出现了两幅多种颜色组成的三维波状图，有粉、黄、绿、白蓝、浅蓝、深蓝等颜色。

李老师指着粉色那条线，说："看见没有，粉色的这条线，就是他脑部多巴胺的分泌情况，明显有些失调。"我想骂"失调个屁"，但因为是来调查的，就暂时没和他撕破脸——这人明显什么都不懂，多巴胺失调，一般只有帕金森病患者会得，因为帕金森病患者需要靠多巴胺类药物调节，但有的时候用量过多什么的，就会有多巴胺失调的情况。周庸身体倍儿棒，吃嘛嘛香，怎么看都不像个帕金森病患者。

这时李老师开始跟周庸说话了："你现在不是正常人，但只要你想，我就可以帮你恢复正常。"我示意周庸别砸东西，说："我们再考虑考虑，今天先到这儿。"李老师送我们出了门："治疗要趁早，好得越早，越快回归正常人的家庭生活。"

出门的时候，我看见有一群看起来大概八九岁的小孩，正在走廊里站着，周庸说："这么小就开始治疗同性恋？"李老师说："不是，我们是一个专门研究脑部的心理咨询机构，通过采集指纹掌纹，能测出大脑先天优劣势，帮助孩子弥补不足，开发大脑里的松果体，让孩子变得更聪明。"周庸问："有用吗？"李老师说："那肯定的，经过我们训练过右脑松果体的孩子，一篇五六百字的课文，看一遍就能背下来。"

李老师说："知道我们为啥开发右脑吗？人的大脑分工不同，左边身体由右脑控制，而且左撇子的人都比较聪明，什么乔布斯、福特、克林顿、居里夫人、爱因斯坦，全都是左撇子，所以，我们帮助这些孩子开发右脑，就是帮助他们成为乔布斯和爱因斯坦啊。你们家里要有孩子可以送过来试试，再笨的孩子，在我们这儿都能变聪明。"

出了心理咨询工作室，周庸点了根烟，说："那人也太能扯了，那么牛，咋不给自己开发开发呢？"我说："是，松果体是调节生物钟的，和智商没啥关系。他们搞这玩意儿叫'全脑教育'，现在这种班开得到处都是，把封建迷信套了一层科学的外壳，纯忽悠望子成龙的家长，谁报谁受骗。之前查处了一些搞全脑教育的公司，但架不住信的人多啊，百度一搜全都是。"

聊了一会儿全脑教育后，周庸问我："潘松是不是同性恋？"我说："估计是。之前吴雨洁说两人结婚后，潘松就没碰过她，估计是因为性取向问题。"周庸点点头，说："给同性恋治病真是太傻了，人家那是天生的，又不是病，凭啥想给人矫正。"

我和周庸聊了一会儿，觉得潘松可能是个形婚的同性恋——有的同性恋，为了应付父母和亲戚朋友，会选择找一个异性结婚。如果你打开某些网上的形婚论坛，里面都是些男女同性恋求互相帮助，结婚领证应付父母的。

但吴雨洁和潘松，应该是另一种情况，我怀疑他俩结婚时，吴雨洁不知道对方是同性恋——在同性恋人群里，会有一小部分骗婚的群体，故意隐瞒自己的身份，和人结婚，利用对方生孩子，导致对方婚后有苦说不出。这种人叫同妻。

有没有可能，是吴雨洁发现了潘松的同性恋身份，两人争吵时，发生了什么？我决定找潘松聊一聊。我俩先去吃了个大盘鸡，又开着车去了民安街。

这时已经下午六点多了，我们刚到了潘松住的小区，就发现他和他爸上了一辆车，又出门了，开车往东南方向走，一直到了远广附近。下了车，父子俩进了一家叫"异色"的男士养生会所，从外面看，灯光粉红粉红的，一看就不是什么好地方。周庸都蒙了，说："父子俩一起来这种地方不尴尬吗？我有次和我爸一起看电影，中间有段激情戏，我都尴尬得快吐了。"

我说："这个会所不一定是提供特殊服务的，燕市大多数的男士会所，都是打着提供特殊服务的幌子，将一堆老爷们骗到店里，整几个美女，诱惑你办理高额会员卡。等你充了好几万才发现，这店里根本就不提供特殊服务，就是骗人的。但大多数人，因为要脸都不敢吭声，之前有记者暗访过一个比较大的这种会所——据说有160人的拉客团队，有人月入8万，有人20多岁就在燕市买车买房。"

周庸说："那也不对啊，难道他俩一起来找骗来了？"我说："不知道，要不咱俩进去看看吧。"周庸下了车："走。"

异色男士养生会所的门是反锁的，我俩敲了几下门，里面出来一个姑娘，打开门把我俩放进去，看着周庸："你们是来玩的？"我说："对，你们都有什么项目？"姑娘说："都是绿色的，有正常的按摩、采耳刮痧什么的，也有自我休闲的项目。"长这么大，我第一次听说按摩店或者类似场所还有自我休闲项目。周庸也蒙了，说："什么叫自我休闲？里面放个按摩椅或者痒痒挠，自己按自己挠吗？"

这时从后面转出个大哥，问姑娘我们俩来做什么项目的，姑娘说正问"自我休闲"的事呢。大哥点了下头，说："第一次来吧，我带你们进去看看就懂了。"

我们跟着大哥往里走，灯光很暗，里面是一个个小隔间，有几个挂着"使用中"的牌子。在房间侧面，还有另一个牌子，上面写着一些当红女星的名字，大哥问："你们喜欢哪个女明星？"我说："没有特别中意的。"大哥说："那就随便选一个吧。"推开了一个写着L姓女星的房门。

我俩跟他进去后，被吓了一跳，床边坐着个面色惨白的女人，打扮成L姓女星的模样，只穿着内衣，眼睛直勾勾地看着我们。她是个充气娃娃。

大哥走到L姓女星面前，说："咱这儿的娃娃都是日本进口的，每个都上万，里面还搭配提问系统和语音系统。"他一边说着，一边弯腰掐了一把"L姓女星"的大腿。娃娃里传出一个有点僵硬的女声："呀，讨厌！"大哥接着给我俩介绍，说："该有的东西都有，和真人一样。"一边说，一边还要去脱充气娃娃的内衣，周庸赶紧拦住他，说："行了哥，都懂都懂，不用现在就脱。"大哥停住手，说："怕什么啊，都是老爷们。"

我和周庸问他价格，他说："一小时五百。这价格在燕市你什么也玩不了，开个钟点房还不少钱呢是不？在我这儿想咋玩咋玩，而且办会员充值3000以上，每次八折。"周庸看着我，意思是"怎么办"。我说："我俩开一个房间就行。"大哥劝了两句，看我们很坚决，就说："行吧。今天怪了，全都要两人玩一个。刚才来俩也是要两人一个屋。"

等周庸给他500块钱后，大哥提醒我们娃娃不好清洗，一定要用安全套，然后出了门。

周庸说："真是长见识了，还有用充气娃娃做这个的。"我说："国外这两年开了好多充气娃娃店。但其实这个想法，在2006年国内就有人想到了。当时网上流传一条假新闻，说某地开了个充气娃娃店，整的跟真事儿似的，好多人都信了，还特意去找，结果发现根本没这地方。"

周庸问我："这玩意儿违法吗？"我说："出租充气娃娃应该不违法，因为和传播色情片什么的不一样，这不属于淫秽物品；但开这样的店，应该算是违规经营。"

我检查了一下房间的门——按照规定，按摩场所的门都是不能反锁的，而且确实锁不上。

我在门口盯着，大哥走远后，把门关上，让周庸拿出手机，说："咱俩等下去找潘松和他爸，不管他们在干啥，你都用手机拍下来，要是走错了房间，手机千万别抬起来，省得跟人打起来。"周庸说："明白。"

我俩来到走廊，看着那几个挂着"使用中"牌子的房间，挑一个开门进去了，里面是一个戴着眼镜的哥们儿，我说"对不起对不起，走错了"，把门关上了。希望别把他吓出病。

小声推开第二个房间门，我们看见了潘松父子——当时的场景，我永生难忘。潘松正背对着我们，对充气娃娃做着什么，他爸在边上一边指导着潘松，一边给他加油。周庸吓得手机都忘抬了，我用胳膊肘顶了他一下，他才举起手机开始拍。

这时潘松他爸也发现我们了，挡在潘松前面，问我俩要干什么。我说："别紧张，我就想知道吴雨洁在哪儿，出什么事了。现在拍的视频和潘松是同性恋的事，我们都不会往外传。"

潘松他爸急了，说："你血口喷人你，吴雨洁在哪儿，你不是应该去问她吗？我还想知道她在哪儿呢。再说我儿子哪是同性恋了？你们到底有什么目的？"我说："您不用隐瞒了，潘松去'脑悟一切'心理咨询工作室治同性恋的事，我们都知道了。你们来这儿，是想用充气娃娃治潘松的同性恋吧？"潘松他爸说："治什么同性恋，他去那治的是脑袋，开发大脑，提升记忆力和智力的。"

我和周庸蒙了，这时我才有点意识到，潘松的状况不太对：从我们进房间到现在，潘松根本没站起来，一直趴在充气娃娃上。这时他忽然说了一句："爸，我能停了吗？我想把裤子提上，不舒服。"潘松他爸一下就哭了，说："站起来儿子，提上吧，提上吧。"然后他"扑通"一下给我们跪下了："你们是吴雨洁找来的吧？她想要什么？现在住的房子可以给她。我儿子有病，离婚也没问题，就求求你们别折磨我儿子了。"

我和周庸赶紧把他扶起来，问什么情况。

潘松他爸说，潘松从小学习能力就弱，个子长得也慢，三岁才会走路，四岁才能说话。他带着潘松去儿研所看，说是快乐木偶综合征，也叫天使综合征，是一种先天的病，治不了。得了这种病的孩子，身体和智力发育都比别人慢，有学习障碍，而且特别爱笑，还有睡眠障碍，晚上经常睡不着觉。同龄孩子开始做乘除法时，潘松连十以内的加减法都算不好。

这种病只能随年龄的增加而改善，潘松算是这种患者里比较轻的，三十五岁时，终于能在大部分时间看起来像个正常人了——因为他爸妈教他少说话，少做事，所以潘松平时看起来，就是一个有些自闭的正常人。但晚上睡不着觉和笑，还是控制不住——这就是为什么，吴雨洁大半夜会在镜子里看见潘松冲自己笑。

而且有些没经历过的事，潘松仍然需要学习，比如性行为——所以结婚后他才没碰过吴雨洁，因为他根本就不懂。潘松父亲意识到了这个问题，所以带他来这个店，就是为了教会他如何进行正常的性行为。

周庸说："叔叔，您的心情我理解，但有这样的病，事先不告诉人家姑娘，婚后也瞒着，有点不负责任；而且婚后万一有了孩子，再遗传这个病怎么办？"潘松他爸说："不会，我问过医生，快乐木偶综合征是一种母系遗传病，子孙后代不会通过父亲遗传这个病。而且吴雨洁有些破事，我知道也没管。她平时总不回家，我也睁只眼闭只眼，就是为了儿子。"潘松他爸一边哭一边说："我只是想要把正常人能经历的，让我儿子也都经历一遍，这样很过分吗？"

等老头哭完，我问他："刚才提到了吴雨洁的破事，是什么破事？"

潘松他爸说，有一天他听见有人敲门，开门后发现没人，门口扔了个信封。他打开一看，里面有张纸，说吴雨洁婚后还总出去乱搞，还搞外国人，还有十几张照片，都是吴雨洁和一个白人男性的亲密照。我问："能给我看看那些照片吗？吴雨洁现在失踪了，那些可能是线索。"他爸说："行。"

拉着父子俩，我们又回到民安街，潘松他爸把照片递给我——潘松一定是听见他爸妈说什么吴雨洁和外国人的事了，才会在我们第一次找上门时，问周庸是不是那个外国人。

我和周庸翻了翻照片，倒不是什么床照，都是在一个类似KTV包厢里和人拥抱接吻的照片，旁边还有别人。周庸问我："能确定是婚后的事吗？说不定是有人陷害她呢。"我说："应该不会，你看这张照片。"照片里，吴雨洁正坐在一个白人男性腿上，左手上的结婚戒指没摘。

我问潘松的父亲："有没有吴雨洁父母的联系方式或住址？"他说："有。"

到吴雨洁父母家敲门时，两人已经睡了。吴雨洁父母开门，我说："我们是吴雨洁的朋友，她最近联系不上了，你们知道吴雨洁的去向吗？"她父母说："不用担心，吴雨洁在她自己家，和她丈夫在一起呢，刚才还给我们打电话来着。"

如果不是吴雨洁骗了她爸妈，就是她爸妈在骗我——我掏出手机，给老两口看我拍的吴雨洁出轨照片，说："我刚从潘松家过来，他们说吴雨洁这几天没回去，跟一个外国人跑了。"吴雨洁的爸妈不说话了。我说："你们要是再不说，我只能拿着这些东西去她单位问了，到时候影响也不好。"这时，她爸妈才说了实话。

吴雨洁审美比较西化，没结婚时，偶尔会用一个国外的社交软件，约会一些外国男孩。在燕市生活的很多外国人都用这个软件，有男有女。一些比较喜欢外国异性的国人，也会在上面寻找异性。

这事在婚前，本来是个人选择问题，没什么错。但在婚后，由于吴雨洁和潘松一直没有性生活，她又耐不住寂寞，找了个白人小帅哥。但这白人小帅哥不是什么好人，是个毒贩子，经常勾引一些中国女孩帮他从国外往回带货或者卖货。

1月23日，吴雨洁帮他卖货时被警方抓了，警方通知了她父母后，吴雨洁的父母决定对亲家隐瞒这事——涉及女儿出轨、贩毒，实在不知道该如何交代。他们期待着有没有可能判个缓刑什么的，出来就当什么也没发生过，再找理由敷衍过去。结果没想到，吴雨洁被抓前一天联系了我调查，这事被捅破了。

我把真相告诉了潘松的父母后，就没再管这事。过了半个多月，吴雨洁通过她父母联系我，说想见我一面。我琢磨了一下，去看守所探望了她。她跟我说，这几天的事她都知道了，跟那白人好的事，朋友里只有棉牙知道，肯定是因为吵了架，棉牙怀恨在心，把这事告诉了潘松家，还跟警察举报了她；还说等自己出去，要报复棉牙。

我没想到她要和我说这个，没理她，站起来转身就走了，晚上叫了周庸去家附近的串吧吃串喝酒，又聊起了这事。

周庸说："徐哥，那个充气娃娃妓院真挺creepy的，我到现在做噩梦都能梦见。"我说："你不觉得什么神童培训机构、矫正同性恋的那些，比充气娃娃creepy多了吗？有人为了骗点钱，有人为了某种错误的观念，就强迫别人去培训、治疗，这难道不才是真正的变态和creepy吗？”

　　周庸把杯里的啤酒喝干，说：“对，徐哥你说得都对，就是这样。”

WARNING
如何避免成为同妻

以下条目不保证100%有效，仅做警示，对方存在这种情况得注意一下：

1. 对你没有冲动，没有想发生亲密关系的欲望。

2. 见了一两次面就表达：你是适合他的结婚对象。

3. 不脏乱差：不乱扔袜子，不把小便沾到马桶上。

4. 心思细腻，懂女性心理，要啥给啥。

5. 补偿心理：除了性和爱外，尽可能用物质补偿你。

6. 问到同性恋问题时，会闪烁其词，绝不会高谈阔论。

7. 手机上装了相关交友APP或登录相关网站查询信息。

12

提防男友：你穿过的内衣，

可能被挂上二手交易平台，还是和你的小视频一起

事件：丢内衣事件

时间：2017年6月2日

信息来源：微信好友

支出：355元

收入：50000元

执行情况：完结

有些"与众不同"的癖好，在大部分人眼里，是怪异、恶心，甚至可怕的。

我上初中时就知道。那时在我老家那边，男孩都喜欢把别人"撂倒"，一般有两种目的：显得自己比别人厉害，不好惹，省得被欺负；让长得好看的姑娘注意到自己。这是种本能，和动物世界没啥区别。如果一个我们本地姑娘年少时，总有男生被撂倒在她肥大的校服裤腿儿下，她长得一定很招人喜欢。

我当时也很傻，出于年少无知的动物本能，练了点撂倒的小技巧，但凡有需求，即使身边是最好的朋友，我也毫不手软，说撂就撂。我最喜欢的方法，是在身后用勒住对方脖子，同时用膝盖顶他的腿弯，把人放倒。后来除了涛哥，别人都不愿意跟我一起走了。

涛哥不怕被撂倒，有时还主动挑衅："有种你撂我啊？"不管被撂倒多少次，都毫不生气，显得心胸宽广，我特别爱和他一起玩。

有一天，我带着我的"大炮特使"，去他家玩四驱车——涛哥家有个四驱车跑道，是他爸从日本带回来的，特别高级。我正跑圈时，发现涛哥不见了，去他卧室找他时，发现他正拿着一绳子，使劲勒自己的脖子，张着嘴，脸憋得通红。我吓坏了，冲上去就把他手掰开，问他："干吗呢?！"涛哥喘了会儿气，说："玩呢。"

他说这是他无意中发现的，特别爽，让我也试试。我问他怎么发现的，他说看《黑猫警长》里，白猫警探被一只耳的舅舅杀死，吊在棚上的画面，让他产生了一种奇怪的感觉，就特想试试。之后他试了自己掐自己脖子，用绳勒自己脖子，用塑料袋套住自己脑袋，那种窒息的感觉让他特别爽。

他被我撂倒时从来不急眼，也是因为喜欢我勒他脖子的感觉——他提议，让我多勒他脖子，或掐他脖子一会儿，他可以把四驱车跑道借给我拿回家去玩。我当时不明白怎么回事，感觉有点害怕，骂他是傻子，然后赶紧回家了。从此以后，我俩就没说过话。那时候网络不发达，过了挺长时间，我才查到一种叫"性窒息"①的瘾癖。

很多人会通过让自己窒息的行为，来获得性快感或高潮，后来我逐渐理解了，这些人和我一样正常，想跟涛哥道个歉，当年不该把他当怪物，但再没联系上他。

性窒息算比较"大众"的，有些小众的瘾癖，我到现在还是会

① 性窒息：是指性心理和性行为变态者，独自一人在偏僻隐蔽的地方，采用缢、勒颈项等控制呼吸的方式，造成大脑的缺氧状态，刺激增强其性快感以达到性高潮。由于实施过程中很容易发生意外，这种行为有很大风险会导致窒息死亡。

觉得长见识。这在我调查的事件里，占了很大一部分，所以，我有种惯性思维，一发生什么事，就会先怀疑是有特殊癖好的人干的。

比如2017年6月那次，当时我偷偷在我供稿的公众号上留了个新注册的微信，好几万人加我，我挑有故事或长得好看的，加了几百人。其中有个姑娘，是我看头像好看加的，前一天晚上十点多通过，第二天凌晨四点时，我拿手机一看，她已经给我发了快三百条微信，全是语音，把我吓坏了，还以为大半夜把《哈利·波特》给我读了一遍。

我给她回微信说："姑娘，实在没时间听这么多语言，能不能简单用文字叙述一下，出什么事儿了？"中午十一点多，她发来一大段文字，说明了情况。

她在之前住的房子，丢了几套内衣，很害怕，赶紧搬了家，在月亮港附近又租了套房；住了不到俩月，又丢了5个内衣、6条内裤。她还在家里电视上发现贴了一张面巾纸，上面用红字写着"骚婊子"。她怀疑是有人一直在跟踪她，并且这个人随时能进家里，实在太吓人了。

因为这事儿她现在每天睡眠特别浅，只能睡三四个小时，精神状态特别不好，而且家里有孩子。她愿意给我5万块钱，请我帮忙找到这个人。我打算看看再说，就叫上我的助手周庸，开车去了她家。

到地方之后，我们找到姑娘说的6号楼。楼下有个姑娘，不算特别年轻，估计三四十岁，推着婴儿车站着，里面是个不到一岁的女孩。她看见我俩问："是徐浪和周庸吗？"我说："是。"她说：“我叫王婉婷，你们吃饭了没？我请你们吃饭。”我说：“不用，咱直接上楼吧。”

王婉婷住的楼总共6层，她住在3楼，我来的时候查了下房价，十二万多一平方米，算是这片比较好的小区。她租的这房子挺大，有一百六七十平方米，我问：“你平时内衣都放在哪儿？”她说：“衣帽间的柜子里。”周庸说：“是有人翻开柜子拿的吗？”她说：“不是，丢的都是挂在阳台和放在换洗筐里的，衣帽间里的好像没丢过。”我问：“换洗筐在哪儿？”她指了指阳台和衣帽间中间，有一个编织的方形筐，里面什么都没。

转了一圈，我发现她家客厅摆了个智能监控，问：“是丢内衣后装的吗？”她说：“对，但是用了监控后，内衣还是丢，监控啥也没拍着。”

王婉婷把那张写“骚婊子”的纸条拿出来，我看了一眼，问：“你得罪过什么人？”

她犹豫了一下，说：“最近没得罪过，但两年之前，和前男友分手的时候，对方把我的电话、照片和微信，印成了小姐的卡片，到处发，最后我报警了他才道歉认错，因为这事儿手机号什么的都换了。但这事儿我感觉已经过去了，这两年对方都没骚扰过我。”

周庸好奇：“你老公呢？今天家里要来俩陌生男的，他都放心？”王婉婷说：“他忙，常年出差。”

了解完基本情况，我收了她2万的定金，和周庸去附近的西餐厅，点了蘑菇牛肉汉堡和恺撒沙拉后，我问周庸怎么想的。他说：“就是个恋物癖呗，偷内衣的，就是不知道是开锁进来的还是从窗户爬进来的。"我说："有可能，但监控没拍着有点怪，而且留下那张写'骚婊子'的纸条，不太符合恋物癖的行为模式。有不少偷内衣被抓的，哪个也没留纸条啊。"

周庸问："接下来咋整？"我说："查下前男友吧。情侣间跟踪和报复挺常见，先从概率最大的着手。"

王婉婷的前男友叫赵斌，她已经没有联系方式了，她找共同的朋友打听了一下，给了我一个微信号。王婉婷说赵斌是松阳庄人，我就把微信的地区改成了松阳庄，然后加了赵斌，验证信息填的是"老同学，还记得我吗？"没多久赵斌就通过了验证："你是？"

我没回他，直接进他的朋友圈，挨条看，发现他发了一碗面的照片，说就爱吃公司旁边这家兰州拉面，吃二百多回也没想吐。碗上印着牛二拉面，我搜了一下，就石山路附近有一家。下午四点，我和周庸开车过去，坐里面点了两碗面，边吃边等，吃几口就吃不下去了——巨难吃。周庸说："赵斌味觉有问题吧，这么难吃也能一直吃。"我说："口味这玩意儿有时候挺私人的，没啥道理。"

一直等到晚上七点多，赵斌都没来吃面，我俩就回家了。第二天中午，我俩又去面馆门口等着，终于等到了他。

等他吃完，我俩跟着他到了石山路北的一个别墅小区，他进了其中一栋联排别墅。别墅的后面是落地玻璃，我让周庸假装打电话，绕着这别墅转了一圈，看一下里面的情况。他转完告诉我："里面挺多人和工位，是个公司。"我问他："看见赵斌了吗？"他点点头："就在墙角坐着。"

这家公司挺能加班，晚上五点多大家出去吃了个饭，就又回来加班了，我和周庸想要等他们下班后溜进去都没机会。这么干等不行。我让周庸回车里拿了蔡司的望远镜，找了个不会反光的角度，看赵斌在做什么。周庸一看蒙了："徐哥，他也太明目张胆了，上班时间看黄色图片。"

我赶紧把望远镜拿来看了一眼——赵斌的电脑上确实是张黄图，但很奇怪，为什么他一直盯着这一张看，这么喜欢吗？我转移视角，看赵斌的其他同事，我发现不管是男还是女，每个人的电脑上都是一张黄图。他们不是在看，是在画——这应该是一家外包动画公司，替日本做成人动画的。

日本劳动力比较贵，在做动画时，经常把很多活儿外包给国内的公司，国内很多动画公司就靠接这种外包活儿赚钱。周庸问我："这玩意儿合法吗？"我说："当然不合法，就好像国外有的地方大麻合法，但你要是在国内种再送去国外卖，绝对属于制毒贩毒了。"

我们又跟了赵斌两天，发现他就是三点一线，除了家和公司，也就是吃口面，除了干的不是啥正经工作，其他都挺正常。而且在我跟踪赵斌的这三天，王婉婷那边又出事了，内衣又丢了，家里还被人泼了一地血。我让她把钥匙给我，先带孩子去酒店住两晚。

去酒店取了钥匙，我和周庸又到了王婉婷家，开了门进屋，门口摆了张纸巾，是我让王婉婷留着的，上面写着："婊子都该死"。

然后我仔细检查了一下王婉婷家的智能监控。这个监控是国内一个出名厂家做的，并不是把所有画面都录下来，而是移动侦测报警——只要屋里有东西动，就会拍下来并上传。只要下载配套的APP，在同一个Wi-Fi下，用摄像头扫描APP上的二维码就能用。如果有人删除了监控上传的视频，那所有人就都看不到了。也就是说，如果有人进了王婉婷家，连上了这个监控，他不仅可以一直监控着屋内的情况，还可以删除自己出现的痕迹。

我怕有人通过监控窥视我，把它拔掉了，接着打算在她家安几个针孔摄像头，看能不能拍到点什么。

绕着屋子转了一圈，我让周庸把进门处和电视下面的两个电源拆下来，钻孔安装完针孔摄像机再装回去。周庸一卸下电视下边的电源就蒙了："徐哥你快来，出大事了。"我走过去一看，周庸拆下来的电源里面，一个小摄像头正闪着微弱的红光——有人在王婉婷家安了盗摄设备。

我让周庸下楼，去车里拿无线视频扫描仪。我把房间里的电视、冰箱、无线路由等电子设备全拔了——无线信号太多，查找起来非常困难，关掉它们的电源会降低扫描难度。等周庸拿了仪器上来，我俩开始检测无线视频和音频信号，分别在卧室、客厅、洗手间又找到了6个针孔摄像机。

周庸问我："咱这会不会打草惊蛇了？"我说："要是真惊了也行，起码监视那人不敢来了。"

内衣丢失加偷拍，我第一时间想到的，是原味内衣交易。很多人会在各种二手交易网站上卖这种内衣。在欧美地区，这种内衣甚至形成了固定的产业链，有专门交易的网站。但所有的这种内衣交易，都涉及一件事——你必须证明卖出的内衣由谁穿过，而且每种款式的内衣只能出售一次。要不然购买者会怀疑，是不是一个抠脚大汉穿了内衣后，又卖给自己。所以，在出售时，必须有出售人穿着该套内衣的视频或照片。

王婉婷的内衣丢失，还被人偷拍视频，很可能是被人连视频带内衣一起卖给了有恋物癖的购买者。

我给王婉婷打了个电话，说明情况，建议她再换个房子。她犹豫了一下，说："换也行，但我挺喜欢这小区环境的，还想在这儿租。"挂了电话后，周庸不理解，说："都这样了，还要在这小区住，心也太大了。"我说："是有点怪。明天问问她到底怎么想的。"

下楼时，我们碰见了二楼的住户，是个挺漂亮的姑娘。周庸还管人要微信，姑娘看了他两眼，就给他了。

走到楼下，我俩一起抽烟，我说："你给刚才加的那姑娘发微信，问问她丢内衣了没有。"周庸说："刚加微信就问这个，不太好吧？"我说："你是不是傻？你说王婉婷是你姐，最近小区里有偷内衣的，你正帮你姐调查丢内衣的事儿，让这姑娘最近也注意点，门窗一定要关好。"周庸点点头："行，徐哥，有一套啊！"我说："别扯淡，赶紧的。"

他和那姑娘发了会儿微信，说："这姑娘没丢过内衣。"

我抬头看了看，二三楼都没装防盗网，那就奇怪了。二楼那姑娘明显比王婉婷年轻漂亮，如果是偷内衣的话，不管爬楼还是从门进，为什么放着二楼那姑娘不偷，要去更高一层偷王婉婷的呢？

我带着周庸转头回去，分别敲了一到三楼的门，一楼的两户里，也住了一个挺好看的姑娘。如果只是单纯的恋物癖偷内衣，绝对不可能放着年轻貌美的不偷，去偷王婉婷的，这不太合理。除非王婉婷对于那个人来说，更好下手。

可能有三种情况：第一种，对方是很容易接近王婉婷的熟人；第二种，对方是房东或者前租户，很熟悉这套房子，并提前安装了监控；第三种情况，就是租房时找的中介有问题。

晚上回家，我把那些二手平台卖原味内衣的基本都看了一遍，没发现王婉婷的。

第二天上午，我让王婉婷打给她租房子时找的中介，约对方出来见面，直接说了丢内衣的这个问题。中介是个姑娘，特别气愤，说："那得赶紧报警啊，千万别拖着，再拖出事儿了。"聊了一会儿，我就把她排除了——性别和态度都不像。

我问这姑娘房主和前租户的情况，这姑娘说："不太可能是他们干的。房主一家都出国了，把房子委托给他们，两年没回来了。上一个租户是一个楼凤团伙——几个外地人，找了几个失足妇女，在里面搞皮肉交易，后来被警方端了，全进去了。"

跟中介聊完，周庸说："那只能是王婉婷的熟人了。"我俩去酒店找王婉婷，让她仔细回忆一下，从她第一次丢内衣到搬家，到再丢内衣、收纸条这段时间，都接触了哪些人，一个一个数出来。她想了想说："真没谁，除了她老公就是月嫂，朋友什么的根本没找。"周庸好奇："你爸妈都没来？"王婉婷说："没有，我和父母有点矛盾。"

我正想问是什么矛盾，忽然有人敲门，王婉婷过去开门，是一

　　个戴眼镜的中年男人，她上去一把抱住："你总算回来了，我和孩子都想你了。"那大哥点点头，说："这俩就是你找来调查的？都查出什么了？"王婉婷说："什么都没查出来呢，就推测可能是熟人干的。"大哥又问了一些细节，但我问他问题时，不太爱搭腔，我看不太聊得下去，就叫上周庸走了。

　　下电梯时，我说："会不会是这大哥缺钱，自己偷拍然后卖内衣什么的？"周庸说："不可能，他手上戴了块罗杰·杜彼的圆桌骑士表，得卖二百万。卖多少内衣才能凑这么多钱啊，那也太味儿了，不得把人熏死？"我说："也是，那只能去查查月嫂了。"下午，我和周庸找到了就爱宝月子中心——王婉婷的月嫂就是那儿找的。

　　到那儿一问，王婉婷雇的月嫂正在另一家帮忙，想找她得下个月了，我问了下价钱，一个月两万。

　　我问月子中心的接待："能不能把她约过来聊一聊，因为是朋友介绍的，想看看合不合适，合适就先定下来。"接待给她打了个电话，说："下午四点可以见个面。"

　　出去吃了顿饭，在车里睡了一会儿，我和周庸卡着点回到月子中心，月嫂已经到了，是个岁数不算大的阿姨，嗓门很大，见我俩就问："你们俩谁需要伺候月子？"我说："他需要。我是他朋友，陪着来的。"周庸说："对，我媳妇快生了，需要个好月嫂，朋友王婉婷推荐了你，说你做菜好吃。"阿姨看了周庸两眼，说："可以，有什么具体要求吗？"周庸说："没什么，就是普通的伺候月子。"

我跟阿姨说："这样，你俩加个微信，想起啥事儿可以直接聊。"阿姨掏出手机解开锁，我故意告诉她一个错误的号，阿姨搜了两次没搜到，说："要不然扫码吧。"我说："不用，您把手机给我，我给您加一下。"

阿姨把手机递给我，我假装出了问题，说："哎，真的，怎么还搜不着呢？周庸你是不是把你微信调成了不可搜索，赶紧弄一下。"

然后我迅速打开了阿姨的微信转账记录，翻到她给王婉婷当月嫂的日期，发现了三笔5000块钱的转账，来自于一个叫"大度"的人。我搜到这个人，查看他们的聊天记录，发现有提到了内衣什么的。还有王婉婷挺着大肚子，只穿内衣的照片，甚至洗澡的裸照，看角度像用手机偷拍的。

这时候阿姨意识到不对了，让我把手机还她，我不还，她开始疯狂地喊："来人啊，有人抢手机！"然后月子中心的几个工作人员进来，让我和周庸把手机还给她，说要报警。我说："赶紧报警。你们的月嫂在我姐家偷东西，还偷拍我姐的裸照，肯定是得报警。"月子中心的人一下慌了，来了个经理和我谈，说怕影响不好，能不能不报警，赔点钱什么的。我说："那都好商量，我得先问月嫂几个事。"

月嫂也慌了，很快把事都交代了。半年前，有个男的雇她到家里照顾月子，她去了才发现，那家根本没孕妇，只有那男的。那男的和她商量，她之后伺候月子时，能不能拍一些孕妇或哺乳期女性的照片给他，然后把她们穿过的内衣拿几件给他，他可以出钱，一套内衣一千五。她想了下，感觉这活儿挺好，也不容易被发现，就同意了。

在服务王婉婷时，她发现王婉婷的父母、亲戚朋友，一个也不来看她，王婉婷的老公平时也不着家，就偷了内衣还偷拍了照片，提供给了那个人。跟月嫂交易的人，应该是个恋孕癖，他们就喜欢挺着大肚子或哺乳期的女性。

我问月嫂："针孔摄像头是不是也是你们弄的？"月嫂蒙了，问："什么针孔摄像头？"我说："你别装了，就是藏在电源后面的那些偷拍设备。"月嫂摇手说："没有。我哪整得明白那些高科技啊，而且我用手机就拍了，不需要用那些啊。"

我说："这个先放放，你从王婉婷家离职后，是不是又回去偷过内衣？"她说："是去过两次。"我问："你怎么躲开智能监控的？"她说："我知道家里有个那玩意儿，插电的，我进门之前在走廊电表那儿，把电闸一拉，出来时再给推回去，就拍不着我了。"

我又问了她一些问题，她承认自己偷内衣了，但坚决不认红字和针孔摄像的事。我给王婉婷打了个电话，询问她是否报警，王婉婷说："先别报警，让我想想。"我挂了电话，和周庸离开月子中心，又去了趟王婉婷家。事查到这儿就差不多了，月嫂不承认针孔摄像和红字的事，我也不能审讯她，我又不是警察。而且王婉婷的态度让我和周庸有点生气，让搬家不搬，让报警不报，我打算去她家把我安在那儿的针孔摄像头拆下来后，就去和她结账，结束这个活。

　　到了王婉婷家，我先把智能监控拔掉，从几个电源后面把我新装的针孔摄像头拆出来，检查时发现有一个被烧坏了。我有点奇怪，想着是不是什么电路问题，把里面的存储卡抽出来，插进电脑里读取，发现是在今天中午11点28分时，忽然就黑了。

　　我接着检查其他针孔摄像头，发现每个都在11点28分时黑了3分多钟，然后又恢复了正常——只有一个没连电源用电池的针孔摄像头没有黑。在它的记录里，11点28分时，一个我从没见过的姑娘开门进了屋，把一张纸放在了沙发上，然后转了一圈后出了门；没几秒钟，屋里又来电了。我去沙发上拿起那张纸，还是面巾纸红字："臭婊子，都不敢回来了，为什么不直接滚？"

　　我把纸揣进兜里，又把智能监控插上电，去酒店找王婉婷聊了一下，告诉她可以回家了，没说纸的事，收了尾款。临走前，我把监控里那个姑娘的头像放大，问王婉婷是否见过这人，她犹豫了一下，说："在小区楼下散步时，可能见过两次。"

　　第二天一早，我和周庸跑到了王婉婷住的小区，但没找她，只是在小区里没人注意的犄角旮旯儿转。10点多时，王婉婷带着孩子回来了，下午3点多，又下楼去便利店买东西。

　　就在她出门没两分钟，一个姑娘用钥匙打开了单元门，我让周庸在楼下等着，用昨天拿王婉婷钥匙配的钥匙打开门，上到3楼，电箱开着，闸被拉了下来。我躲到了4楼，没两分钟，就听见关门和下楼的声音，让周庸跟住她，我把门打开，茶几上又出现了一张写着红字的面巾纸。

　　这姑娘到门口打了个车，周庸开车跟上，到了云汐广场附近的写字楼，跟着她上了11楼，发现门口挂着一个牌子，上面写着"还原情感咨询事务所"。我让他先别进去，等会儿我。

等我到了，两人一起进了这个情感咨询事务所，前台的姑娘看了看周庸，又转头看着我，说："是您需要小三劝退服务吗？"我说："不是，是他，他让人绿了。"前台姑娘很诧异，说："啊？是吗？跟我进来吧。"

我们跟她进了这个咨询事务所，屋里一共就五个人，而且都是女性，就算打不过，跑肯定也没问题。

我直接走到那个偷偷在王婉婷家放纸巾的姑娘面前，给她看我手机里的视频："非法入侵住宅，还恐吓人家，属于加重情节，3年以下有期徒刑。"姑娘蒙了，说："你哪儿来的视频？"周庸说："这你甭管，咱去公安局说去。"我告诉她："如果交代监控和红字的事，还有商量的余地，要是不说就直接报警。"其实我早就想报警，但不知道为什么，当事人王婉婷一直不让我报警。她不报警，我也不是当事人，根本没法报案。

但还好这姑娘没想明白，直接就说了：她是个小三劝退师。

王婉婷和那个大哥，根本就不是夫妻关系，她是个小三。那大哥的老婆找到她，说小三带着孩子，和这两口子住到了一个小区，实在太得寸进尺了，让她把小三劝退了。如果没劝退，也希望拍到她老公的出轨证据，将来有一天离婚时，可以拿着这证据，多分点钱。

周庸说："我明白了！怪不得她生孩子，父母朋友都不来看，出事了也不敢报警——怕警方发现不对，把那大哥整成重婚罪；怪不得她不愿意换小区住，原来想和那大哥住在一起，离原配近点示威。通了，全通了。"劝退的姑娘点点头，说："对，所以我连上了她家的智能监控，趁王婉婷不在家时，往她家放写红字的面巾纸，希望她能知难而退。"

从这公司出来，我俩坐回车里，周庸问我："接下来怎么办？"我说："刚才那小姑娘，跟咱俩撒谎呢，她有王婉婷家钥匙，还有她家Wi-Fi密码，你记得王婉婷家Wi-Fi密码多复杂不？"周庸说："记得。又有数字又有字母还分大小写，挺长的。"我说："对，Z8qr2iE3094，这玩意很难破解出来，除非是有人告诉她，钥匙也一样，是别人给她的。"

周庸说："谁啊？"我示意他别吵，给王婉婷打了个电话，她这时已经发现家里又出现红字面巾纸了，吓得不行。我知道是怎么回事了，问她那大哥和他老婆具体的住址。她犹豫了一会儿，还是告诉我了。我找到大哥家，敲了敲门，大哥没在家，他老婆没开门，问我是谁。我问她知不知道她老公出轨的事，她说不知道，以为我是骗子，要报警。

我拿出手机，透过猫眼给她看王婉婷的朋友圈，有王婉婷和她老公的亲密合照，他老婆打开门，都蒙了："我老公真出轨了吗？"我说："对，你找没找过小三劝退师？"她说："没有啊，那是什么啊？"然后她给那大哥打了电话，一顿哭骂，大哥又给王婉婷打电话摊牌了——小三劝退师根本不是大嫂找的，就是大哥找的，在王婉婷搬到和他同一个小区后，他压力特别大，不想负责了，也不想让老婆儿子知道，只希望王婉婷能离他远点。

所有的事好像都圆上了——只有一件事，电源里藏的偷拍设备，到底是谁装的？

在确定不是大哥，也不是月嫂干的后，王婉婷报警了。警察到了以后，马上找出了嫌疑人。

做皮肉生意的团伙，很多都会在营业场所留下"暗门"，以应对扫黄。半年之前，警方在这户扫过一次黄，打掉了一个楼凤卖淫团伙，当时那个团伙，实际上把这层的两个房子全租了下来，中间打了一个暗门，方便随时从另一个房间逃走。那个暗门，就在衣帽间的柜子后。警察推开暗门，到了隔壁，在邻居的电脑里，找到了大量王婉婷洗澡和换衣服的视频。

因为发生了这事，中介把房租押金等都退回给了王婉婷。王婉婷和大哥分手，很快带着女儿搬走了。

后来她联系过我一次，说大哥进监狱了，被她前男友赵斌搞进去的。

大哥是做动画的，赵斌供职的那家外包公司，也是大哥的，但法人不是他，平时也不怎么在公司露面。一般都是每年招一批毕业生，开着低工资，做一年黄色动画，然后不涨工资把人逼走。赵斌挺大岁数，硬挺着在那干了两年，就为了收集证据，证明这家公司是大哥开的，然后连着他们做黄色动画外包的事，一起报了警。大哥就因为制作、传播淫秽物品进去了。

跟周庸说完这事，他都蒙了，说："这哥们儿太狠了，卧薪尝胆，两年磨一剑啊。"我说："王婉婷也够呛了，摊上的男的都这么'特别'。"周庸说："我总能想起她租的那房子，邻居、情人、月嫂、劝退小三的，谁都能进去。"

WARNING

1. 尽量别找小三。
2. 尽量别当小三。

13

别轻易在朋友圈发自拍照，
你可能成为色情视频的女一号

事件：《夜行实录》盗版书事件

时间：2018年7月25日

信息来源：我爹

支出：周庸

收入：待售中

执行情况：完结

我第一次对别人产生敬佩之情，是在小学五年级。

有天早晨上学前，我在家楼下的早点铺吃包子，隔壁桌的大爷吃完一屉牛肉包子后，拿纸巾擦了擦嘴上的醋说："今天的包子，味儿有点不对，馅是隔夜的吧？"老板娘当时就急了，说："这么多戚儿（东北话读qiěr，客人的意思），你可不能胡咧咧啊！"大爷说："我胡没胡咧咧，你们自己心里有数。"两人吵了几句，眼瞅要打起来了，老板冲过来拦住老板娘，说："老爷子，今天这单给你免了。"大爷走之后，我听见老板和老板娘低声说："今天包子确实混了些冰箱的隔夜馅，老头嘴咋这么刁，吃出来了。"

我一听，大爷这舌头简直是中华老当家啊，这都能吃出来。我赶紧结账追出去，拦住大爷，问："怎么才能拥有和你一样敏感的味蕾？"大爷说："啥敏感不敏感的？昨天吃饭结账时候，扫着他们厨房里搅了一大盆馅，眼瞅着一天不可能用完，今天就诈他们试了一下，果然中了。"

虽然对不能练出刁嘴很失望，但这事教会我，对生活多一些观察和思考，就能占便宜。长大后我发现，能不能占到便宜先不说，至少能不吃亏少吃亏——这是我爸教的。

2018年7月25日，因为努力写稿，我把手机调成静音，扔到厨房。凌晨三点饿了，去煎牛排吃，才发现有5个未接来电，都是我爸打的。到早上八点我写完稿，就给他打了回去，我爸很快接了电话："才起来啊，为啥起这么晚？"

晚起比熬夜能少挨两句骂，我就承认了，然后解释了一下："燕市和老家的生活节奏不一样。"按照我的经验，一般早上七点来钟，家那边的早点摊都快收摊了，燕市的早点摊才刚开始营业。他说："那也该早睡早起。咋还有心思睡呢？你的书都被人盗版了！"

《夜行实录》出版第一本以后，我爸在网上分多次买了二三十本，不是为了给我刷单，而是送给亲戚同事朋友，以证明我在燕市没偷鸡摸狗。但他很快发现不对——他后买的书到货后，比之前的重很多，纸也比原来硬，于是愤怒地给我打电话，让我把后买的八本书给他退了。我说："爸，咱亲父子明算账，在谁那儿买的找谁退。"他说："你滚一边去！这八本假书我就给你放家里，你看着办吧。"

我一宿没睡觉，挨一顿说，还赔了八本书的钱，一肚子火，但不敢跟我爸发，特别憋屈。于是我做了个决定——先睡觉，起来后，一定把这个盗版商弄了，找到违法的证据，把他送进监狱！

《夜行实录》的书页，用的是瑞典轻型纸，我从好几百种纸里挑了最贵的。出版社编辑本来不肯用这么贵的纸，说："这成本太高了，单本书收益太低，你得卖成十年前的韩寒和郭敬明的书那样才能赚点钱。"我说："没事，多出的成本从我版税里扣。"好不容易出本书，说啥得让我爸妈拿出去有面子。结果盗版让我损失了钱，我爸差点损失了面子，不修理他我还是个人吗？

我爸是在一家专门卖书的网站上买的，但不是自营，是家叫铁鼎文豪图书的店，他家每本比自营便宜5块钱，所以，引起了我爸和一些人的注意。看到他家《夜行实录》月售1000多本时，我胸口特别闷。

我用天眼查和企查查，把它的工商执照和注册信息什么的，全都看了一遍，发现它的注册地址和电话，都在远广的明天好孵化器，法定代表人叫张顺。

叫上我的助手周庸，我俩开车去了远广。孵化器在一个创业园区内，是个五层小楼，我俩开门进去，发现前台睡着了，就直接上了楼。结果这地方特诡异，每层楼都密密麻麻的，全是工位，但没有一个人——像是这楼里本来有很多人，但一下全都人间蒸发了。

转了一圈，周庸问我："啥情况？咋这么像《行尸走肉》里的场景，感觉随时要有丧尸窜出来。"我说："其实挺正常，燕市很多孵化器，就是专门给人注册公司用的，每年交点钱，租俩工位，就在工商来检查时，弄俩人过来应付一下，平时都没人。比如，很多创业公司平时租不起写字楼，就租个民宅办公；没法注册公司，就需要在孵化器租俩工位注册公司。"周庸问："这玩意儿不违规吗？"我说："当然不违规。"

我们下楼把前台的姑娘叫醒，让她联系下负责人。她问："你们有什么事？"我说："我们是记者。"她感觉处理不了，打了个电话。过一会儿，楼上下来个大哥，上来热情地跟我俩握手，问我们是什么媒体的。我说："这你就甭问了，我们不是来报道这个孵化器的，是查一家叫铁鼎文豪的公司，他们注册在你这儿，希望你提供下联系方式。"

大哥一听不是采访他们，更热情了，说："行。"邀请我俩去他楼上的办公室，搜出了铁鼎文豪图书公司的联系人电话："他们变更过一次联系方式，有俩电话，我都给你。"

从大哥那拿到电话，我挨个儿打了一下，其中一个电话已经停机了，另一个有人接。我问："是铁鼎文豪图书公司吗？"对方说："是。你是面试的吗？"我说："对，你们公司具体地址是哪儿，麻烦您再告诉我一下。"他说了个地址，是和谐街附近的一个写字楼。我和周庸开车过去，坐电梯上了12楼，在走廊角落找到了1202，发现门口有二十多个人，背着包站在走廊里。

周庸找了个戴眼镜的哥们儿搭讪，说："你也是来铁鼎文豪图书面试的吗？"他点头。

我正打算多问几句，门里面出来一个穿着西服套装的大哥："身份证复印件、毕业证、学位证复印件、实习证明、工作证明、四六级证、计算机证、简历什么的，都需要纸质文件，没有纸质文件的赶紧去复印，别在这儿傻站着。9楼903有个复印社，快去吧。"

我们跟着一群人下到9楼，可能是因为开在写字楼里，这家复

219

印社贼贵，复印个身份证就6块钱，打印一张纸10块，二十多人在这儿印东西，能挣小1000块。看得我都想在写字楼里开个复印社了。

周庸说："徐哥，这公司规模可以啊，一上午就面试20多人。"我说："规模越大，盗版的书就越多，指不定有多少钱是从我这儿划拉走的呢。"

这群人印完材料，又回去面试，里面一个个叫名，面得很快，两个多小时，二十多人都面完了。

我趁机找几个面试的人聊了下，他们基本都是在某个招聘网站上看到的，然后投了简历，被通知过来面试的。

等这群人全面完，不再出来叫人的时候，我敲门进去："怎么不叫人了？"里面的西服大哥正玩手机："你也是来面试图书编辑的吗？"我说："对，发简历到tiedingwenhao@xx.com这个邮箱了，通知我今天上午来，但一直没叫我。"他说："那可能是漏记了。你进来吧，材料带了吗？"我没有，他让我去9楼打印一份，临时准备简历来不及，我就只花6块钱印了张身份证，然后又回去面试。

大哥把我带进靠门口的一个隔间，敲了敲门，说："赵总，面试的来了。"里面坐了另一个穿白衬衫的大哥，让我坐下，我把印着身份证正反面的纸递给他。他蒙了，说："你这厉害啊，带张身份证就来面试，坐火车还得有张火车票呢。"我说："那些都是虚的，主要还是看人。我擅长各种办公软件，英语贼好，审美高，读书还多，当个图书编辑绰绰有余。"

大哥笑了，说："小伙子挺会聊，但我还是得看你的资料，就一张身份证复印件不行。这样，你和我们HR（人力资源部门）约个时间，资料准备齐点，再来一次，今天就先到这。"我说："那成吧。"我拿着身份证复印件出了门——这种个人信息，不能随便留给别人。

下了楼，周庸在路边抽烟，问我咋样，我说："感觉这公司有点怪，但是说不出来。咱先去吃口饭，晚上再回来。"

我们去两条街外的一家铜锅鱼，吃了洋芋饭、黑三剁和包浆豆腐，下午五点又转了回来。

周庸上楼看了一眼，等着面试的，就剩仨人了，我让他在楼上看着这家公司的人，看他们什么时候下班出来。他在走廊里玩手机，十多分钟后，给我发微信，说："不对啊徐哥，面试的都走了以后，那屋就出来两个人，然后就锁门了！"

我进了楼里，站在离出入门和电梯间都比较远的一个角，盯着电梯，过一会儿，公司那俩大哥出来了，有说有笑地出了门。我跟在他俩身后，到了附近商场的一家烧烤店，发现里面有个人正等他俩——9楼开复印社的哥们儿。我让周庸继续盯着，自己又去了趟12楼。

为了方便出入，一般写字楼里的公司，都是电子锁，但铁鼎文豪公司不一样，他们用十块钱一根的自行车圈锁把门拴住了，好像根本不怕丢东西。我看屋里屋外连个监控都没有，拿根铁丝，把圈锁捅开，进去转了一圈，发现真是没啥好偷的。

这个写字间，可能也就十平方米左右，除了门口摆的前台和面试的房间，里面根本没别的房间了。它有个向内的走廊，营造出往里走还有很大空间的错觉，但实际上，面试的房间占了80%的面积。

周庸都蒙了，说："这公司干啥呢？招来人也没地方上班啊。"我说："因为他们根本没想招人，就是找人来面试的。现在工作这么不好找，他们弄个高薪工作挂网上，每天整一大堆面试的人过来，让他们去楼下复印社花高价打印材料。即使面试没过，也以为是自己的问题，不可能想到是为了骗打印的钱。"周庸说："太牛了，这上午下午各一波，一年要不休息，不得骗个一百多万啊！有这脑子，干点别的不能赚钱吗？"我说："是，但有一件事挺奇怪，他们是一边这么骗钱，一边在网上卖盗版书吗？那业务跨度也太大了。"

商量了一下，我俩决定先搜集他们的诈骗证据，再干别的。

我们偷拍了两天，留下了四十多个面试人的联系方式，27日下午六点多，他们面试完最后一个人，我又敲门进去。"赵总"对我还有印象，看我进来笑了："是你啊，看来你是真想要这份工作啊。"我说："是，全公司就你们两个人，算上楼下复印店那哥们儿也就三个人，我想来主要还是怕你们累着。"赵总脸色一下就变了，说："瞎说啥呢？"我说："咱摊开说吧，这两天你们一起吃饭什么的景情我都录下来了，面试人的联系方式也都留下来了，人证物证都有。"

他问："你到底想干啥？"我说："我就想知道，《夜行实录》的盗版书是谁卖的。"赵总特别蒙，问我："啥盗版书？你是不是找错人了？"我掏出手机给他看铁鼎文豪网店，说："你别狡辩了，证据都在这儿摆着呢，营业执照就是你们的。"他说："我知道了，不是那么回事。我们赚这钱不太干净，怕出事，公司不是我们自己的，是从别人手里买的空壳公司。"他们买了空壳公司之后，怕出事查到自己，就一直没过户，拿着原来的公章和营业执照什么的，直接骗钱。

卖空壳公司的很多，网上一搜就一堆，有些不法分子，比如搞电信诈骗的，会利用这些空壳公司走账销赃，还有些会开大量发票卖给别人——如果你收到过"要发票吗"的短信，多半就是有些空壳公司发的。

我用报警威胁，检查了这仨骗子的微信聊天记录，确实和网上卖盗版书的不是一伙。我问："赵总，这个空壳公司是从哪儿买的？"他说是从一个小伙子手里买的，还给了我联系方式。我说："你不用给我联系方式，你把他约出来，咱一起聊。"和他对好说辞，我让赵总当着我的面，开着免提，给卖空壳公司的人打电话。

电话接通后，赵总说："喂，老弟啊，你这事办得不讲究啊，卖给我的公司，咋还能同时干别的呢？这整出事了，不把我装里边了吗！"对面没好气，说："我现在不干这个了，爱咋咋地吧！""啪"就把电话挂了。赵总气得要命："哎呀，我这暴脾气！"我说："你先别暴了，再给他打个电话，就说这公司有违法问题，你打算直接报警处理，到时候警察找他别赖你。"他打过去，照我说的说了一遍，对面服了，答应他第二天上午，在富平门商贸城见面。

第二天上午九点，我们在商贸城门口，见到了卖空壳公司的人，是个长发小伙。我们在门口的长椅坐下，小伙说："哥，那空壳公司，我是帮前女友卖的，现在我已经联系不上她了。"周庸说："别扯了哥们儿，那都是借口，前女友，想联系总能联系得上。"小伙说："真没扯，她就跟人间蒸发了似的。不仅我，她的朋友也都联系不上了。她之前跟我说的她爸妈的信息，也都是假的。"

我和他商量了一下，他和赵总一样，同意给我看他的微信和短信记录。

这哥们儿前女友叫李珊，从他俩的聊天记录来看，卖空壳公司是李珊的主业，他只是偶尔帮着卖卖，并不清楚这家公司还有网上卖书的业务。但两人最近一次的聊天时间，也已经是上个月了，最后的十多条都是他发给李珊，但没有回复。

为了保险起见，我又在他所有的微信聊天记录里，搜索了"女朋友""李珊""对象"等关键词，发现他和一个叫"真相终结者"的人，一直在聊自己的女朋友。聊她的喜好，以及一些私密的个人信息，比如在哪儿上班、平时常去什么地方之类的。我问："这个'真相终结者'是谁？"小伙支支吾吾了一会儿，迫不得已地说了。

李珊觉得倒卖空壳公司风险太大，就不干了，由于毕业学校不太好，之前工作经历又不能拿来说，找了俩月，才应聘上一家家政公司。但小伙感觉李珊有点不对劲：自从到了新公司，在家发个微信打个电话，她总是遮遮掩掩的；问她，她就说没事，两人吵了好几架。他怀疑李珊出轨了，就在某电商平台上找了个鉴渣师，提供过去李珊的大量个人信息，让对方帮忙鉴定李珊是否出轨。

鉴渣师是个新兴职业，你提供金钱和详细的资料，他帮你调查另一半是否出轨。用周庸的话说，只有傻子才会委托鉴渣师——觉得对方有隐瞒或出轨，分手就好了，何必花那么大代价互相试探，还不一定准。我认同周庸的说法。

在前男友详尽的资料下，鉴渣师先假装成女的，在微博上加李珊，问她衣服在哪儿买的；又投其所好，不经意提起李珊最喜欢的《银魂》，借机聊了起来；然后不断按照李珊的喜好，塑造自己的形象，和李珊加了微信，成了无所不聊的"线上闺密"。半个月后，鉴渣师告诉前男友，李珊确实出轨了，而且很好约，他还发来几张图片和半分钟的短视频证明，说是李珊发给他的。

我问："有没有可能是合成的？"前男友说："不会。李珊大腿内侧有块疤，这个我没和鉴渣师说过。"他想找李珊问清楚为什么要出轨，但还没等他问，李珊就先失踪了。电话打不通，人怎么也找不着。他去问鉴渣师，鉴渣师也说联系不上李珊，这人忽然就没了。

想要找到卖《夜行实录》盗版书的人，就得先找到李珊。我向她前男友要了鉴渣师的联系方式，和周庸回到车里。周庸问我要那鉴渣师的联系方式干啥。我说："怀疑他有问题呗，要不然还能干啥？找他给你鉴鉴？"周庸问："为啥怀疑鉴渣师？"我说："这一整个行业我都怀疑，而且和前男友不联系简单，和一个能发那种照片、小视频的闺密，没啥理由说不联系就不联系了，里面肯定有诈。"周庸点点头："那咱直接找他问？"我说："那人家容易跑。这样，咱也去诈他！"

我先去淘宝买了个生活素材包，里面是某个姑娘的几千张生活照，很多骗子会买这些图，假装提供特殊服务或找男朋友，从一些人身上骗钱。因为经常被欲望冲昏头脑，年轻男性的钱，有时比老人的还好骗。某平台做过一个统计，我国男性受骗率远高于女性，其中，占比最大的就是色情诈骗。

我买这些美女生活照，也是为了骗人，用新手机卡注册了个微信号，起了个名叫Crystal，每天在里面发一些照片，设置成朋友圈只显示近三天。

等了两天，我让周庸联系那个鉴渣师，说女朋友在国外上学，怀疑女朋友出轨了，让鉴渣师加这个Crystal的微信号。然后他果然按照周庸的指示来加Crystal了，说是找国外代购时，周庸推荐了他。

我表现了极大的热情，在一周里频繁和他聊天，然后每天都发朋友圈。在鉴渣师试图取得我的信任时，我也耐心地获取着他的信任。

一周后，他开始跟我聊隐私话题了，说自己是个妇科医生，要是身体平时有什么不舒服的，可以找他问。我说确实最近有点问题，问他怎么弄，他让我拍几张隐秘处的照片发给她，她就能在线给我检查。我去网上找了张隐私部位带文身的照片发给她。

过了十分钟，鉴渣师发语音通话过来，我先挂断了一次。他又发语音通话过来，我打开电脑里的某变音软件，才把语音接起来，然后发现，原来一直和我说话的都是个男的。

他开始威胁我，说要把我在网上找的不可描述照片发给我男朋友，并且他从朋友圈弄了大量的照片，用换脸软件做了个激情小视频，也准备发给我男朋友。有私处照片的佐证，他肯定会相信的。

有些电商网站上，有这种视频换脸服务。提供各个角度二十张以上的照片，一分钟50元、两分钟95元、三分钟135元，就能把你的脸换到想换的视频上。只要你钱够，甚至可以自己演个《复仇者联盟》。当然，这项技术更广泛的运用，是在合成色情视频上。

我假装惊慌，说话很慢，实际上是每句话都用软件处理过后，再放给他听，让他以为我真是个女的。鉴渣师威胁让我发全裸照和小视频给他，再和他做几次，我说："我人在国外，多给你打点钱行不行？"他说："行，你有多少钱？"我说："银行卡里还有3万块。"他让我把3万块都转给他。

我让周庸给Crystal这个微信转了3万块钱，又转给了鉴渣师。在他收款后，我没用变声器，用本来的声音跟他说："你好啊朋友，恭喜你，你犯罪了！你知道我为啥给你打3万块钱吗？你可以查查刑法，诈骗3万元以上，三到十年有期徒刑。"那边蒙了，说："你也是男的？"我说："不仅是男的，我还是你爹呢。"

在我报警的威胁下，他把和李珊的聊天记录都转发给了我，套路都一样，先熟悉聊家常，时间长了骗取私密照，然后用生活照做小视频。但李珊一点也没怕，说让鉴渣师尽管发给自己男朋友，然后就把他删了。

鉴渣师特别生气，把李珊的私照和小视频发给前男友并诬蔑她后，还极端损，给李珊老家的高中打电话，说他们学校2010届有个叫李珊的学生出事了，问能不能联系她当年的班主任，再联系她的父母。对方问了一下，给他回电话说那届没有叫李珊的学生。然后鉴渣师——验证，发现李珊之前告诉他的很多东西都是假的。这个人好像根本就不存在。

我仔细看了鉴渣师和李珊的聊天记录，里面有很多对中学和对家乡的回忆，绝对是非常私人的，不像是编的。我相信，即使李珊说了谎，其中某些部分也一定是真的。第二天，我坐着早上九点高铁到了李珊老家，按照鉴渣师提供的聊天记录，找到了她曾经上过的中学。

我拿出照片，找几个老师看，问认不认识李珊。其中有一个老太太认出来了，说："这人不是高嘉丝吗？我认识她，她不叫李珊。"周庸在旁边吐槽说："这名咋这么像洗护用品？"

我给了他一脚，问老太太："能联系上高嘉丝的家人吗？"她问："你们是干啥的？"我说："记者。"掏出驾照给她晃了一下。她说："知道了，你们是来查克隆学籍的事吧？我当时就劝过那孩子，最后还是出事了。"

我一听就明白咋回事了，当年有很多人通过户籍警，办出了大批虚假人名的真户口，然后雇用替考枪手，用户口上的名字参加高考，之后拿着高校录取通知书、户口、学籍等一整套东西，卖给没考上大学的人。高嘉丝就是其中一个，她买了名字叫李珊的户口，一直以李珊的身份生活，但这个李珊根本就不存在。怪不得她不怕鉴渣师的威胁，大不了不要这个身份了。

我从老师那得到高嘉丝家里的住址，又假扮高嘉丝的高中同学，买了水果和牛奶，去她家里拜访，并问到了她现在所使用的手机号。

我打电话给高嘉丝，说明了情况，问她为什么失踪。她说："确实有了新的感情，正好遭到威胁，再加上在燕市待这几年，感受到二本的毕业证和没有毕业证没什么区别，主要还是看工作履历，就把前男友连着身份一起丢掉了。"

我承诺不干扰她的生活，说："这些我都不出去说，能否告诉我，那个空壳公司还卖给谁了？"高嘉丝说："我也不知道，但对方隔三岔五就会买几个有图书经营权的空壳公司，公章和营业执照，都会被拿到燕市2号高速路旁边的一个村子交给对方。对方每次都开着辆金杯来取，尾号是23，只有这么多信息。"

得到这个信息后，我和周庸每天都会开车去2号高速路边上的村子待一段时间，看有没有尾号是23的金杯面包。终于，8月5日，一辆尾号23的金杯面包出现，搬了十多箱书下来，放到了另一辆面包车上。

我和周庸开着我的高尔夫R，远远地跟着那辆尾号23的金杯，到了村边的一个养鸡场。味道特别臭，所有人经过都绕着走——那个卖盗版书的，大概率就在这里。周庸说："那咱报警吧，再给工商打电话，让他们过来查。"我说："不成，万一不在养鸡场里，咱俩就成报假警的了。"他说："那咋整？"我说："我进去看一眼，要是有问题，我给你打电话，你就报警。"周庸说："这荒山野岭的，你也敢往里进，别让人打死了。"我说："没事，我不带平时用的手机，就带个Zanco Fly，别人发现不了。"

Zanco Fly，是国外一款为囚犯量身打造的手机，只有7厘米长，

2.3厘米宽，是专门方便犯人们塞进身体角落里，以防被发现的。这公司每年能赚1亿美金。

我把Zanco Fly夹在身体里，进了养鸡场，一进门，都是臭气熏天的鸡笼，满地都是绿色白色的鸡屎。我一直往里走，打开两道门，忽然进了一个印刷厂。里面有几台大型的机器正在印刷，成堆印好的纸堆在地上，旁边放了个除臭机器，清除纸上的鸡屎味，我知道这除臭的玩意儿，得好几十万一台。这帮卖盗版书的真有钱，个个查出来都得是富翁。

有几个人发现了我，问我是谁，我说是来买鸡的，他们把我抓起来，扒光搜了身，然后关进了一个屋子。

我从身体里面拿出Zanco Fly，打电话给周庸，让他报警带人来救我。

被从工厂里带出去时，我特别高兴，虽然没穿衣服，但有种大仇得报的感觉。

WARNING
如何识别网上招聘信息是假的

1. 用企查查或天眼查等工具查询公司是否有不良记录。

2. 工作内容含混不清，工作含金量不高，但薪水很高。

3. 公司规模不大，但招聘人数很多。

4. 招聘邮箱地址中，@之后的域名，如果是跟公司名称相关的会比较靠谱。

5. 网络上查不到这个公司的具体业务，或者查出来都是负面评价。

徐浪警告：
别盗版我的书，你有可能被盯上。

14

你成了别人的女主播：租这套房子的姑娘都被偷拍，花300就能知道她们住哪儿

事件：自己手机号码给自己打电话事件

时间：2019年1月10日

信息来源：田静

支出：1987元

收入：20000元

执行情况：完结

　　我在各个社交平台的留言和私信里，每天都会收到很多求助，很多都是人间惨剧。最多的是借钱、寻找失踪人口，或者被骗了钱，想让我帮忙追债的。这些还好，虽然大多帮不上什么忙，但起码能安慰几句。还有就是家人朋友进了传销组织、被人跟踪、遭遇家暴或者其他暴力事件的。这些我能给出一点处理方法和解决建议。

　　但有的人，对我误会好像比较大——把我当成了驱魔的，每当自己疑神疑鬼，或遇到些诡异的事时，就问我有没有方法能辟邪。我当然没有，我虽然来自东北，但不会跳大神，也受过九年义务教育，更相信每个诡异事件的背后，都有一个合理的解释。

　　举个例子，2019年1月10日，我的朋友田静，带着她的员工，一个叫陈婉的姑娘，过来找我帮忙。她说："这姑娘最近工作状态不好，总走神，我就问她怎么了。结果陈婉说最近睡不好觉，晚上一回到家，总感觉屋子里有别人。"田静想让我帮忙调查下怎么回事。

我说："别闹，啥事啊，就要我查一下。是不是你最近给安排的工作量太大，整得有压力了？或者自己乱看什么了？"田静摇头，说："最开始她也这么认为，结果一问感觉不对劲。这几天，晚上十一点到凌晨两点之间，陈婉接过3个电话，前两个都没有声音，最后一个就一直重复一个字：'走、走、走、走、走、走、走'。最关键的是，这3个电话的来电显示，都是陈婉自己的手机号——第一次发现时，她直接吓得把手机扔了，幸亏套了手机壳。"

这事有点意思了，我说："可以接，这姑娘怎么付钱？可以按行活价，给她打个6折。"田静微信转给我2万，说："就这些，多了没有。我走公司账，回头你给我开一张发票。"我说："行吧，那还能咋整，来都来了，都是朋友。"

如果你接到自己手机号打来的电话，大概有两种可能。第一种，你的手机卡被人复制了，但这有个前提——你用的还是十年前的老手机卡。在2G时代，有很多手机卡复制的骗局，比如复制了你的号码后，给你家人打电话，说你被绑架了，让他们支付赎金。但随着技术升级，手机卡已经没法复制了，一张生效，另一张就会作废，根本没办法自己打给自己。

所以，陈婉遭遇的应该是第二种——改号软件。网上有很多人卖改号软件，这种软件可以让你用任意号码打给别人，是很多诈骗犯的常用工具。改号软件打出的都是网络电话，基本无法追踪。我决定还是从她身边的人下手，我通过田静联系了陈婉，问她最近是否得罪过什么人，或遭遇跟踪之类的。

她想了想，说："前几天得罪过一个朋友。之前有个朋友说自己去迪拜玩，还天天发在迪拜玩的照片，结果有天我去太古里逛街，正好碰见了那个朋友——这人压根儿就没去迪拜，朋友圈里的图全是从网上找的。我回家没憋住，就把这事跟另一个朋友讲了，结果没两天，整个朋友圈都知道这事了。我想发微信给那个朋友道歉时，发现对方已经把我拉黑了。"

我管陈婉要了那个拉黑她朋友的电话，用改号软件，输入了对方的号码，打了过去。姑娘没几秒就接了，问我是谁，是怎么用她自己的手机号打过去的。我让她猜猜，她说我神经病，要报警，不停质问我是怎么做到的。看来她对改号软件一无所知——骚扰电话应该不是她打给陈婉的。

挂了电话，我让陈婉先回去，怎么调查我再想想。她说："徐哥，我跟你说你别不信，肯定是闹鬼了，不仅是这个电话的事，我晚上睡觉时，总觉得边上有别人喘气的声音。"我说："我跟着去你家看看，省着你总疑神疑鬼的。"

我问清她家住址，打电话告诉我的助手周庸，让他去我家取工具包，之后去陈婉家和我们会合。我开着我的高尔夫，和陈婉一起先回了她家。

陈婉在她公司附近租了个开间，刚住进来没多久，我四处看了一眼，说还收拾得挺干净的。她说："嗯。我爸妈有时候会来，给我打打扫扫屋子什么的。"

一般晚上听到什么奇怪的声音，多半是水管或者窗户发出的，我检查了一下厨房和卫生间的管道，以及房子里所有的窗户，没看出什么毛病来。

我正检查房间的时候，周庸到了，带着我让他拿的工具包："徐哥，你这破包可真沉，怪不得你自己不回去取呢！"我让他闭嘴，把包拉开，找出了宽幅足迹灯——如果你想知道是否有人趁你不在家时进了你的屋，那这玩意儿最好使，它能照出地上肉眼看不见的脚印。

周庸拿宽幅足迹灯照了一圈，除了陈婉自己拖鞋的印记，还发现了一个脚印，看起来42号左右，给陈婉吓坏了。我问陈婉："你爸脚多少号？"她说："42.5。"我说那这脚印可能是你爸留下来的。她说："不会吧，我爸每次给我打扫完，都会最后再擦遍地，整得可干净了。"我说："光猜没用，这样吧，你把脚印照片发给你爸，看和他的鞋能不能对上。"她说："别，那我爸妈又该担心了，晚上我回趟家，把他鞋都对一遍就行。"我说："那也成。"

晚上八点多，陈婉给我发微信，说她比对完了，连她爸脚上穿那双都对了，脚印不是她爸的。我又仔细问了下，她说除了她爸、快递、送餐的、男性同事或朋友，都没人进过她家，女性朋友里也没有脚这么大的——看来真有人偷偷进过她家。

陈婉特别害怕，问我咋办。我让她别慌，回租的房子收拾东西，我和周庸也过去，到时候她走，我们留下在那蹲点。

到了陈婉家，我先检查了她的电子门锁，拿紫光灯一照，上面有好多指纹。周庸问我："徐哥，会不会是有人根据上面指纹的印记，猜出了陈婉的密码？"我说："你可少看点没用的电影吧，这是八位的密码锁，能排列出来的组合，以你这脑容量都接收不了，输错五遍就自动锁死，根据指纹猜密码，不如去买彩票。"他问："有办法打开吗？"我说："有，能暴力破解，但我认为偷偷进来的人，是用密码打开的。"

这个电子锁不是什么高级货，外面是一层亚克力面板，只要做一个简单的特斯拉线圈装置，就能把它破解掉——特斯拉线圈就是制造人工闪电的装置。这玩意儿能瞬间提高电压，让电子门锁重启，并把门打开。①

但我刚才在网上查了一下这个电子门锁的说明书，它重启后，需要设置新密码——陈婉设置的密码一直没变过。除非对方有病，明明知道密码，破解之后还重新设置一遍，否则他就是直接输入密码进来的。

等陈婉收拾好东西，我让周庸给她打了个车，送她回她爸妈家住，我俩买了点吃的，关了灯，在屋里待着。

第二天、第三天，即使有人出去办事，屋里也保证一直有个人留着，但一直什么也没发生，陈婉自从搬回父母家，半夜也没再接着电话。

第三天晚上，周庸问我："还得蹲点蹲到啥时候？"我说："咋回事啊？床、沙发啥的都有，条件比以前那些好多了，你有啥不耐烦的？"周庸说："不是，总得有个头儿吧徐哥，我还得健身打球啥的呢。"

---

① 特斯拉线圈能产生强大的电磁场，当磁场把电能传输到指纹锁内部后，通过线路用强电压和强电流冲击电路板里面的芯片，就会造成芯片死机。芯片重启，智能锁就打开了。

其实是有点不对劲，自从我和周庸到了这房子，啥事都没有了，也没人偷着进来，也没人再给陈婉打电话了，就像有人知道我俩正在调查这事似的。如果他真知道了，是怎么知道的呢？

我把躺在沙发上玩手机的周庸拽起来，让他和我一起检查正对着床和浴室的地方我们分别在电视机下、洗衣机旁边的插座后，找到两个针孔摄像头，正在拍摄。仔细检查了一下针孔摄像头，我发现它不是连的Wi-Fi，而是里面有两张中国移动的流量卡。这两个针孔摄像头里都没有存储卡，证明对方一直是在线观看的状态，即使存储也是云存储。摄像头后面都有二维码，我用微信扫了一下，它让我用浏览器打开。打开后，提醒我下载一个APP。我下了以后，又重新扫了遍二维码，点进摄像头，发现我的脸出现在了画面里。同时上面显示，有两个人正在使用。

看来除了我，还有人在用这个摄像头，我赶紧给它断了电。

家里出现针孔摄像机，一般最该怀疑的对象有三个：房东、中介、前任租客。但房东被我迅速排除了，因为陈婉租的这套房子是那种新型公寓，就是房东签给中介好几年，中介公司重新装修，再加价租给租客，顺便还收一点管理费。房东应该不太可能冒风险在一个即将重新装修的房子里装上摄像头，这样被发现和出其他问题的概率都加大了。

我先把目标对准了中介，让周庸给陈婉打电话，一起去找了她租房的中介。带她看房的是个小姑娘，最开始还一直瞄周庸，听我们说完摄像头的事儿，一下就慌了。我说："你先别急，没说是你干的。你们中介不是有带看记录吗？能不能看一眼，这房子租出去之前，都谁带人去看了，好判断一下都谁知道门锁的密码。"

她查了一下，说："没有，上任租客退租的第二天，这套房子就被陈婉看中签约了，中间只有负责验房收房的主管看了一下。收房的主管是个女的，干挺多年了，从来没出过事，应该和她没啥关系。"

我问中介前任租客的信息，她查了一下，说："不应该啊，也是一个女孩，没必要这么干吧。"我让她把对方电话给我，给这个叫黄佩的前任租客打了过去。

黄佩问我找谁，我说："我现在住在大胜公园这边，你走后我租了你之前住的那个房子，然后发现了俩摄像头，你知道这事儿吗？"黄佩一下就哭了，说："知道。"我也有点蒙，不知道她为啥哭。我说："我们正在调查这事，愿不愿意出来见一面？帮助了解下情况。"她说："行。"

晚上六点，我和周庸在公园附近商场里的老式涮肉，和黄佩见了面——还带上了陈婉，受害者之间肯定更容易互相信任。

点了点鲜切羊肉和羊腱子什么的，我问黄佩："为什么我给你打电话时，你情绪显得那么激动？"她犹豫了一下，说："是俩月之前吧，有个单位同事偷偷告诉我，说在色情网站上看到一对男女那啥的视频，里面的主角长得有点像我和我男朋友。我赶紧要来地址，抱着侥幸的心态上去看了一眼，结果真是我和我男朋友，啥都被人看见了。"

两人正谈婚论嫁呢，她怕男朋友知道这事儿后，婚事会黄，就一直没敢告诉对方，不敢报警，也不敢和别人说，只能自己憋着。

那时房子马上到期了，男朋友本来想接着续租住在这儿，她说啥都不同意，两人为此还吵了几架。她也不敢自己把摄像头拆出来，怕被男友发现，就一直挺到了搬走。

她喝了口水，说："幸亏是用我的名字租的房子，要是让我男朋友知道就坏了。"周庸说："我觉着吧，他要因为这事就不跟你结婚，那你俩结婚也没多大意义。"我踹了他一脚，让他别随便评价别人，拿起手机给陈婉发了条微信，让她问问黄佩那个视频被传到哪个网站上了。这是调查需要，只是这话我和周庸实在不好问。然后我拽着周庸一起去了厕所，给她俩留出交流的时间，等回来的时候，陈婉给我比了个OK的手势。

晚上回到家，我看了黄佩和她男友被偷拍的视频，在视频的左下角，一直有个网址的水印。这个网址，不是我现在正使用的网址，应该是这个视频首发的网址。

我按照网址，发现是一个在线播放监控视频的网站，上面有几百个可供选择的摄像头，注册后可以试看一次。我注册了一个账号，点开试看，发现是一个姑娘正在洗澡，赶紧关了——再想点开其他的都点不了，提示我充钱或加入会员。

银会员200块钱每年，可以任选30个摄像头看一年；金会员500块，可以任选100个；钻石会员每年1000块，还享受摄像头所在位置的信息，所有摄像头随时免费观看。充钱的方式，是加对方QQ，然后转账。我给周庸打电话，让他给我刚注册的账号充了个钻石会员，然后开车到了陈婉租的房子，把摄像头插上，开始找，二十分钟后，我找到了，并在直播网站里看见了自己的脸。

周庸赶来之后，看了会视频，说："现在怎么弄？能顺着IP定位到办这个网站的人吗？"我说："没办法，这种网站一般都是在境外申请的服务器，人和服务器的地址完全对应不上，只能报警顺着转账记录追踪。"他问："那咋办？"我没回答，又看了会儿视频，发现陈婉房间里这俩针孔摄像机和其他的有点不一样——它可以选择回看。

这个回看功能，并不是网站自带的，而是摄像头自带的云存储功能，需要自己花钱买。网站只能在线实时看，没必要花这钱买回放功能，所以，肯定有其他不用这个网站的人，为这两个针孔摄像购买了回放功能。

我在QQ上联系这个网站的管理员，问能不能单独买某个摄像头的登录方式，他说可以，而且安装的地址信息也可以卖给我，一个300块钱。我让周庸又转给他600块钱，买了陈婉家的两个摄像头的账号，他把地址也一起发给了我——正是陈婉的住址。我之前没发现这个摄像头的云存储里有视频，这回认真检查了一下，都是陈婉在洗澡换衣服什么的。

我在针孔摄像机的官方网站找到客服电话，打过去跟他说我被他们的产品偷拍了。客服解决不了，换了一个经理和我说。我告诉他自己有好几百万粉丝，如果不给我提供云存储人的信息，我会报警，网上曝光并起诉他们。

威胁了半天，证实我的身份后，经理服软了，说他们只有一个付款的关联手机号，可以给我。

手机号是一个燕市的号码，我先没动。第二天上午8点，我和周庸坐进车里，打了过去。一个男的接了电话。我说自己是快递："到您小区了，您在家吗？"他说："在啊，你直接送来就行。"我说："按门铃没人开门啊。"他说："你是不是找错了，是桂云园西区5单元803吗？"

周庸听到地址，赶紧拿地图定位，开车往南关走。我说："对啊，你这门铃是不是坏了？"他说："没有吧。你按完803，再按一下#号键。"我用周庸手机在网上搜了一个门铃声，给他放了一下，问："门响了吗？"他说："没有，你肯定是找错了。"我说："那行，我再找人问一下怎么走，马上就到，等我一会儿。"这哥们儿说："行，你快点，还得上班呢。"

周庸往"死"里开，十多分钟就到了，他找地方停车的时候，我先去按了门铃，然后等他赶来，两人一起上了楼。到803门口，我让周庸先躲在猫眼的死角，自己敲了门，一个穿黑T恤的年轻哥们儿打开门，我一把把他推了进去，周庸跟在我身后关了门。

他开始大声喊救命，我捂住他的嘴说："别喊，被别人知道你用摄像头偷看别人的事就不好了。"

等他冷静下来，我拿出手机，给他看云空间陈婉的视频，说："这些都是你存的吧？骚扰电话是不是也是你打的？"我从他兜里掏出手机，让周庸按住他，我用这哥们儿的指纹解锁了手机后，果然在里面找到了一个叫"呼叫王"的网络电话，有改号功能。我说："得了，估计去陈婉家的也是你，啥也别说了，咱去派出所吧。"

他慌了，说："没有，我给她打骚扰电话都是为了她好。"周庸说："我可去你的吧，你天天骚扰人家小姑娘，还说为人家好，你要点脸不？"他说："真的，我能证明，她家里进人了，我是想提醒她赶紧走，我这儿有视频。"

我想起地上的脚印，让周庸松开他，这哥们儿打开电脑，从D盘里找出段视频，双机播放。画面里是陈婉的房间，她正收拾东西，然后照了照镜子出门了。大概一分钟后，陈婉的床底下钻出了一个人，两个嘴角耷拉着，一点表情没有，脸色苍白，看起来就像是蜡像做的人或者一张丧尸的脸。周庸有点吓着了，说："这是真人吗？"这哥们儿说："我第一次看见的时候也吓了一跳。"

这哥们儿发现有人藏在床底下好几次，就想要提醒陈婉。但因为自己也是偷窥者，不敢曝光，就跑到陈婉的住处，趁她下楼扔垃圾时，在她的垃圾袋里翻出了快递的盒子，从上面记下了陈婉的电话。然后用改号软件，用她自己的号给她打过去，目的是让陈婉感到害怕，去别人家住或者采取其他措施，总之不要待在这个屋子里。

我说："你偷窥费这么大劲，至于吗？"这哥们儿说："你不懂。有人天天看女主播，还不停打赏，为了什么呢？我天天看着她，非常喜欢她，和她的家人一样，也想要她好。"周庸说："太变态了！我鸡皮疙瘩都起来了。"

因为还有床下怪人的事需要解决，而且我知道像他这种偷窥的行为，还是从别人手里买的号，最多也就是个行拘，关几天就放出来了，所以，没立即把他送到派出所，就警告他不能断了联系，暂时先放了他。

床底下钻出来的这个长相奇怪的人，说不定和安装摄像头的是一伙的，我先带着这人的视频，去了中介公司，问是不是他们的员工，结果没人认识。

我又给陈婉发过去看了一眼，她吓疯了的同时，也说不认识。

我抱着最后的希望，又给黄佩发了过去，她很快回复，说她见过这个人。这是她搬家的时候，搬家公司的一个员工。我向她要了搬家公司的联系方式，在网上查到公司的地址，约定和黄佩在那里见面，和周庸开车赶了过去。

到了地方，我给他们经理看了那人的视频，他们说从来没有这个员工，我让他把那天给黄佩搬家的几个工人叫回来对质。经理让我等会儿，说那几个人正在出活。

下午2点，几个工人回来，看见这个人的截图，都说有印象："这人长得太奇怪了，当时我们还聊呢，是不是有什么病？"

那天几个搬家工人看这人跟着搬家，还以为他是黄佩的朋友亲戚什么的，黄佩也以为是搬家公司的人，两边都没意识到，有个不认识的人，跟着他们一起搬家。黄佩也想起来了，那天搬完家后，正上车要去新地方，这个人说自己东西落在屋子里了，因为东西都搬完了，她就把电子锁的密码，告诉了那个人。

知道他不是搬家公司的人，周庸问我接下来咋办。我说："做个寻人启事。他长得这么有记忆点，小区里说不定有人会记得他。"

我们用这个人的截图，打了五十张彩印，在陈婉租房子的小区到处贴，并留下了周庸的电话。结果下午就有两个人联系我们，说对这人有印象，是某家快递公司的快递员，平时一直戴着帽子和口罩，但有两次天太热摘下来后，吓了他们一跳。

我在小区附近找到快递公司的站点，几个快递员一看截图，马上就认出来了："这不是王本真吗？他好几天没来上班了，说是治脸去了。"周庸问："他脸咋了？"王本真的同事告诉我们，听说是一种罕见病，叫牟比士综合症①，天生没有表情，脸跟蜡像似的，看着特别瘆人，就因为这个，平时没人愿跟他深交。

从快递公司拿到王本真登记的住处，就是附近的一个小区，我和周庸上楼敲了门，对方问我们是谁，我说："是快递公司保险部的，听说你生病了，看看需不需要报销。"

王本真打开门时，我和周庸都快吐了——他脸上贴着几只深色像鼻涕一样的虫子，正在不停地蠕动。他说："别怕，这是我最近跟人买的一个偏方，说把蚂蟥贴在脸上吸血，能改善面部僵硬的问题。"我说："行吧。那我跟你打听个事，你是不是喜欢躲在人的床底下？"

他听我说完，推开我就往门口跑，周庸从后面用胳膊勒住他的脖子，结果不小心摸到了他脸上的蚂蟥，恶心之下一使劲，捏着蚂蟥就扯了下来。王本真"嗷"的一声，脸上出来个Y字形的伤口，一直往外淌血。

我俩架住他，给陈婉打电话，让她赶紧过来并报警。

---

① 牟比士综合症：一种很罕见的遗传性神经失调疾病，明显的特征是颜面神经麻痹以及无法控制眼球移动。大部分刚出生患有牟比士综合症的人都伴随完全的颜面神经瘫痪，他们没办法闭上眼睛或产生表情。

王本真进了局子后，很快交代了。他喜欢姑娘的气味，但没有姑娘愿意和他谈恋爱，于是趁着黄佩搬家时，他混了进去，想在搬完家后，在黄佩躺过的床垫上躺一躺。我们问他干没干别的，他一直不说。结果没躺两天，陈婉就来看房了，他躲在床底下，听见了陈婉打电话告诉父母，自己新换的电子锁密码是多少，好方便父母过来帮她收拾屋子。他记了下来，以后常趁陈婉不在家时进来躺一躺，晚上睡在陈婉的床底下，闻着陈婉的味道睡觉，等她出门再离开。

警方拘留了王本真后，又继续查了直播网站的事，最后发现是有人买通了中介公司雇用工程队里的人。其中一个刮大白的，会在装修公寓时，趁其他人不注意，把摄像头安在插座里——因为公寓是自带床的，他们根据手里的施工图，知道床会摆在哪个位置，提前就会把摄像头装好。

因为已经交了一年的房租，陈婉换了个电子锁密码，又搬了回来。过两天给我打电话，说晚上睡觉时还能听见有声音。这应该是遭遇这么多事后，产生的心理作用，但为了她放心，我和周庸还是拿着金属探测器，以及针孔摄像扫描仪，去她家又检查了一遍。

结果还真查出了问题——在床底一侧的床板上，一个播放白噪声的小机器，被透明胶粘在床板上，最小声地播放着。陈婉问："咋办？"我说："报警呗。你跟你爸妈说一下，搬回去住吧。"

她给她爸打电话过去，说又发现个东西，要报警。她爸阻止了陈婉，问了半天才承认，说那是自己放的，害怕陈婉一个人住不安全，想弄点声音吓吓她，好让她搬回家住。陈婉都要疯了，直接挂断电话，抱着周庸哭了半天。

开车回去的路上，周庸问我："这么多糟心事赶在一起，陈婉应该不敢自己在外面住了吧？"我说："不知道。但我估计，她也不想和她爸再住一起了吧。"

WARNING
市面上常见的伪装偷拍设备：

打火机、纽扣、优盘、车钥匙、开关、插座、手表、手环、闹钟、挂钩、充电器、帽子、眼镜、充电宝、相框、计算器、路由器、吊坠、烟雾报警器、温度计、水杯、剃须刀、纸巾盒、工牌、台灯、皮带、口香糖、烟灰缸、领带、挂钟、电风扇、音响、耳机等等。

知道危险长什么样，才能更好地避开。

15

邻居门口有四个监控，
每天有几十个男人进进出出，脸上带着喜悦

事件：男朋友失踪事件

时间：2019年5月30日

信息来源：微博私信

支出：6130元

收入：21000元

执行情况：完结

　　我这人比较有个性，从小就很现实，"不要脸"。也不能说"不要脸"，其实是不要面子——东北孩子都爱面子，但在我这儿，面子连五毛钱都不值。

　　一般的东北孩子，如果和人约架，即使打不过，为了面子，也要硬挺着去挨顿揍。我不这样。初三那年，课间操时，我不小心踩了同级的一个"扛把子"的鞋。在东北，运动鞋被踩埋汰是最不能忍受的。他当时就告诉我，晚上放学别走，要和我"磕"（方言里念ké，指打架）一下子。

　　我说行，"磕"就"磕"，和他约好时间地点，然后放学前最后一节课不上了，提前回了家。第二天扛把子很高兴，觉得我可能都被他吓死了，才做出这么没面子的行为，还在走廊里警告我，说："下次别装。"我说："做不到，因为我一直也没装。你爱装你装，我不装那玩意儿。"他又和我约架，我又答应下来，然后再次提前一节课回家了。第三次扛把子发狠了，课都不上，在校门口的小卖部堵我。我直接报了警，他被带到派出所一顿教育。我回学校后，瞎编了个扛把子被警察训哭的故事，讲给了几个比较八卦的同学听。几节课后，这事传遍了全校——扛把子从此比我还没面子。

有很多东西和面子一样没用，比如，男女间那点破事。

经常有人在各种社交平台上联系我，说男朋友或女朋友联系不上了，能不能帮忙找到对方。如果是老公出轨了，为了离婚时多分点财产，想拍他出轨的证据，我虽然不一定帮忙，但一定支持，因为有用。但感情本身，时间一长就会忘，开始我还劝两句，找那玩意儿干啥，到后面我有点烦，很多都不回复了，只有一次例外——那活儿我接了。

2019年5月30日，一个叫孙思雨的姑娘，在微博上找我，说男朋友丢了，要出5万块钱，让我帮忙找人。我给她讲了自己不要面子的故事，告诉她这种感情就像面子一样，不重要，别往回找，也不值5万块钱。姑娘说："不是。要光感情问题，我就不找了；关键是男朋友失踪前发生了点事，有点怪，我怀疑人是不是出事了。"

孙思雨和男朋友刘博都在新庄的互联网公司上班——她在燕市有套房，但平时为了上班方便，和男友在新庄附近又租了套房，平时都住在那边。有一天，忽然有个微信名叫"A莉莉"的人加孙思雨，说："小骚货，你家客厅是不是摆了个大书架，实木茶几挺漂亮？"

她有点害怕，和刘博一分析，怀疑是外卖送餐员或者快递员干的。因为刘博那方面的需求比较旺盛，在外卖软件上点过避孕套，还在网上给她买过情趣内衣。可能是外卖员或快递员看到以后，通过她手机号，加了微信调戏她，这种事儿也不少。孙思雨把这个微信删了，结果第二天，事就有点怪了——对方又通过添加好友微信说明给孙思雨发消息，说：你再看看客厅鞋柜的角落，我留下了一个符号。她蹲下看，发现客厅鞋柜的角落里，被人画了个红色的圈，里面是个十字标记。

孙思雨吓得不敢再住在房子里，但刘博不这么想，还告诉她没事，不用报警。两人吵了一架，孙思雨搬回市里去住了，刘博嫌加班累，在孙思雨的坚持下，换了把C级锁，继续住在这个房子里。两天后，刘博失踪了，打电话关机，微信不回。她去报警，警方查到了刘博的开房记录，证明这人没事，因为他俩没结婚，孙思雨看不了刘博的开房记录。但她非常担心，所以找到我："我怀疑他是不是被什么传销、邪教之类的带走了。"

我问孙思雨有没有鞋柜上那个符号的照片，她给我发了过来——我本来躺在沙发上玩手机，收到她发来的图，一下就坐直溜了。这事有点意思了——这个记号我太熟了，这是国外最著名的连环杀手之一——十二宫杀手的标记。

我问了她租房小区的详细地址，打电话叫上我的助手周庸，开车赶了过去。

到了小区，一个戴眼镜，看着挺文静的姑娘在小区门口等着，看见周庸的M3，拦住了我俩，问："是徐浪和周庸吗？"我俩点头承认，她说自己是孙思雨，在小区门口等我俩是因为不敢独自上楼，怕那地方邪性。

我们坐电梯到了10楼，孙思雨打开右手边的门，是个一室一厅。我在门口蹲下，看了看鞋柜旁的记号，周庸也蹲下看了看，还凑近闻了一下。趁着孙思雨去倒水，周庸凑过来小声说："徐哥，那记号是口红画的，闻味道是YSL的。"我说："你怎么知道口红都啥味？"他说："那你就别问了。"姑娘还没回来，我站起来四处转了下，检查了一下她的包和梳妆台抽屉，口红都是其他牌子的，应该不是她自导自演的。

孙思雨端上水和葡萄后，我又问了她几个问题，没发现这姑娘有不对的地方。我拿设备检查了一下整栋房子，没有偷拍和窃听的设备。然后我又给房东打电话，房东说这是新房第一次出租，在此之前没租过别人，而且孙思雨和刘博住进来后，重新布置过，还换了锁，所以，不是房东干的。难道真的像孙思雨说的一样，这楼里有什么搞邪教或者传销的？

按照我之前的经验，传销一般都会租连在一起的房子，一个走廊要装几个摄像头。邪教一般会在小区里发传单或光盘，门口有时会贴着相关标语或者印记。这小区挺大，挨家挨户找得好几天，我决定找个最清楚情况的人，问一问。

孙思雨带着我俩去了小区物业，几个工作人员正在喝水聊天，见我们进来，问有什么事。我说："你们这儿谁是查水表的？"一个大妈"腾"一下站起来了，说："怎么着，是有欠费没交吗？"我说："不是。"大妈"嘭"又坐下了，说："哦，那找我干什么啊？"我戳了一下周庸的腰，示意他上去说——他比较招女性喜欢。

　　果然周庸一开口问，大妈态度好多了，说："贴奇怪传单、发光盘的没见过，但是4号楼1单元，确实有一户，在走廊里装了4个摄像头。"我和周庸问清楚是哪一户，决定过去看一眼。

　　4号楼1单元，一层4家。我们到了12楼，其中有一边的两家很正常，另一边的两家总共装了4个摄像头。从人一下电梯开始，就能一直被监视着。这确实有点不对劲，但再待着可能会引起怀疑，我和周庸假装上错楼了，又上了一层，然后走楼梯下去了。孙思雨等在下面，问我们什么情况。我说："还不确定。可能有点问题，但即使真有问题，也不一定和你男朋友有关。"

　　我回家取了两个高清的针孔摄像头，安在一楼两部电梯的正对面，然后在电梯的视频广告牌后面，装了两个窃听器，不管是几层下来的人，我们都能看见。只要看见电梯从12楼下来，我们就记录下来的人，同时窃听电梯里的声音。

　　到晚上9点，12楼总共上上下下了22个男的，没有一个女孩——这绝对不是传销。传销团伙出门都需要几个人一起行动，互相监督，怕有人跑。这22个男的，都是独来独往，自己上自己下的。其中有个人，还在电梯里，给别人发语音，说："可带劲了，小细腰，大长腿，下次请你来试试。"我立刻搞清了这是个什么地方，这是个楼凤的窝点。

　　燕市的按摩店等场所，管得比较严，不准关门，不准穿着暴露，而且随时抽查。因此，大部分做这种皮肉生意的人，都向民宅里转移了。上门得提前预约，还会提示嫖客要小点声，不要让旁边的邻居怀疑。

周庸问接下来怎么办，我说："直接上楼敲门，强硬一点。"

我俩在12楼敲了十分钟门，说："再不开门就报警！"有个胳膊上有文身的男人，给我俩开了门，问："什么事？"周庸说："什么事儿你不知道吗？我们是物业的，有人投诉你们，说在屋里搞色情服务。"他说："没有没有，哪能？你俩等一会儿。"他拿回来一个信封，塞到我手里，说："咱这儿平时一直安安静静的，能不能帮忙解决一下？"

为了让他放心，我把装钱的信封揣进兜里，说："我这边好解决，但我害怕举报人那边报警。你们是不是有什么仇啊？也不和你住一个单元，咋就举报你呢？"他问："是谁举报的？"我拿出刘博的照片给他看，说："看在钱的分上，给你看一眼，但事后我可不承认。"这哥们儿看完急了，说："这人真是个孙子，他举报我，我还想找他呢！把我们店的女孩拐走了，我要看见这人，腿给他打折了。"我说："你认识他啊？"这哥们儿说："对，常客。因为住得近，有时候还给他提供上门服务。他总找我们这一个叫菲菲的姑娘，有次把菲菲带走了，人就再也没回来。"

周庸搜出"A莉莉"的微信，问："这个是菲菲的微信吗？"文身哥摇头，说："她平时不用这个。"

我想了想，问："你平时买微信号吗？"这哥们儿犹豫了一下，说："干我们这行的，肯定多少得买点。"网上有很多买卖微信号的，普通的号50元到100元不等，半年以上的实名认证号48元到200元不等，两年以上的老号200元以上。一般购买这种号的人，做的都是色情服务、走私烟、电信诈骗、博彩诈骗之类见光死的生意。对他们来说，想要赚钱，得先骗取别人的信任。朋友圈发得越久，越能取得别人信任，所以，他们起码都买半年以上的微信号。

我问文身大哥："你有没有长期购买这号的地方，问问这个微信号，是不是菲菲买的。"他问："你想知道这个干什么？"我说："你别多问问题，现在没报警，你就偷着乐吧。"这哥们儿想了想，觉得也是，就给一个人发微信，问卖没卖过这个"A莉莉"的微信号。那边很快回复了，说是他卖出去的，买的人一共买了俩微信号，这是其中一个。

我问文身大哥："跑了的那个姑娘菲菲，知道怎么联系这个卖微信的人吗？"他说："知道。自己拉来的客人，会多提百分之十，所以有时姑娘会自己买号拉客。"我说："你这儿有没有姑娘和那个菲菲比较熟悉的？"他找了一个姑娘出来。

我问她："你和菲菲最近有联系吗？"她支支吾吾不说，我跟文身那哥们儿说："她要不说实话，我们就报警了。"在男老鸨的威胁下，这姑娘说了。

菲菲前天给姑娘发微信，说自己快被折磨死了，发了个医院的地址，让姑娘去救她。姑娘刚要回复，就发现那条信息被撤回了，她再发信息、视频、语音，那边一点信儿都没有了。那家医院她也记不清叫什么了。我检查了一下她手机，确实像她说的一样，有撤回记录和后续聊天记录。

因为不好和孙思雨说她男朋友刘博嫖娼的事，我俩就暂时告诉她没什么进展。同时一直在加刘博、菲菲和那两个卖出的微信，但都没有回音。

两天后，我们这还没进展，孙思雨那边先有消息了。她说："刘博回来了，不用再接着找了，两万块钱定金不要了。"刘博告诉她，自己就是一直996，工作压力太大，一个人跑出去静一静，跟她一顿道歉，还求婚了。

周庸听完说："徐哥，感觉有点不对啊。"我说："是有点。"于是我们约孙思雨第二天上午在远广大厦的星巴克聊聊，最好她一个人。

第二天见了面，我点了抹茶拿铁和蛋糕，给孙思雨点了杯美式。我说："早上没吃饭，先垫一口。"她说："没事，你先吃。"

快速吃完，我擦了擦嘴，说："按理说，不应该破坏别人感情，但这事有点怪，所以，我得和你说说。"孙思雨问什么事，我说："刘博其实不是自己出去散心了，是带了个失足妇女私奔了。"在她喝咖啡压惊时，我快速把所有事都和她说了。她眼妆都哭花了，问我怎么办。我说："你假装什么事都没发生，趁他睡觉的时候偷看一下他的手机，看他最近的外卖订单或者打车订单，都去过哪儿。"孙思雨答应了。

当天凌晨两点，孙思雨给我拍了几张照片——刘博最近打车和订外卖，都是在日月友好医院。我上网查了一下，这医院是民营的，不在市里，而在近郊的高速路附近。网上有些介绍，把骨科和整形吹得天花乱坠，一看就特别假。

我叫上周庸，开车去了这家医院。在路上时，我联系了一下文身那哥们儿，让他问问姑娘们，菲菲说没说过想整容或者得了什么病之类的。他说："不用问。我就知道。菲菲只有1米55，一直嫌自己矮，想要再长高点。"我又让他发给我两张菲菲的照片。

到了日月友好医院，进了大厅，特别空，只有两三个病人。前台的护士看来人了，没有原地等待，直接迎了上来，问我们需要什么。我说："想咨询一下增高手术。"她象征性地帮我俩填表、挂号，我们就上楼了。医院走廊一个人没有，感觉就指望着我俩赚钱呢。

到了骨科，我们敲门进了主任医师办公室，大夫是个秃顶的中年人，墙上挂了一大堆不知真假的获奖证书。他看了看表格，问："谁是周庸？"我说："他是。"大夫看了看，有点疑惑，说："这个儿挺高的啊，还要整？"周庸说："我做梦都想打职业篮球！"秃顶大夫说："行吧，你先去拍个片。"我装傻说："是不是得住院啊？"大夫立马接话，说："对，得住院，手续一起办了吧，先交5000块。"

出了门，周庸说："徐哥，怎么还得住院呢？万一真把我的腿打断了做增高手术怎么办？"我说："你是不是傻，菲菲要是来了这儿，肯定也住院。那同病房的人肯定认识她。"周庸说："行吧。"去交了钱，领了病号服和被子，去了住院部。

病房里一片人间惨象，不是脸上包着纱布的，就是腿挂着的——全是打折腿骨做增高的。我要没记错的话，这手术是禁止的，除非有畸形或其他情况，否则不允许做这个手术。最小的一姑娘，看着也就十二三岁，我一问，果然是刚上初中，嫌鼻子不高，非要隆一下。

趁着周庸腿脚还好，我让他去买了点水果，分给其余五个病号和家属，很快获取了一点好感。

聊天的时候，我说："之前有个朋友，女孩，就是在这家医院做的手术，没多长时间，不知道你们见没见过？"然后我拿出菲菲的照片给他们看，初中生的妈妈说："见过。这是你亲戚？她那老公可不怎么样，每天都没个好脸儿。"我给她看刘博的照片，她说："对，就是他。"

我问："菲菲是做完手术就走了吗？"他们说："可能是。她老公回来收拾了下东西，说有些东西还没带走，就在你手边的床头柜里。"周庸走过去，拉开床头柜的抽屉，从里面拿出了一些粉底、眼影、眉笔等化妆品，最后，从里面掏出了一支YSL的口红，打开闻了一下，说："就是它，一个味。"

我俩晚上没在医院住，在附近开了个房，护士提醒周庸早点回来，别吃早饭，明天做全面检查需要空腹。

第二天早上8点，我俩回到医院，折腾了两个小时，把报告给了秃顶医生，他说："检查没什么毛病。"这时有个护士敲门进来，晃了晃手里装着白色东西的袋子，说："5号床的患者选这个了。"我离门近，扫了一眼，上面写着个公司的名字，吓了一跳。据我所知，这家公司的东西，绝对不应该出现在国内。

大概在2009年前后，有过一篇很著名的报道，就是揭露这家医药公司专门靠人的尸体来牟利。他们在世界各地都有工作人员，就像卖保险的一样，专门哄骗死者家属，签署捐赠协议，然后把尸体的器官、骨骼用来制作"药品"，在全球贩卖。这些制品在某些国外法律中算是"药物"，允许交易，就如同你买一盒阿司匹林。

如果你在国外整个鼻子，填充到你鼻子里的异体骨，很可能来自别人的尸体。每具尸体肢解后再销售，差不多能赚25万美元，比贩毒还赚钱。一般来说，这公司的"尸体制品"是比较贵的，但是对那些愿与他们合作，给他们提供尸体的医院，他们愿意用这些"尸体制品"，低价换取完整的尸体。

给周庸讲完，他都蒙了，说："刘博回去了，菲菲不见了，是不是变成了尸体，已经快出国了？"我说："别瞎说，是时候找刘博问问了。"

出门的时候，我看见几个人在和医生吵架，说："你们这儿的尸体都哄着骗着家属捐了，我们这些干殡葬的还接不接活了？"医生加保安，和一群搞殡葬一条龙的对峙，感觉随时都能打起来。我没管这些，拽着周庸赶紧走了，回燕市的路上，我让孙思雨约刘博见一面。

在他们新庄租的房子里，我第一次见到刘博，看起来又老实又普通。他上来跟我俩握手："思雨说你们有事要打听，还不告诉我到底什么事。"我说："她可能不好开口，我俩是为菲菲的事儿来的。"刘博脸色煞白，说："什么菲菲？"我掏出口红，走到门口鞋架，在那个标记的旁边，又画了个一模一样的。周庸说："别装了，我俩已经去过日月友好医院了，都认识你，都能做证。"刘博崩溃了，说："我真啥也没干，就签了个字。"

他是用某聊天软件，搜到了小区里有提供那个服务的，去了几次就成了熟客。因为家住得近，他还可以带姑娘去家里。刘博喜欢瘦小型的姑娘，所以总点身高矮的菲菲，趁着孙思雨回市里去住，带回家好几次。菲菲知道他有个谈婚论嫁的女友后，忽然起了坏心。她威胁刘博出钱给自己做增高手术，否则就把所有事都告诉他女朋友。她在屋里留下记号，还发微信给孙思雨，都是为了威胁刘博。因为最近看了大卫·芬奇的《十二宫》，就画了一个十二宫杀手的标记。

刘博果然服了，借了7万块钱，带她去日月友好医院做手术。选那里是因为离燕市稍有点距离，不会被熟人看见。结果菲菲做完手术出现意外，感染了，一直发高烧，送进了独立的重症监护室。

菲菲总是提各种无理要求，刘博没有好脸色，大夫也看出他俩关系有点问题。有一次就试探着问刘博，说："要是治不好，就捐了吧。"刘博说："我也想，但我不是家属。"大夫说："没事，那到时候再考虑考虑。"

没几天，菲菲人没了，在抢救室门口等着好几个提供殡葬一条龙服务的人，跟刘博说可以给他便宜。刘博当时特别蒙，他不是亲属，医院不给开死亡证明，没法火化，也不知道会不会摊上事，就问干殡葬的："没死亡证明能火化吗？"他们说可以。于是在刘博的同意之下，把菲菲的尸体从医院里抢了出来。等把尸体放进面包车后，他们借口车里装死人太多，有细菌病毒，先把尸体运走了。结果一运走，刘博就再也联系不上他们了。

我问刘博："所以，最后菲菲的尸体不是被医院拿走了，而是被做殡葬的人拿走了？"他说："对，出了这么多事，我也不想找了，收拾东西就回来了。"我大致猜测到，菲菲的尸体遭遇了什么——这几年，盗尸的情况很严重，不是盗古墓，而是偷死人的尸体卖钱去配阴婚。

　　用来配阴婚的女尸一般分为三种："鲜尸"，是刚刚死去并未下葬的女性；"湿尸"，是已经死去一段时间，但尚未化成骨的女性；"干尸"，也就是死去多年只剩下骨头的尸体。尸体越"新鲜"，价格就越贵。但从墓里只能盗出"湿尸"和"干尸"，想要"鲜尸"，只能从医院太平间找。所以，他们假扮殡葬业人员，以便宜的价格勾引死者家属上当，再借口尸体有细菌什么的，不让家属和尸体同车，借机脱身。这种能做尸体买卖的团伙，我不太敢惹，于是报了警，说明了情况。

　　后面的事，我其实不太清楚了——孙思雨当场就和刘博分了手，我失去消息源，不知道刘博最后是否得到了惩罚。菲菲的尸体，我猜是很难找回来的，到最后，我都不知道她的真名。

WARNING
如何判断男友（或老公）是否找过楼凤

1. 检查他微信里字母A开头的好友。
2. 检查他黑名单里的好友。
3. 检查他限制对方看朋友圈的好友。
4. 检查他不看对方朋友圈的好友。
5. 检查他手机里微信备注很明显和工作有关的好友，很多人会把皮条客的联系方式伪装成工作伙伴。
6. 检查他微信里是否有卖茶叶的。
7. 查看他最近添加的好友。

16

别随便给家里找保姆，
一支注射器就能让你爸入土

事件：入室盗窃事件

时间：2019年4月4日

信息来源：微博私信

支出：745元

收入：500g金条

执行情况：完结

我有点职业病，一上街就喜欢观察别人，这让我注意到很多事，也联想到很多背后的事。比如说小偷，现在街上的小偷比原来少多了。这主要归功于科技进步，大家都不带现金，手机越来越难破解，街上的摄像头也越来越多。

十年前，我还没来燕市时，住在松大附近。大学对面有个服装城，服装城和大学中间，有座宽阔的过街天桥，当时桥上全是贴手机膜或卖袜子、烤肠之类的小摊，每天人流量非常大。这个天桥上有很多小偷，附近几所大学的学生，基本都被提醒过，过天桥时一定要注意自己的裤兜。我多次亲眼见过这个团伙的小偷，都是十几岁甚至几岁的孩子，他们在人多的地方，悄悄接近某人的身后，熟练地用镊子夹出现金和手机。

用孩子盗窃有个好处，未满十四周岁，很快就会被放出来。

我制止过一些孩子。他们偷东西时，走过去撞他们一下，或者假装和被偷的人认识，每次都能收获仇恨的目光。每个孩子的第一反应，都是死死瞪着我，咬牙切齿地跟着我，而不是逃跑。不知道训练他们的人到底用了什么手段，光看眼神，我毫不怀疑这些孩子会对我动刀。

训练他们的人我也见过。我高中时的同桌，为人耿直，有点小脾气。有次我俩走在天桥上，他感觉有人掏他兜，转头看见是个小孩，回手就是一个大嘴巴子。这回不只是小孩跟着我俩，十几个大人也跟上了我俩，我们躲到松大学府街的门里，隔着栅栏和他们对视，他们也不说话，也不动手，就是死死地盯着我们俩。大概十几分钟后他们才散开走了。

后来我到了燕市，也在火车站、地铁站等地方见到过偷东西的孩子，手段和我老家的那些差不多，只要被阻止了就充满威胁地盯着你和跟着你。

最近五六年，因为大家不带现金，这种训练孩子盗窃的团伙已经基本从大城市消失了。你肯定没意识到，移动支付不仅让生活更便捷，还避免了一群孩子走上犯罪道路。但我想说的不是这个，而是盗窃团伙的战术。我后来特意找人打听过，当时松大附近的那个盗窃团伙并没有伤人记录，但阻止过他们的人都遭到了威胁。

被人一直盯着看是挺吓人的，很多人被吓服了，再遇到这种事，就不敢管了。这就是他们的目的——他们善于利用人的弱点，知道用最小的代价去获取利益。所以，他们让小孩去盗窃，恐吓见义勇为的人，而不是直接动手。

不只这样，小偷和我一样，也善于观察。

我的助手周庸，家里挺富裕，住在燕市近郊的别墅区。他经常去夜店，很晚才回来。为了不让阳光打扰自己睡觉，他的窗帘常年都是拉着的。这其实很不安全，不是住在好的小区，监控安保都不错，就代表一定安全了。有些入室盗窃的贼，就爱去贵的小区踩点，看谁家窗帘常年拉着，就证明这家可能没人，方便下手。

最开始，我咋跟他说，他都没记性；后来发生一件事，他终于醒悟了。

2019年4月，一个微博名叫"郑在出发"的人发私信给我，问我收不收黄金。我回复说："朋友，你看我哪儿像做黄金生意的人？"他说："不是，是请你帮我查件事，但是我没现金，用500g黄金代替行不行？"我从来没听过这样的要求，怕是赃物，问："黄金有没有发票或者成交单？"他说："有，但是得见面聊。"

钱不少，正好我下午四点要在宾西园附近健身，就约他两个小时后在健身房旁边的星巴克见面，聊聊到底怎么个情况。

洗漱了一下，让我的助手周庸开车来接我，我俩一起去了宾西园。

到了星巴克，周庸去给我买了杯美式咖啡，我俩找个座位等了一会儿，一个穿着绿色Polo衫，感觉有四十来岁的大哥进了门，开始左右张望。我站起来，说："哥们儿，是你给我发的私信吗？"他说："对对对。"走过来坐下，把手机和一个保时捷的车钥匙扔在桌上，说自己叫郑东。我感觉郑东比我有钱多了，就没提出请他喝咖啡。

周庸问他："为啥开这么好的车，不能付现钱，非得给黄金？"他向我们说明了情况。他是做黄金生意的，前段时间金价低，大部分现金都用来买金条了，单据都在。现在金价没涨起来，卖给黄金回收公司不划算。找我是为了帮他追回丢的钱。他有200万的现金，放在保险柜里，前几天出了趟门，回来发现保险柜被锯开了，钱也丢了。我问他报警没有，他说："没有。我不是特别信任警察，感觉他们效率有点低，所以才找的你。"

这人肯定有问题，丢了这么多钱，不报警却找我，还不给现金，给黄金。有种东西叫纸黄金，就是去银行买虚拟黄金，但按照金价的涨跌赔钱或赚钱。真黄金再出售都要打折，买的越多，赔的越多，他刚才说金价低囤金条，不是傻就是有问题。这活儿我不打算接。

我说："你这情况比较麻烦，建议你报警。"他掏出5根100g的金条，放在桌子上，说："老弟，帮哥这一次吧，我可以先付全款。"

大家都知道，我并不是一个贪财的人，但这么多金子摆在面前，确实有点考验人性。于是，我把金条揣进兜里，答应下来。

郑东住在二环西边的一个小区，老百货商城附近，房价一平方米20多万。我们到他家后，在屋里转了一圈，就是个普通的两室一厅，差不多有80平方米。保险箱在次卧衣柜里，我看了一下，锁被某种工具硬切开了。我又仔细检查了防盗门锁和各屋的窗户，窗户边没有攀爬的痕迹，防盗门也没有被撬开的迹象。

郑东家的锁是个C级的锁，用工具硬开的话，肯定会在锁芯周边留下很多划痕，但我完全没找到。他平时出远门不多，最近半年，就上个月去西南待了一周，回家就发现被盗了。掌握他出门的信息，没从窗户进，还可能有钥匙，如果不是熟人作案，就是有人盯上他很久了。

我问他最近接触过什么人，带没带什么朋友回过家。他说就女朋友来过两次，但他去西南之前，女朋友就去了土耳其。我拿他手机，看了下他女朋友发的朋友圈照片，定位确实一直在土耳其。

那这事就难办了。盗窃案是这样，小偷小摸的贼，会在同一地段多次作案；要是贼干了票大的，一般会立即转移。

小区里有些常年在楼下溜达的大爷大妈，我打算去找他们打听一下，最近是否出现过啥可疑的人。

我和周庸下了楼，拦住三个在楼下散步的大妈，问："最近看没看过什么生面孔？"大妈摇摇头，看了眼周庸，说："没有，就你身边这小伙看着挺面生，结婚了没？我有个孙女和他差不多大。"我看周庸还挺有兴趣和大妈聊几句，赶紧把他拽走了。

我们在楼下转了几圈，问了几个人，发现有好几个都是买菜回来的保姆。住这小区的人，普遍都有钱，很多家都请了保姆。小区每个门都有保安，需要刷卡或登记进出，管理挺严，除了外来的人，保姆是最有可能出问题的。如果有人盯着郑东，注意他是否出远门，肯定是长期在这小区里生活的人，

我查了下这小区的租金，最小的户型，一个月也得一万五。租个房监视郑东，成本太高，小偷不会花这钱——很容易就干赔了。但小区里的保姆就没这个风险。如果保姆偷了200万，估计会马上辞职。

我让周庸挨家敲门，问最近家里有没有保姆辞职。周庸说：

"徐哥，你是人吗？这小区可不小啊！"我说："你成天娇生惯养的，吃点苦应该的，快点去，别啰唆。"

让周庸去打听的这段时间，我回郑东家等他消息，过了半个多小时，他给我打电话了，说自己敲门引起了怀疑，有人告诉物业了，现在他被保安拦住盘问是谁、从哪儿来、到哪儿去。我带郑东去物业管理处赎人。物业让我们别再挨家敲门扰民，我们只能答应。不过在物业核对业主信息时，我们发现郑东不是这房子的业主，他是租的。

既然到了物业，我让郑东说一下他家里丢东西的事，问物业能不能看3月10日至3月16日的监控——也就是郑东出差的那几天。物业挺好说话，商量了一下就给我们了。我大致看了一遍——这小区每天进进出出的人很多，郑东出门一个多星期，根本不知道是哪天家里进了贼。

出了物业，郑东问接下来怎么办，我没什么太好的办法，只能让周庸这几天在楼下转转，打听打听，我再仔细看看监控录像。他可能感觉我没他想象中厉害，就叹了口气，说："行，那先这样吧。"

4月5日，我看了一整天监控录像，没啥收获。下午三点，周庸来了电话，说："徐哥，我在这小区转悠了一天，发现一个捡垃圾的男的，跟俩保姆一直聊天，我凑过去就不出声了，挺可疑。"我说："你先盯住他，我马上过去。"

到了小区里，我找到周庸，问他："人呢？"他说："没盯住，刚才水喝多了憋不住，快速去郑东家上了个厕所，再跑下来人就没了。"好在他记下了那两个保姆都是3号楼1单元的。

我和周庸在楼下抽烟，商量是否在附近装针孔摄像头或者窃听器。忽然来了个救护车，停在了3号楼1单元门口，几个医生护士按门铃冲了进去。十多分钟后，他们用担架从里面抬出一个老头，放进车里走了。有一男一女跟着一起上了救护车，跟他们一起下楼的一个中年妇女转身回去了。周庸凑过来说："徐哥，那就是下午我看见的其中一个保姆。"

电梯是一梯两户的，我按6楼门铃说是3楼的，忘带钥匙了，麻烦开下门。进了单元，发现电梯停在7层。

第二天上午，周庸跟楼下的大妈打听到，7楼住的两家，都是某个名牌大学的退休教授，因为是好朋友，当年买房买到了对门，没想到其中一个昨天晚上脑出血，现在还在ICU（重症监护室）呢。周庸问我："徐哥，这些事有什么联系吗？"我说："不知道，我现在也有点乱，咱俩接着等吧。"

中午十二点多，两个保姆拎着买菜的布袋子出门了，我和周庸远远地跟在后面，发现她俩在小区的拐角处，和昨天周庸说的那个捡垃圾的人碰了头。

昨晚出事那家的保姆，从布袋里拿出一个黑塑料袋包着的东西，递给了捡垃圾的大哥，大哥接过检查了一下，好像是用手机给她转了钱。几人告别后，大哥路过路边垃圾箱，顺手掏出两个饮料瓶。周庸问我："他们干啥呢？"我说："跟上去看看就知道了。"

我俩走过去拦住捡垃圾的大哥，他看我俩一眼："咋了，有事儿啊？"周庸问："能不能把你刚才从保姆手里拿到的东西给我们看看？"大哥说："你谁啊你，想看就看吗？别碰我。"我说："我们就住在3号楼1单元7楼，你猜猜我们是谁？"

他抓紧装着纸壳和矿泉水瓶的袋子，转头就开始跑，我都没跑，周庸没两步就追上了他，对着他屁股就是一脚。捡垃圾大哥喊了声"哎呀"，纸壳和矿泉水瓶全飞了，门牙差点没撞地上。他坐起来，捂住腿开始打滚："杀人啦，有人欺负捡破烂的了！"我说："行，你喊吧，坐在这儿别动，我先报个警。"

路上人不多，但也有几个人远远地围观着。我拿起手机假装报警，给周庸发了条微信，让他趁大哥不注意把包抢过来。周庸点了根烟，给大哥递了一根："来一根吧，别的等警察来了再说。"大哥想了想，伸手接过烟。周庸拿出打火机给他点火，大哥明显是个社会人儿，赶紧把另一只没拿烟的手也捂了上去。趁他两条胳膊都伸直，等着点火，周庸快速上前一步，把他的单肩包从右臂撸了下来。大哥蒙了，把烟一扔，又开始满地打滚，又开始喊杀人了，还说我俩抢劫。

我把包里的黑塑料袋拿出来打开，发现是些旧书，还有些书信和日记。我翻了翻信件和日记，应该都是昨晚脑出血那个老头的。其中有几封，还是他和一些文化名人的往来书信。

因为字不好看，我对写信这事从来不感兴趣，初中毕业后，我有了自己的手机，可以和姑娘发短信了，就没再写过信。高中只替别人写过一次情书换可乐喝，后来因为他给我买的是百事，而不是可口可乐，我俩还打起来了。

　　我虽然不喜欢信，但我知道，这几封信，应该挺值钱——以孔夫子旧书网为例，名人书信的年交易额有5000多万。而老头收到的回信里，有几封来自那种全国人民都听过的人，而且已经去世了。可能得值个好几十万。

　　我拿着这些信和书，递到大哥眼前说："这下你可摊事儿了，你知道这些东西值多少吗？"大哥说："不知道，我就是个收破烂的，从别人手里收了点东西，别的我啥也不知道。"我说："行吧，你知不知道，反正都能判个十多年。"

　　他想了一会儿，站起来拍拍裤子，小声问我："能不能私了？"周庸说："你可闭嘴吧！"我拦住他，问："想怎么私了？"他说："你们把东西拿走，我不要了行不行？"我说："不行，我得知道这到底怎么回事，为啥要偷我姥爷的信？"周庸凑过来小声说："这就认了个姥爷？"我给了他一脚，让他闭嘴。

　　大哥犹豫了一会儿，跟我俩交代了实情。他真是个捡废品的，原来有钱的时候，开过一个废品回收站，后来迷上了赌博，把钱都输没了，废品回收站也兑出去了。开废品回收站时，总有人到他这儿来收旧书和信件、日记什么的，他后来一研究，才发现这玩意儿挺值钱。钱都输没的时候，他就去找当时收书那个人，问能不能替他干活，那人答应了，让他去文化单位的家属院之类的地方蹲点，哪家要是死人了，就去收东西。家里人一般不知道旧书旧信什么的值钱，半卖半送就给他了。

　　后来那人又联系了几家保姆公司，跟保姆说，谁要是到什么老教授或者学者家里去干活，可以联系他，有奖金。要是能在他们去

世的时候拿到书、信、日记之类的，还可以高价收购。他现在就是
每天替那人从各小区保姆手里收东西。顺手捡点水瓶、纸壳，则纯
属职业病。

周庸说："你们这钱赚得真是一点脸都不要啊。"大哥没吭
声。我让他留下上家的联系方式，把那一袋子旧书信件的拿了回
来。我联系了脑出血老头的儿子和儿媳，把东西还回去，跟他们说
明了这件事，他们特感激，打算回去就把那保姆开除。我说："你
们最好先别开，当作啥也没发生。她前一天告诉那捡破烂的大哥第
二天来收东西，当天晚上你们家老头就差点过去，我感觉有点不
对劲。"

老头儿子听完特别生气，赶紧开车去了医院，下午打电话告诉
我，老头血液里检测出安眠药成分，左侧腹部还有个针眼。

他回家跟保姆对峙，保姆承认先给老头下了安眠药，又偷偷给
他注射了肾上腺素。老头本来就有高血压、心脏病，这么一来可能
就挺不过去了。这样她拿点日记和信，也就没人知道，但她忘了老
头手腕上戴了个监测心率血压的手环，有异常直接响警报，被他儿
子发现了。

老头儿子已经报警，特别感谢我，说要请我吃饭，我谢绝了，
因为手头事儿太多。挂了电话，我和周庸坐在车里，他点了根烟，
说："恕我直言，这和郑东的事，一点关系都没有啊！"我说：
"这还用你说？"周庸问："那怎么办？"我说："把金条退给
郑东四根吧，留一根当这几天的辛苦钱，也确实没啥线索。"他
点点头说："那咱俩上楼跟他说说吧，正好我把手机充电器落他

家了。"

周庸一提充电器，我忽然意识到一个问题。盗窃的人想打开保险箱，用的不会是一般的电锯，起码得是小型切割机。手持小型切割机一般有两种，一种是汽油的，另一种是插电的。汽油切割机味道很大，郑东回来时也不一定能散干净，所以，对方用的一定是电切割机。

我上楼，让郑东把电卡找出来，用上面的号登录了国家电网的公众号，然后查询了他去成都那几天，家里的用电明细。在3月11日那天，用电量比其他时间高出一大截。

我找出来从物业要的监控录像，反复看了3月11日白天的监控。切割保险箱那么大的噪音，不可能在晚上。有两个拉着拉杆箱的人挺可疑，他们戴着帽子和墨镜，来回进出了两次，都拉着箱子。这俩应该就是偷东西的人。

郑东听我一分析，可兴奋了，说："好好好，赶紧把他们找出来。"我说："你也别太开心，这么长时间了，指不定跑到哪儿去了，除非有特殊情况，否则不会留在燕市。"郑东安慰自己，说："有线索就行。"这时候有人敲门，说是送快递的，他一开门，冲进来7个男的，把郑东按倒在地，并告诉我俩别动。

我问："是警察吗？"中间一个人说："不是。比那吓人多了。"他们踹了郑东两脚后，还想打我和周庸。我俩要报警，这人说："我就不信了，骗子还敢报警？"我拿周庸的手机，开免提拨了110，他们赶紧过来抢手机，这么一抢，周庸的手机摔在地上了。

这时候郑东站起来了，说："我被偷了200万，这俩是我找的夜行者，帮我追钱的。钱拿回来先还你。"然后他又挨了一脚。对方说："什么夜行者，我们还日行者呢！"

郑东应该是欠这帮人钱。对方人多，我怕挨打，赶紧拉住周庸，让他别说话了，然后非常诚恳地把我俩和郑东的关系跟他们解释了一遍，并讲了一下现在追钱的进度。他们问我："能追回来吗？"我实话实说："不一定，我怀疑对方跑到外地去了，跨省查人太难了，除非报警。"

看我态度诚恳，他们也和我讲了郑东的事。

郑东租了台保时捷帕拉梅拉，每天在后座放一堆金条，装有钱人出入高端场所，跟人交朋友，许诺高利息，忽悠别人把钱存到他那儿，空手套白狼，拆东墙补西墙。但因为被偷了200万，最近他这墙补不上了，所以被人发现是骗子。怪不得他房子是租的，家里不是现金就是金条，因为随时可以带着逃跑，也不用担心银行账户被冻结。

郑东肯定还有点金条什么的，不知道藏在什么地方。这帮人也没跟我们多说，直接把郑东带走了，带头的让我别报警，明天他就会把郑东送到派出所投案。我俩加了微信。

第二天中午，他发给我一张郑东在派出所投案的照片，告诉我要是有那200万现金的消息可以联系他。这事儿太乱，我不想掺和，就没往下查。

过了一个多月，有个姑娘给我打电话，说是郑东的女朋友，想找我聊聊他的事。

她一回国就发现男朋友进去了，有点可怜，我打算请她吃顿饭，约在了一家烤肉店见面。没想到这姑娘刚见面就开口管我要钱。她去看守所看过郑东，郑东已经没钱了，但有500g黄金在我这儿，让她找我要回来。

我说："金条可以给你，毕竟事儿没办成，但只能给四根，因为我也需要劳务费。"她想了想，同意了。我和她没啥聊的，就没话找话，问她在土耳其待了多长时间，玩得好不好。姑娘说："还行，待了一个多月。"我问："是用别国签证申请的土耳其签证吗？"她说："不是，就在土耳其大使馆申请的签证。"

我喝了口水，这事儿有点不对——

我去过土耳其，用其他国的签证申请土耳其签证，最多能申请30天的；在大使馆办普签，只能申请15天的。她说普签在土耳其待了一个多月，不太可能。为了确定，我又问她："没玩超期吧？"她说："没有。"我打开手机翻了翻照片，那是我之前拍的郑东家的防盗门，钥匙孔没有划痕开锁的痕迹，干净得就像用钥匙开的。

然后我打开微信，找到了把郑东带走的追债人，想告诉他来宾西园找我，200万有线索了。但仔细想了想，最后还是报了警。即使这姑娘和丢失的200万有关系，落到一群追债的手里也不太好。

过了两天，我通过公安局里的熟人打听了一下。

这姑娘专门搭讪开好车的有钱人，背后有个团伙，借着她跟对方谈恋爱，摸清有钱人家的信息，然后趁着有钱人出差或出门的机会入室盗窃。每次动手之前，这姑娘都会借口出国，用修改朋友圈定位的软件，在朋友圈发几条带国外定位的图片或文字，以洗清嫌疑。

　　我把这事儿告诉周庸以后，他说："我发现我活得太危险了。"我说："怎么呢？"他说："我住的地方不错，白天拉窗帘，容易被入室盗窃的盯上。有钱，开的车也不错，还是容易被入室盗窃的盯上。还是徐哥你好，咋都不会被盯上。"我给了他一脚，让他赶紧给我滚开，要不是金条保住了，心情好，不然打死他。

WARNING
如何预防入室盗窃

1. 别像周庸这个傻瓜似的，整天拉窗帘。

2. 门口小广告及时处理。

3. 贵重物品要分开隐蔽存放，拖延小偷作案时间。

4. 有需要可以在门口安装监控录像。

5. 阳台晾的衣服按时收，出远门前要全拿下来。

6. 尽可能安装C级防盗锁。

17

别随便在外面的酒吧喝大，
有人会偷偷爬到你家床下

事件：精神失常老头半夜爬进女孩房间事件

时间：2019年9月13日

信息来源：周庸

支出：5560元

收入：待售中

执行情况：完结

　　我去外面喝酒，一般都是去啤酒吧、鸡尾酒吧或者威士忌酒吧，不太去那种比较吵的夜店。主要有五个原因：第一是我真蹦不动了；第二是夜店假酒太多，怕喝出事，燕市的还好，二三线城市的酒吧，连啤酒都是假的；第三是夜店里喝酒容易被下药，那么嘈杂的环境里，加上酒精的麻醉和放松，正常人不太可能一直想着注意安全的事；第四是我脑子里有些容易被"查水表"的故事，不方便讲，酒量不好，怕喝大了瞎说话；最后一个原因，我在夜店被人占过一次便宜。

　　被占便宜那年我十七，高中毕业，在朋友的死拉硬拽下，去了我老家那边特别有名的一家地下酒吧。这家酒吧哪国人都有，吧台后的四台电视，一直都放着足球比赛。每晚九点半，还会请一群长腿的东欧姑娘，穿着短裙跳舞。

　　我那天是晚上九点去的，打算好好欣赏一下舞蹈，结果朋友上来就给我点了杯龙舌兰，我说："这酒行吗？不是假的吧？"他说："你咋这么多事儿呢？喝呗，管那么多干啥呢？这酒吧里这么多人都喝酒了，不也没出啥事儿吗。"现在想起来，那天我喝的肯定是假酒，我虽然酒量不好，也不至于一小杯就干蒙了——东欧姑娘们跳舞时，我正在厕所里吐，啥也没看着。

我吐完回桌坐下，朋友非拽我去舞池里蹦，我说："我都喝吐了，就别跳了吧。"他说："那不行，光靠吐，酒精散不出去，还得蹦一蹦出出汗，醒得快。"遇到这种情况，在平时我肯定让他滚蛋，但我当时脑子蒙了，非常不理智地同意了。

可能是那天穿的T恤好看，一进舞池，一个长发姑娘就贴过来了，面对面，紧贴着我开始跳。那时候酒吧比较low（档次低），灯光还有点像早年的迪厅，不仅暗，还一闪一闪的，我有点晕，看不清她长什么样。我想后撤两步，看看这姑娘到底什么样，再决定让不让她挨着我这么近，结果她根本不给我机会，我后退她就向前，我右转她就向左。直到切歌的间隙，灯光不那么闪了，她停下来捋头发，我才观察到她的整体造型。身材不错，就是岁数看着有点大，要往大了猜的话，说五十多岁不算过分。

我当时酒就醒了，赶紧离开舞池回桌。结果大姐不想放过我，拿着瓶啤酒过来敬酒，非让我再和她跳一曲。她发现我不想跳后，顺势就坐下了，摸着我的胳膊，说她是附近某个学校的校长，想认我当弟弟，还要拽我出去吃串。我说："不行，姐，我和朋友一起来的，不能和你走。"她说："那太好了，我也和姐们儿一起来的，一起呗。"然后挥手叫个岁数相仿的大姐。

我朋友本来正在大姐背后，冲我挤眼睛幸灾乐祸，一看到这情

285

况一下就坐不住了。我俩跑出了酒吧，心里特害怕，跑出去一公里多，一直到了两条街外的公园门口，才敢停下来喘气和笑。

后来干了夜行者这行，夜店相关的人和事儿见得多，就更不爱去了。我写了一百多篇夜行实录，起码有四篇和夜店有关。我发现，很多人和我当年一样，对酒吧的危险，都有一个错误认识——最危险的事，是被人占便宜和失身。

当然不是这样，比失身更危险的是，你可能会染上艾滋或性病；可能被人拍下裸照、视频长期胁迫；可能酒驾撞死人或把自己撞死；可能喝多了没锁门，被人摸进家里谋财害命；甚至直接喝假酒喝死。这些关系人命的事，都比贞操重要得多。

我就遇到过一件在夜店喝大之后发生的诡异事儿。

2019年9月13日，下午一点多，我刚睡着没一会儿，有人敲门。我从电子猫眼的显示屏里看见是周庸，就给他开了门，问他："作什么妖呢？不知道我一般这时候都睡觉吗？"周庸在沙发上坐下，说："不行啊徐哥，这事儿太急了，我被人冤枉了，当变态了。"我说："你活该，说说咋回事儿吧。"

他说昨晚去芳草路的酒吧瞎玩，喝着喝着，就和邻桌的3个姑娘喝成一桌了，结果给姑娘们喝多了。周庸也喝得有点大，但还记着喝酒不开车，就叫了个代驾，先顺路送其中一个叫黄薇的姑娘，到了如安门附近的一个小区，然后回了自己家。

今天上午，昨晚他送回家的黄薇，给他发了个语音，问他昨晚是不是跟着上楼了。周庸否认。结果对方威胁他，让他说实话，说昨晚周庸干的事儿，她都知道了，还有监控视频，再不说实话就去派出所报案。

我问周庸："那到底上没上楼啊？"周庸有点急了，掏出手机给我看他的代驾订单："上个啥啊我，我是什么人你还不知道吗？至于整下三烂这套吗？"我说："行吧，你先等会儿，我洗把脸，刷个牙。"

洗漱完，周庸开着他的沃尔沃，拉着我去了如安门，在康乐医院附近的一个小区，找地方停了车后，我让周庸联系那姑娘。

他不知道电话，只能用微信语音通话。黄薇接了，听说来了俩男的，不敢让我们上楼，说去附近的金融大厦，那儿有家咖啡馆，在咖啡馆见面。我失眠没睡多久，正好有点困，需要喝点咖啡。

喝完一杯冰美式，我去了趟厕所，回来时，发现周庸对面坐了一个姑娘，穿了件黑帽衫，长得不错，挺白净的。

周庸正给她看代驾的订单，说："我到家就睡觉了，小区监控什么的都有，你能不能说说你咋拍着我的？"他这么一说完，姑娘崩溃了，在咖啡厅里"嗷嗷"哭，周庸坐她对面特别尴尬，说："你冷静冷静，我没有指责你的意思，确实是没干的事儿不能承认。"

我等黄薇哭完，其他顾客不往这边看了，走过去坐下，问："昨晚到底发生什么了，用不用带你去报警？"黄薇摇头，说："报警也没用，因为啥也没发生。"我奇怪，本来以为是昨晚有人趁她喝多占了她便宜，今天才问周庸昨晚上没上楼。什么叫"啥也没发生"？

黄薇解释，昨晚喝得有点断片了，从酒吧出来后的事，只记得零零碎碎的事。周庸送她到楼下的事，她有点印象，但上没上楼就不记得了。半夜的时候，她忽然感觉手有点湿，拿起来一看，上面全是水，稍微有点黏黏的，还有一股大蒜味儿。她感觉不对，往床下看的时候，一个男的趴在地上，伸着舌头，和她对上了眼——她手上的水，都是这个人舔的口水。

因为关着灯，和我当年在酒吧看大姐一样，黄薇只能看个大概，看不清长什么样。黄薇喝多的时候啥也不怕，说："你赶紧滚！"那男的看见她醒了，四肢并用爬着往外跑，出了门。她跟过去把防盗门锁上，就又回床睡了，今天早上一醒想起这事儿，吓蒙了，然后赶紧给周庸发语音，想知道昨晚进她家那男的是不是他。遭到否认后，她又假装手里有证据，诈了周庸一下。

周庸听完，说："姐，你也太能冤枉人了，这仨月我就没吃过蒜，要不信你闻闻。"我让周庸别胡扯，又问黄薇："是不是确定没周庸的事儿了？确定没有我们就走了。"黄薇又开始哭，不停道歉，我让周庸安慰安慰她，去外边抽了根烟，等隔着玻璃看她哭完了，我才回到咖啡馆。

周庸说："徐哥，要不然咱帮帮忙吧，费用算我的。"我说："你咋这么能当好人呢？整得我里外不是人。"周庸磨磨叽叽的，我就答应下来，说去黄薇家看看。

上楼开了门，周庸问："拖鞋在哪儿？"黄薇说："不用换鞋了，直接进就行。"我最后一个进屋，关门时发现防盗门有点不好关，需要非常用力，或者下压把手才能关上门。

黄薇家是个大开间，六十来平方米，进门是衣柜和镜子，然后是沙发、茶几和电视，最里面是床。茶几上摆着笔和几张白纸，一袋打开的乐事黄瓜味薯片，几瓶科罗娜啤酒的空瓶，还有湿巾，沙发上扔着一些奇怪的东西——我初步观察，应该是渔网袜、白丝袜什么的。

黄薇也发现了，赶紧过去收拾，我怕她尴尬，转头看向衣柜，结果里面挂着很多水手服和性感内衣什么的。周庸也挺尴尬，没话找话："你平时喜欢cosplay（角色扮演）啊？"我让他赶紧闭嘴——cosplay穿外边的衣服就行，这明显还有里面穿的？

黄薇把丝袜什么的团了一团，扔进了衣柜，拉上了门。

我问她："和男朋友没同居？"她看了周庸一眼，说："我没男朋友。"

这事儿不好深问，我绕着屋里转了一圈，把插座、电视、冰箱等都检查了一遍，没有针孔摄像机，Wi-Fi也没有被入侵的痕迹。加上她那难关的门，这事儿不像是有预谋的犯罪，更像是她喝多了没关好门，然后进来个变态。

我问黄薇："这房是租的还是买的？"她说："租的。"我说："你拿上租房合同和身份证，咱们去找一下物业，看看昨晚的监控，都有什么人进过你住的这个单元。"

小区物业在2栋的地下室，我们去的时候已经下班了，只有一个年轻姑娘在值班。周庸说明了情况，这姑娘也挺害怕，请示过经理，给我们看了监控。

周庸的代驾订单显示是凌晨1点21分下单的，晚上不堵车，到如安门也就20分钟。为保险起见，我们从1点30分开始看电梯监控，在1点57分时，黄薇上了电梯。但奇怪的是，一直到第二天早上，才有人乘坐电梯下楼。单元正面的摄像头也没拍到有人进去，黄薇是这栋楼里昨晚最后一个回家的人。

如果不是她喝多产生幻觉，昨晚真有人进了她家，那只可能是两种情况：第一种，有人很早就进去了，一直在屋里等着；第二种，也是最有可能的，进屋的那个男人是她的邻居。

我问黄薇跟邻居熟不熟。她摇摇头："现在都什么时代了，哪有人跟邻居熟？"我问她有没有什么借口能敲开邻居家的门，打听打听情况。黄薇想了想，说："这几天不知道哪家邻居，养了条狗，每天晚上都叫，可以说觉得狗吵，敲门问问。"

她住的这栋楼，每层有4户，有的人在家，有的人没在家。我让周庸挨家问养没养狗，观察邻居里的成年男子。周庸说干就干，敲了敲同层的几户邻居，见人就问："是您家养狗吗？"结果谁也没养，我让周庸再去楼上楼下问了问，住户不是情侣就是有老有小的，没有嫌疑最大的独居男性。

但比这更奇怪的是——楼上楼下两层的11户邻居，根本没有人养狗。养狗的家庭里，即使收拾得很干净，多少也还是会有点痕迹和味道的，周庸完全没有看到或闻到。

我问黄薇："昨晚在酒吧，除了周庸，还和别人喝过酒吗？"她说："没有，周庸他们是第一桌过来搭讪的男性。"那应该不是被下药后出现幻觉。我想起茶几上的空酒瓶，问黄薇有没有酒瘾——酒精上瘾或戒酒瘾时，可能会引起幻觉和被迫害妄想症。狗和舔她手的人，说不定都是她酒瘾下产生的幻觉。

她说："绝对没有，我平时是挺爱喝酒的，但不至于有酒瘾。"我说："这玩意儿自己不一定清楚，明天先去医院看看吧。"我留给了她一个对外联系的手机号，让她有啥情况随时给我打电话。

黄薇记下手机号，说："其实还有个事，之前没好意思跟你俩说。前段时间我总能接到骚扰电话，问我是不是当小姐的；后来我换了号，才没再接过。"

我要来黄薇原来的手机号上网搜了一下，并用某大数据软件查询了一下，发现没有什么记录。所以，很可能是有人做招嫖的小卡片时，用了她的电话——这根本没法查。而且黄薇精神要是真有问题，这些事是真是假不好说。

第二天下午三点我起了床，发现那个对外联系的手机有七个未接来电。周庸还给我发了微信，说他已经在黄薇家了，让我醒了赶紧过去。

有点奇怪，我对外联系的这个手机，手上有事儿的时候都不静音，黄薇的事儿没解决，我不可能没声音啊。我点开那几个未接来电一看，全都被软件拦截了，显示的是电信诈骗。黄薇是搞电信诈骗的？我给周庸打了个电话，问："发生啥事了？"他说："你来就知道了。"

我洗漱完到了黄薇家已经快四点了，进门我问黄薇："是不是去看病了，结果不太好？"她说："不是，今天没去看病。我收到一个奇怪的快递，里面是冥币和给死人烧的东西。"我小声问周庸："是不是她精神出了问题？"结果周庸递给了我一个快递箱，里面是几沓地狱银行的冥币，以及纸做的化妆包、口红什么的。做得还不错。

黄薇告诉我，她早上一出门，就看见门口有这个快递。之后上午十点多，有个男的一直敲她家门，问她是不是900块钱一个小时。我想起她的电话被标记为电信诈骗的事——是不是因为诈骗，有人想报复她或者整她？

周庸安慰了她几句。我问黄薇："除了在新媒体公司上班，是不是还有什么没告诉我们的副业？"如果她不愿意告诉我们的话，这件事儿就只能到此为止了。黄薇想了半天，说："我私下里会接举牌的活儿。"

我本来想让她说电信诈骗的事，没想到她说了另一件完全不相干的事。周庸奇怪："啥叫举牌啊？"

我给他解释了一下。有些色情网站，或者提供"商务模特""伴游"之类服务的网站，会找一些身材长相不错的姑娘，穿得暴露点儿，在纸上写网站的名字或者联系方式，举在自己胸前拍个视频，以证明这姑娘就是这个网站的，好吸引男的花钱充会员。实际上提供服务的是其他外貌没这么出众的女孩。周庸说："这不属于诈骗吗？"我说："是啊，但招嫖的人还能去报警吗？"

黄薇因为身材和皮肤都不错，平时拍一些不露脸的举牌视频，每条能赚一百五，每月赚个六七千，房租就出来了——怪不得她有那么多制服和性感内衣。

我问她："除了这个，还做别的吗？"她说："不做，为了保证安全，从来没做过更过分的。"我说："那电信诈骗呢？"黄薇蒙了，说："什么电信诈骗？"我说："别装了，你的手机号被好几十人标记成电信诈骗了。"黄薇说："不可能啊，我之前总接骚扰电话，刚换手机号没多久，咋就成电信诈骗了呢？是不是这号原来被人用过，后来注销了？"

我让她把手机拿过来，查询了一下她的短信，第一条短信是上周收到的，提示她套餐生效。确实是新办的卡。

我说："卡的事咱先放放，先看看谁敲你门了。"我们仨又去了趟物业，发现上午10点12分，有个男的坐电梯到了7楼。应该就是他敲的门，还问黄薇是不是900元一小时。物业有个值班的哥们儿，也在旁边围着看，说："这男的我认识，平时在小区里捡垃圾的。"

我们拿手机录下这段监控，回到黄薇家，打算报警。

我刚要打110，就有人敲门，说是警察。周庸打开门，回头看我，说："徐哥你神速啊，啥时候报的警？"我说我这电话还没拨出去呢！

这时候门口俩警察给我们看了一眼证件，说："您好，有人举报你们这儿有色情服务。"警察进来，问我们的关系，我们说是朋友。他们检查了一圈，看确实和色情场所没啥关系，就要走。

周庸说："等会儿，来了就别走了。"两个警察蒙了，说："为什么不让走？你想袭警啊？"我说："不是，我们要报案。"我把上午有人敲门的事儿说了一下，并给他们看了监控录像。警察一看，说："就是他报的警，我把他也找来，你们跟我回派出所做个笔录，说说情况吧。"

到了派出所，捡垃圾的大哥也在，看见黄薇，还往地上吐了口痰。黄薇根本没见过这大哥。警察问到底怎么回事，大哥说了。原来大哥昨天看黄薇下来扔垃圾，想看看里面有没有纸壳和瓶子什么的，结果发现了好几件黄薇举牌时穿过的情趣内衣，还有一张纸，上面写着900元一个小时。这些内衣都是黄薇网购的，很便宜，因为拍视频不能多次重复使用，基本上穿两三次就得扔。他看黄薇长得漂亮，就动了心思，考虑了两天，觉得这900块钱可以花，就根据外卖单上的门牌号去问价了。结果黄薇不理他，还让他滚，他觉得这是一种歧视，就报警举报黄薇卖淫。我又问了他几个问题，发现他对那天凌晨舔手以及送冥币的事儿，确实不知道。

我们做完笔录，把黄薇送回家，让她先睡觉，有啥事明天再说。

下了楼，我和周庸站着抽了根烟，他问："有啥线索吗？"我说："有点，从电信诈骗的事想到的——有些手机号码，会被人恶意标注成电信诈骗、售楼中介什么的，其实这是门生意。有一群人，专门先把别人电话标记成不接的，再让他们花钱去除这些标记。"周庸说："懂了，这就和某些违法卖杀毒软件的，偷偷制造电脑病毒一样，既当球员，又当裁判呗。"我说："对，通透！"

第二天，我们在黄薇家，联系了几家网上最好搜到的、收费帮人消除电话标记的网站，分别加了他们的微信，询问黄薇电话被标记为电信诈骗的事。我把每个人都问了一遍，是不是有人找他们把黄薇的电话标记成了电信诈骗，如果是，我出5000块钱，告诉我是谁干的。

其中有一家回复我了，说之前有人加他微信，给了他500块钱，让他弄的。他可以把那人的微信号给我，我自己去找他。我让黄薇给他转了5000块钱后，他发给我一张微信号的截图，黄薇搜索了一下这个微信号，发现是她的一个同事。

我们去黄薇的公司，找到这个人，他很快都交代了。他平时喜欢黄薇，但黄薇朋友多，还总出去玩，不太爱搭理他，微信说话也不回。于是他把黄薇原来的电话做成小卡片，逼迫黄薇换号。虽然黄薇在朋友圈里发了自己的新电话号码，但因为微信，很多人都失去了存电话号码的习惯，这样黄薇的电话就不在朋友们的通信录里了。而黄薇新换的号被标记成电信诈骗后，很多朋友一看标记，以为是诈骗就不接了。

然后，他再往黄薇家门口放装冥币的包裹吓唬黄薇。人受到惊吓的第一反应是打电话求助，他就成了黄薇能快速在燕市联系上的少数人。他最近上班时还不断地暗示黄薇，有什么事可以找他帮忙。就等着有个机会英雄救美，拿下黄薇。

周庸听完都傻了，说："你这也太变态了，就追个姑娘，至于做到这种程度吗？"黄薇的同事看了周庸一眼说："跟你说了你也不懂。"

报警后，警察带走了黄薇的同事，但还是有一件事我们没搞清。那天凌晨，究竟是谁趴在黄薇的床边，舔着她的手，留下一股大蒜味。

晚上，黄薇给周庸打电话，问能不能去陪陪她，她害怕。周庸让我跟着一起去，说等出来请我吃小龙虾。我就去了，反正也睡不着。黄薇看见我也在，不是特别欢迎，但也给我洗了个水果。

我们闲聊了一会儿，忽然听见有狗叫的声音。周庸说："谁这么缺德？养了狗说没养。"我挨个墙壁听了下，确定是黄薇家左手边的邻居。

周庸去敲门，说："您不是说没养狗吗，怎么回事？"里面的人说："不好意思，不好意思，哎，爸你快回去。"

这时候，一个老头儿打开了门，他儿子在后面要抱他，但没抱住。老头儿四脚着地，在地上爬，一边伸舌头，一边发出狗一样的叫声。我们看傻了，他儿子拽住老头，说："你们别害怕，我爸精神有点问题，没恶意，不咬人。"

原来老头儿前段时间被狗咬了，出了精神问题，得了癔性狂犬病（这一疾病也被称为类狂犬病性癔病）。这种病不是真正的狂犬病，是指被狗咬了之后，因为过于害怕自己得狂犬病而出现的精神问题，患者会不自主地模仿狗。

那天晚上，黄薇没锁紧门，老头儿凌晨犯了病，爬到她家，像狗一样舔了她的手。听那哥们儿说完，我们仨又蒙了一下，但也不好意思说什么，赶紧回黄薇家了。临走前，黄薇问我："有什么好的门锁推荐吗？最好是电子的。"我说："最好还是换个地方住。出了这事儿，虽然没什么实际损失，但阴影肯定是留下了，要是老担惊受怕，可能也会臆想出点什么来，心理出问题。"

回去的路上，周庸说："徐哥，这也太意外了。"我说："仔细想想咱们查过的案子，太多事儿都这么意外，看得到开头，猜不到结尾。"

WARNING
如何正确处理垃圾

1. 快递单、外卖单上面的个人信息用笔涂掉。
2. 尖锐物品，比如刀片，用卫生纸包裹好，以免划伤拾荒大爷大妈的手。
3. 旧衣可以捐赠给旧衣回收平台。
4. 女性的贴身衣物，不适合捐赠的，可以用剪刀剪成小块再丢，以免被变态捡走。
5. 高端酒瓶不要随便扔，以免被做假酒的捡走。

18

有个假快递员到处偷包裹，
不但拆箱还在网上做直播

事件：骨灰盒丢失事件

时间：2018年11月29日

信息来源：报社朋友

支出：3700元

收入：50000元

执行情况：完结

　　我总和一些不怎么合法的人打交道，比如老鸨、小偷什么的，他们消息比较灵，能提供很多的线索和真相。但如何让这帮人帮你，是个难题，不是给钱就行，还得让他们觉得你是安全的。

　　最便捷的方法，就是让他们以为你是自己人，用特殊方式和他们交流，又称暗语、黑话。

　　我第一次接触黑话，是16岁时，在老家一家叫大世界的商场，它顶层都是卖手机的。当年在大世界顶层卖手机的，很多都是金盆洗手的小偷、黑社会和失足妇女，除了手机，他们还会偷着卖窃听、追踪、微摄之类的小玩意儿，我由于喜欢研究这些东西，去得多，就和一些人熟了起来。

　　那天我考试考得还行，我爸奖励了我点钱，我决定买个黑莓手机。黑莓当时在国内没正版的，只有水货，全是八九成新的威瑞森签约机，插不了手机卡，得往里烧号①。当年手机行业水分大，尤其是大世界这种地方，没明白人带着容易让人坑钱，所以，我找了个比较熟的大哥，让他带我买个可靠的。大哥说："妥了，老弟你放心，全包在我身上。"然后他七拐八拐，带我到了个专卖黑莓的柜台，里面有个大姐，正趴柜台上打呼噜呢。

大哥看大姐在睡觉，上去照脑袋"啪"就打了一下子，贼响，大姐吓得一下坐直了，说："你是不是有病，最近给你好脸了是吧？"大哥说："你看你一天天虎超的（东北话，指傻乎乎的），在这儿也敢睡觉，不怕让人抠死倒儿啊！"大姐说："你不就是抠死倒儿的吗？丢东西我就找你去。"

我当时特好奇，到底啥叫"抠死倒儿"，但不好意思问。当晚为了这事儿，特意找借口，说感谢帮忙买黑莓，要请大哥吃饭。他喝了点酒，跟我说了。他原来是个小偷，专门在火车、饭店、图书馆之类的地方，看谁睡着了或者喝多了就偷谁。这种专挑不睁眼的人偷的，就叫抠死倒儿。

后来我来燕市，干了夜行者，老金教我的第一个知识，就是各行各业的黑话。这和东北黑话有类似的地方，但大部分不一样。不过他教的黑话大部分都过时了，没啥用，比如，在变戏法的行业，有个词叫"挂托"，意思就是这个戏法糊弄人的关键道具或手法，相当于魔术诀窍。我问他："你是不是糊弄我呢，现在哪还有变戏法的，我长这么大一个没见过。"

---

① 烧号，是指将运营商提供的数据输入到手机内，使其能够入网使用。此方法多用于走私手机。

还有一些，已经成为日常用语。比如，把失足妇女叫"鸡"，原来也是句黑话；现在人人都知道，就成白话了。

我一直以为，这些黑话，除了和特殊职业打交道外就没啥用了，但没想到有一次，靠着黑话救了条命。

2018年11月16日，有个在媒体工作的朋友联系我，说他们报社今天采了条新闻，一个燕市大爷，把他老婆的骨灰弄丢了。报社的领导，想做个帮大爷找回骨灰的专题，问我愿不愿意接这活。我跟他谈价钱，说："起码得五万，油费什么的相关开支报销，预付一万，找不到尾款不用付，只拿一万。"他说："行，但是加油吃饭什么的，你得把发票都留着。"然后他告诉我了一个地址，是丢骨灰的大爷家，在民安街，让我赶紧过去。

我打电话给我的助手周庸，开着我的高尔夫R，去他家接上他，一起去了民安街。

到了地方，从电梯一出来，还没敲门，我就听见里面有几个人在吵架："我告诉你们，这事儿没完啊，谁都别想好。"周庸看看我："徐哥，咱是现在敲门，还是再等一会儿？"我说："现在敲，他们要是吵俩小时，咱也不能在这儿干耗啊。"

里面声音太大，周庸敲了好几遍，一个老头儿才开了门，语气贼不好："找谁啊？"我说："是张记者让我来的，调查骨灰的事。"他说："啊，你来得正好，我正要找你们呢，你们在门口把鞋换一下子，进来给评评理。"

我和周庸换拖鞋进门，发现客厅的沙发上还坐着一男一女。我以为是大爷的亲戚，结果大爷跟在后面，指着他俩就开骂，骂得贼难听，我就不写了。坐沙发上的小伙子一听也急了，说："怎么？骂人不过瘾，你找来两个人，想揍我们啊？"周庸赶紧劝架，说："哥们儿，你先别发火，大爷，咱都消消气，我俩是报社的，来采访下咋回事。"他们还是吵架，我和周庸在中间劝，两伙人说了十多分钟，我终于听明白咋回事了。

大爷是个拆迁户，平房拆迁后分了好几套房子，他自己跑到民安街住，把其他房子都租出去了。这姑娘和这小伙子，就是其中一对租他房子的情侣。他俩租了大爷的房子后，发现阳台放了个腌咸鸭蛋的陶罐，一直以为是大爷腌的咸鸭蛋，就没管。有天小伙子加班回来，半夜饿急了，寻思大爷把咸鸭蛋放这儿，估计也是不要了，准备拿个咸鸭蛋吃。结果一开盖，小伙子蒙了，里面都是灰黑色的东西。这哪是腌咸鸭蛋的啊，这是个骨灰罐。

小伙子一下就被吓跑了，怕女朋友害怕，没告诉她。挺到第二天，给房东大爷打了个电话，问他是不是把骨灰罐放这儿了。大爷说那是他老婆的骨灰，他之前在那房子住过一段时间，走的时候忘拿了，问能不能给他送过去。小伙子有点生气，但考虑到大爷岁数大，还是问清地址，打算叫个同城闪送给大爷送过去。

结果来了两个闪送小哥，一听是骨灰都不给送。小伙没办法，只好叫了个快递。11月13日晚上7点，快递公司送到后，给大爷打了个电话，大爷正在楼下跳广场舞，就让他放门口。结果一到家，发现装着骨灰罐的快递不见了。然后两边就为这事吵起来了：大爷说小伙不应该用快递寄骨灰，小伙说大爷不该把骨灰放在租出去的房子里，也不该让快递员放在门口。

　　我在旁边听得脑袋疼，问大爷："报警了吗？"大爷说："报了，查了监控，没发现有人偷快递。"我问大爷："有当时的监控吗？"他说："不太会用智能机，但都让儿子录下来了。"我让大爷给他儿子打了个电话，加周庸微信，把视频发过来。

　　和一般小区一样，楼道走廊里没监控，大爷儿子发过来的都是电梯监控和小区院里的监控。

　　我看了一遍，确实没发现有人搬着快递箱出来。周庸问我："会不会是邻居偷的？没坐电梯，拿着快递直接就回家了。"我说："有可能，"又问大爷："邻居有没有人丢过快递？"他说："从来没听说过。"

　　这种情况可能是新租户干的。我让周庸把附近几家房产中介跑了一遍，但都说这个单元最近半年都没租出去过房子。我劝大爷先让那对小情侣回去，尽量找，找不到再讨论谁的责任。他想了想接受了。

　　大爷年纪比较大，我怀疑他可能遗漏重要信息，所以给他儿子打了个电话，让他重讲一遍。又去物业问了一下，这几天还有没有别家丢快递。物业的一个姑娘说："有，小区里这两天有9家丢了快递，之前从没出过这种事。可能是'双十一'期间，把快递放门口的人多，有小偷盯上了。"

　　丢快递的几家，分散在不同单元，所以，应该不是邻居干的。我管物业要了这几个单元的监控，看了两遍。和大爷丢快递的情况一样，除了快递员外，电梯监控和室外监控都没拍到有人拿快递进出单元的画面。

但有件事儿挺怪，这几个丢快递的单元的外监控里，都出现了一个搬着大箱子进单元，又搬着大箱子出来的红背心快递员。

最开始我没注意他，因为"双十一"快递多，很多快递员送货后发现家里没人，打电话也不接，都会把快递拿回来放到快递柜里，或者找时间再送。但每次都送这么大的一个箱子，每次又都搬出来，就有点问题了。

我查了电梯里的监控，想看清这个快递员的长相，但发现这哥们儿根本就没在电梯里出现过。快递柜上的监控也没拍到过他。我和周庸一聊，都觉得是他偷的。为了不被怀疑和拍到，假装送包裹的快递员，只走防火梯不坐电梯，把偷的快递装到大箱子里，然后再一起搬出来。

有了点线索，大爷很激动，问我："啥时候能把我老伴儿找回来？"我说："别着急，现在还不好说。"

通过衣服能看出这人是哪家快递公司的，我抱着试试看的心态，去附近的快递点给快递公司的人看了监控，负责人说他们这儿没这个人。想伪装快递员或者外卖员实在太简单了，网上有一堆卖衣服的，甚至有人特意买这些衣服，用来拍视频。

小偷一般偷完东西后会找没监控点的地方拆开，拿走有价值的东西，再把没用的东西随手扔掉。骨灰罐明显没啥价值，我让周庸花了一天时间，找附近几个小区收废品的人聊了一下，没人看到过那个罐子。

没办法取巧，我和周庸只好用了两天，把附近所有带监控的水果店、小卖部、饭店等都问了一遍，终于又找到点线索。偷快递的哥们儿往返于七八百米外的一个小区门口，每次都把偷来的快递放到一辆别克君威里，车牌号是燕A·*****。

我托车管所的朋友帮忙查车主的信息时，周庸上网搜了一下这个车牌号。他把手机递给我，说："徐哥，你快看，有惊喜！"我拿过来看了下，是"寻子吧"上的一个帖子，说燕市有个小孩被人拐卖了，他爸工作什么的都不要了，天天开车找儿子，并且每天都会在某个短视频APP上，发一段自己的近况，例如，今天是否找到什么线索或找儿子的其他相关进度。发帖人还号召大家去给这个父亲点赞或打赏，支持他，要是有人在路上看见，也给他加加油送瓶水什么的。他的车牌号是燕A·*****。

我打开那个短视频APP，搜到这个叫"千里寻子"的账号。看了一会儿，发现11月15日晚上，这个叫陈建华的大哥发了个视频，说很多网友为了支持他找回儿子，给他寄了好多东西，今天做个开箱视频，感谢一下大家的支持。

他先拆了个最大的包裹，里面是一堆印着笑脸的手机壳，得有一百来个。又拆出了零食、空气炸锅什么的，甚至拆出一套女性内衣，不太像别人寄给他的。拆到第九个箱子时，他从里面搬出一个青花的白罐，说这可能是送给他腌咸菜用的，让他路上饿了能随时吃一口，然后放到了一边。这个罐子，和大爷丢的骨灰罐一模一样。

周庸说："什么情况？他找儿子只进不出，把钱都花没了，然后以偷快递为生？"我说："不知道，咱先找着他再说。"

周庸在那个短视频APP上给他发了几条私信，说看了他的事很感动，想帮帮忙，去他家看看他，给他捐两万块钱，作为找儿子的资金，问他方不方便。没有一个小时陈建华就回复了，给了我们电话和地址，让我们过去。这时候车管所的朋友也回复了我，说车牌号就是陈建华的。

我看才下午三点，和周庸开车出了门，找到陈建华住的小区。按他给的地址到楼下按门铃，几分钟都没人开，打电话也不接。我和周庸趁有人从楼里出来时进去，上了3楼。

到陈建华家门口，他家门竟然是开着的。敲了敲门，里面没人应，我和周庸直接走了进去。

陈建华的家里非常乱，像被人砸过一遍，椅子倒在地上，水瓶水果什么的扔了一地。我找了一圈，看见地上有个手机，捡起来看，有个叫老查的人给他发了条微信："养家说了，如果你同意活门变死门，可以多给一万块钱，你怎么想？"

周庸凑过来看了一眼，说："这怎么看不懂呢？什么活门死门的？徐哥你知道什么意思吗？"我说："知道，这是人贩子之间的黑话。"

养家一般是指买卖小孩的掮客，或者买孩子的人；活门，就是父母主动把孩子卖了，知道卖给谁了，偶尔还能去看看；死门，就是孩子是拐来的，或者父母不知道孩子被卖到哪儿了；老查应该是老渣的谐音，在黑话里，老渣就是人贩子的意思。

周庸说："我有点蒙，徐哥，陈建华自己把儿子卖了？"我说："不知道，得先找着陈建华再说。"

因为没有手机密码，没法打开手机看更多的信息，拿走手机

307

又怕被定性为盗窃，我只好拍了张照，把手机留在了陈建华的房子里。

在卧室里，我找到了他开箱的那堆东西——每个快递箱上的地址都不一样，有几个写的都是大爷现在住的那个小区。这些包裹果然都是偷来的。

我找了一圈，都没看见骨灰罐，打开陈建华开箱的视频看了一遍，发现就少了骨灰罐和手机壳。现在的问题是陈建华人没了，他家开着门，屋里像被打砸抢了一遍，咋看都像出事了。我让周庸挨家敲门，找邻居聊聊，问知不知道陈建华出什么事了。

他说："徐哥，为啥每次这种体力活都我来啊？"我说："别啰唆，你快点的。"

周庸问了一圈，大多数人都不在家，但楼下一个大妈说，陈建华好像在外边欠钱了，这段时间总有些社会人上他家堵门要钱。

我俩站在楼道里，等到晚上七点多，邻居基本都回来了，他们证实了大妈的说法，说总有人来找陈建华，他媳妇平时精神也不太正常。周庸说："没想到他还有个媳妇呢。"我说："这不废话嘛，要不然丢的儿子是跟你生的啊？"

知道陈建华有媳妇，我们决定先试着找找。

我俩回到陈建华家拿那个手机。一般像陈建华这种岁数比较大的人，手机卡都用挺多年了，他们习惯把电话号码存在SIM卡（用户身份识别卡）里，换手机时一放卡，通信录就自动转移过来了。我把陈建华的SIM卡抽出来，放到我的备用手机里，果然出现了一堆联系人，其中，有一个标注着老婆，我打了过去，响了几声，一个男的接了电话。

我问："是陈建华爱人的电话吗？"对面问我是谁，我说："我是陈建华朋友，想找他，但找不到。"他说："陈建华的事和我们家没关系，孩子都整丢了，我闺女让他整成精神病了，别再打电话过来了。"周庸问我："啥情况？"我说："不知道，感觉是陈建华的老丈人，而且挺不待见他的。"我再打电话过去，想多问点，对面就关机了。

这时门忽然开了，四个膀大腰圆的大哥进了门，问我和周庸："陈建华呢？"我说："不知道，我们也找他呢。"大哥看了看我和周庸，说："你们和他是什么关系啊？"我说："找他要钱的，陈建华管我借了十万块钱，一直不还。"大哥说："巧了，我们也是，这屋里是你俩砸的吗？"我说："对。"他说："行啊哥们儿，这小暴脾气，现在一般都不敢像你这么要钱了，怕整出事。"我告诉他："我来的时候没人，陈建华可能跑了。前几天在这堵门要钱的是不是你？"大哥说："是。"他跟我加了微信，说找到陈建华互相通知一下，别让他跑了。

等大哥走了，周庸问我："陈建华不是被要债的带走的，那这屋里咋回事？"我说："可能得看看监控。"

我让周庸去找物业，自己在陈建华家里等着。周庸带物业的人来了，我假装是业主，让他们看家里的样子，告诉他们我被偷了，请帮忙调一下电梯监控。物业没说啥，赶紧帮我调了。因为没陈建华家的钥匙，我在屋里等着，周庸跟着去复制了监控录像拿回来给我看。

我看了电梯的监控，发现在我和周庸来的两个小时前，陈建华被三个男的架进了电梯，其中一个人拎了个大袋子。监控镜头位置比较高，拍到袋子里装满了手机壳。

周庸看蒙了，说："是因为偷了人家的手机壳，所以被抓走了吗？不至于吧？"我说："不知道，但现在就这一个线索了。"

陈建华视频里的快递箱都还没扔，我和周庸找到了视频里装手机壳的大箱子，上面写着地址，是北关西路和东路之间的一个小区。这个小区我知道，新建的，都是公寓，现在入住率还不高，人比较少。

我把地址拍下来，和周庸去附近的烧烤店，点了羊肉筋和心管，吃完后，我俩坐在车里歇了一会儿。

晚上十点钟，我们开车去了快递箱上的地址。到小区里等了一会儿，趁有人出来时进了单元门。上了楼，发现门是电子锁的，我骑在周庸肩膀上，在棚顶粘了个针孔摄像机，正好能拍到密码锁。然后我俩回到楼下，拿手机看着上面的情况。

一晚上没人进出，第二天早上，有个人出门，下楼买了早餐。

我仔细看了几遍偷拍的视频，他回来时输的密码是"0013175#"。他买了4杯豆浆，证明屋里可能有4个人。正好是陈建华，加上那天把他带走的三个人的数量。

中午，有两个人夹着包出门，打车走了。我和周庸商量了一下，现在屋里应该就剩一个人看着陈建华，是个机会。我们从车后拿了两根甩棍，上楼，输了密码进去。

一进门，就看见陈建华被绑在客厅的凳子上。

听见开门声，卧室出来个人，说："你们咋这么快回来？"一看是我和周庸，赶紧往卧室里冲，要关门。我和周庸上去按住他，从屋里找了两件T恤剪开，把他绑起来，让周庸看着。然后我过去问陈建华："这帮人为什么要绑你？"他说："不知道，这帮人冲进我家就一顿翻，拿了一堆手机壳，用刀逼着把我绑架了。"

没想到真是为了手机壳——进门我就看见了，客厅桌上散放着一堆手机壳。

我走过去拿起来一个，发现手机壳挺重，但看材质像是塑料的。周庸也过来拿起来一个，说："这手机壳咋这么重，是给健身的人用吗？"

我说："有点不对劲。"我从兜里掏出小刀，在手机壳上刮下来一点沫子，用手指抹在牙床上，一股酸味，然后就开始发麻。我赶紧去厨房漱口。

周庸都看蒙了，说："徐哥，你能告诉我你在干什么吗？再饿也不能吃手机壳啊。"我说："这不是可卡因就是海洛因。"周庸说："毒品能做手机壳？"我说："对，这在全世界都算最先进的毒品伪装技术，叫什么注塑一体工艺，能把整块的可卡因或海洛因，混合塑料做成工艺品、手机壳、鞋拔子啥的。去年燕市海关破获了一起毒品运输案，就是把可卡因做成了行李箱。"

陈建华偷快递的时候，应该是不小心偷了这个藏毒的包裹，被这帮人找到了。他们怕他走漏消息，就把他绑了。周庸说："唉，这命！"

我先没给陈建华解绑，问他："偷的骨灰罐在哪儿？"他说：

"感觉不吉利，当天拆完箱就扔了。"

我俩用手机拍下他承认偷东西的事实，给他解了绑。又把走私毒品那哥们儿的手机扔进水里，用网络电话报了警，说有人贩毒，俩同伙还没回来。

我们带陈建华下楼，让他坐进车里。他问："你俩是警察吗？"我没回答他，问："你儿子怎么丢的？"他告诉我，前段时间朋友圈一直有人说燕市出现了人贩子，他没在意。有一天他带儿子在楼下玩，看了会儿手机，儿子就被人拐走了。问小区里的人，都说被一个短发中年妇女带走了——和朋友圈传的人贩子形象一样。

周庸说："你可别扯了，那个前两天已经被证实是谣言了，我们燕市治安一直特好，哪儿来的人贩子？你就说吧，你把自己儿子卖到哪儿了？咱赶紧去找，还有机会把孩子带回来。"

人贩子的事，确实是谣言，而且年年都传，年年有人上当。但燕市没有人贩子的事，周庸说得也不对。有位教授曾做过一份调研报告，燕市及燕市周边地区，算是拐卖比较严重的地区，不过不是拐，是卖。很多被拐的儿童都被卖到了这边。而且被拐儿童里，有40%以上都是被就近贩卖。在我们的逼问和威胁下，陈建华也承认了。

他说自己在"收养吧"联系上一个人贩子，通过他把儿子卖到了一个村里，买家姓王。人贩子教了他一些黑话，用来联系，免得被人注意到。

我和周庸问清地址，把他送到公安局自首，又开车去了一趟那个村子。我们在村里找到地方，透过窗户发现一个五六岁的男孩，脖子上被套了条绳子，被拴在屋里的木椅子上，像条狗一样，旁边摆着一杯水和一个面包。可能是怕孩子跑，把孩子当狗拴着，等养熟了再带出去。

我俩想把孩子带走，被赶回来的买家和他的亲属围住了，问我们想干啥。我俩没办法，只好逃回车里，开车回了燕市。我们联系上陈建华的老丈人，让他以孩子姥爷的身份报了警。老头儿没撒谎，孩子的妈妈因为丢了儿子，已经精神失常了。

我在陈建华家楼下找收废品的买回了房东大爷的骨灰罐，还给了他。幸好里面的骨灰没被扬了。

后续的情况，是委托我调查的媒体朋友告诉我的。陈建华平时喜欢赌博，欠了好多钱，房子都卖了，现在的房子是租的。有一天他发现，儿子越长越不像自己，就偷着带去做了个亲子鉴定，发现真不是亲生的。他为了报复老婆和还债，就把儿子卖了。报复得逞，老婆很快精神就崩溃了。

他经常在手机上刷短视频，发现有很多人救猫救狗，然后就有人捐款什么的。陈建华一想，救儿子比救猫狗更能博取人的同情，就开始拍短视频，讲述自己的"寻子之路"，还去网上发帖给自己宣传。他拍开箱视频，是为了诱导更多人给他捐款买东西，但钱都拿去赌了，没钱自己买，就趁着"双十一"偷了一批快递。

我后来把这事跟周庸说了。他说："这都什么人啊。还有人为了火，先把猫狗弄伤，再假装救助，拍个视频。徐哥你说这帮人，是不是都疯了？"我说："在我看来，对每个人来说，犯罪和发疯，都是一念之间的事。威廉·詹姆斯有一句话，我觉得挺有道理：'疯子的恐怖幻觉全都取材于人们的日常生活。'"

WARNING
碰到这些黑话聊天要警惕！

1. 毒品类

    消夜：毒品

    道友：吸冰毒的

    猪肉：冰毒

    糖果：麻古

    飞行员：吸大麻的

    机长：卖大麻的

    农夫：种大麻的

    邮票：LSD（麦角酸二乙基酰胺）

2. 借招募网上兼职刷单骗钱

    外宣：指专门通过加群、加好友发送兼职广告的人。

    小白（肥羊）：指看到刷单广告后过来咨询如何刷单的受害者。

    主持：指在语音聊天群中专门维持秩序、分配任务的人。

    老师：指负责外宣人员培训，并为小白解答刷单流程的人。

    干饭：指高返利。

    稀饭：指低返利。

3. 借提供陪聊等色情服务骗钱

    色粉：通过发布带有色情或与色情擦边的内容吸引来的粉丝。

    站街：在线上通过技术手段揽客的，算是线上的站街女。

    号商：专门从事各大社交软件账号注册，并养号出售的商家。

    键盘手：专业代聊，大多是男性假扮美女与人聊天，约见面。

    养火花：键盘手站街成功后，与受害人培养感情。

    机房：指拥有一定数量键盘手的集团，对外一般称公司。

    散键盘：指没有在机房工作，独立代聊的自由人。

19

别随便给人玩你的手机，
你的闺密会把你当成傻子

事件：教练技术事件

时间：2009年12月6日

信息来源：微博私信

支出：51430元

收入：20000元

执行情况：完结

最近除了练字，我还花了点时间，回复一些微博私信。我发现好几个人问我，自己是不是被监控了。朋友，请放心，你要是没被卷入到什么超大额商业纠纷，本身也不是什么重要人物，或者外国间谍啥的，真不用担心有人监控监听你。

更大的概率，是你会在住酒店和上厕所的时候被人偷拍。发现被偷拍，一定要赶紧报警，不然不仅是被传到网上的事。如果偷拍者拿到了你的个人信息，很可能会拿视频胁迫你，骗财骗色。

还有人觉得自己被脑控，或者觉得所有陌生人都针对他，这些都是很严重的妄想症，我提醒他们去看精神科，也不知道听没听劝。

我大概收到了二十来条和跟踪、监控有关的私信，全都是自己吓自己，反倒是一条和监控没什么关系的，让我有点感兴趣。

2009年12月4日，一个叫高佳的姑娘在微博联系我，说她怀疑自己住了个凶宅，家里总闹鬼。她最近总感觉，家里的东西被人动过，很多东西还摆在原来的位置，但看起来不一样了。

我问具体怎么不一样了，她回复说："比如有个背了半年多的迪奥包，忽然开始散发出一股新包的皮子味儿。"最吓人的是12月2日那天，她收到了一条短信："高佳，你今天干什么去了？"这条短信，是她自己的手机号发来的。高佳吓坏了，当晚就跑到了朋友家住，这两天因为不好意思住在朋友家，又搬了回去。

姑娘想提前退房，中介不同意，自己又没什么钱，现在不知该怎么办了。她问我能不能找到这套房子是凶宅的证据，好让中介把钱赔给她，重租一套房子。

高佳住在陈家庄的时代家园，我得到地址后，让我的助手周庸开车来接我，两人一起往她家走。

在路上，我查了查时代家园附近这些年发生的非正常死亡案件，也就两个案子可能和凶宅有关。一个是2008年的灭门案，另一个是2007年，一对年轻男女在阳台做那事时，不小心从15层掉了下来。这两户都不像是高佳住的房子。

周庸一边开车一边问我："徐哥，你说真有凶宅吗？"我说："那都是纯扯淡，你想想，这个世界上，有啥能比人还可怕？要真有点啥超自然的玩意儿，早想办法抓起来塞动物园里了。"

到了时代家园，找到10单元，上12楼敲门，一个一米六左右的姑娘，穿着黑色连衣裙给我俩打开门。她抽出两双粉色的拖鞋，让我俩换上进了屋。整个屋里贴满了粉色的壁纸，床单、枕头、窗帘、沙发布，不是粉色就是白色的。

床边有个衣架，挂的都是洛丽塔风格的衣服。我俩在粉色的沙发坐下，高佳去倒水，周庸凑过来说："我之前认识俩姑娘，也喜欢穿这玩意儿，听说还不便宜。"我说："你可别说了，你穿的这皮夹克，都够人家买好几套了。"

高佳用粉白相间的瓷杯倒了两杯水，我说："等会儿再喝。你觉得家里不对劲，为什么不装监控看看？"她摇头说："不敢。你们没看过《鬼影实录》吗？万一真拍到点啥，我下半辈子都得被吓死。"周庸说："那不能，每个人都只能被吓死一次，再出来就是吓别人了。"我让他闭嘴，又问了高佳几个问题，用嗅探设备检查了一下Wi-Fi，又在房间里转了一圈，没找到被偷拍或者网络被入侵的痕迹。

我让高佳把手机解锁，给我看看那条她自己手机号发来的短信。我发现这不是条短信，这是条iMessage。虽然iMessage和短信显示在同一个页面里，但区别挺大，它是苹果公司推出的即时通信软件。理论上来讲，只要有高佳的苹果账号，就能给她发iMessage。

为了确定高佳说的是真话，不是自己给自己发短信，逗我和周庸玩，我让她把整件事又讲了一遍，细节都能对上，应该是真的。我问她："都谁知道你的苹果账号和密码？"她想了想，说："前男友应该知道。"

周庸问高佳："有没有可能，是你把前男友甩了，然后他用这种方法报复、吓唬你？"高佳说："不可能。他跟我提的分手，我当时不想分。你们别找他，肯定和他没关系。是这屋有事儿，我听说这小区死过人。"周庸说："姐，这屋子没事儿，我俩来之前都查了，还给物业和附近的中介打了电话。这小区非自然死亡的，就一个跳楼的，还不是你这单元的。"

劝了挺长时间，高佳才把她前男友的电话给我。周庸打过去没有人接，问："我还接着打吗？"我说："晚点吧。"又转过去跟高佳说："我想在你的屋里装几个监控，行不行？"这姑娘犹豫了一下，问："我能不能跟闺密商量一下？"我说："成，这都下午四点多了，我俩今天还没吃东西，得出去吃口饭，你慢慢商量，完事微信告诉我就行。"

我有点感冒，又困又累，和周庸在附近找了个叫世纪生活的小商场，在楼上的"西西里"餐厅点了咖喱牛肉饭和猪扒包，快速吃了点，又去楼下的咖啡厅喝了杯美式。这才感觉好点。

这时高佳发微信过来，说："不好意思，我不想安监控：一是怕拍到什么东西有阴影；二是毕竟是女孩，不太方便。"我回复她说："没事，能理解。"

从商场出来，我俩回车里抽烟，周庸继续给高佳的前男友打电话，这次接了，但一提高佳，对方马上就挂了。周庸拿着手机蒙了，说："徐哥，这是有仇吧？就不能好聚好散吗？"我说："挂电话这么干脆，说不定有问题，再接着打。"

他又打了几遍，高佳的前男友受不了了，说："你到底想干啥？"周庸说："哥们儿，咱火气怎么这么大呢？我就想问问高佳的事，咱不能好好聊吗？"对方问："高佳怎么了？"周庸说："怀疑被人盯上了。"对方说："就高佳那疯子，不盯上别人就不错了，还能被人盯上？"周庸奇怪，问："高佳怎么疯了？"

高佳的前男友说："一时半会儿说不明白，你去高佳工作的地方看看，就知道怎么个疯法了。别让人糊弄坑里去就行。"然后他把电话挂了。周庸看着我，说："徐哥，我最硌硬这种说话说一半的。"

第二天上午，我打电话给高佳，说："你前男友暂时没联系上，能不能先去你工作的地方看看，和你的同事聊聊，看有没有可能是同事或竞争对手在整你。"高佳拒绝得特别坚决，说："不用，我平常工作时和同事关系都还行，不可能有这事儿。"

挂了电话，周庸问我："徐哥，这姑娘是不是不对劲啊？找咱俩来调查，然后没一件事配合，前男友说她是疯子。不会真给咱俩挖坑呢吧？她想图咱点啥？"我说："不知道，但确实可能是给咱设的陷阱。"周庸问："那咋整？"我说："咱先把发短信的事儿停停，调查下高佳这个人。"

网上能搜到的高佳的资料不多——这名字太常见了。但我俩签的合同上，有她的身份证号和手机号，结合这两个信息，我查到她2015年曾经是景新附近一家叫"伊山带水"的旅游公司的法人和股东，现在这公司已经注销了。

没找到啥有用的信息，我决定跟踪高佳。

我给高佳打了个电话，说："这几天会先把你前男友找到。"然后回家去睡觉。

晚上七点多，我们去周庸家开了他那台不太起眼的沃尔沃，停在高佳住的小区对面。我们先上楼和她聊了一会儿，确定她在家，然后回到车里，打算待到第二天上午，直接跟着她去上班。结果晚上十一点多，我正放倒座椅，准备躺着玩手机，周庸忽然推我，说："徐哥，高佳出来了。"我直起身，顺着周庸指的地方看，马路对面，高佳正站在路边，过了一会儿，上了辆黑色的凯美瑞。

周庸打着火，跟了上去，凯美瑞上了陈家庄桥一直往东走，最后到了春风南路的公园。这公园晚上九点半就关门了，高佳来这儿干吗？

我让周庸把大灯关了，开到拐角处再找地方停车。我们远远地看着高佳，发现她从一处有洞的栅栏钻了进去。等她没影儿了，我和周庸也跟着钻了进去。因为怕被高佳发现，我俩离她挺远，等进公园时，高佳已经不见了。这公园挺大，晚上特黑，根本找不到人。我和周庸打开手机的手电筒，在公园里瞎找，感觉高佳随时都能从某棵树后跳出来。

这时我俩听到了一点声音，小心地往那个方向走，竟然发现了一片小树林——我没想到，在燕市边上的公园里，竟然有一片像我老家山里野林子那样的小树林。

我俩往小树林深处走，发现一群人，有男有女，所有人都拿着手机，打着光，光束非常整齐地一直在移动。所有的光都在追逐一个裸奔的大哥，看起来四五十岁，脑袋上中间头发已经没有了，两侧的头发随风飘起。这个大哥一边跑，一边喊："我是大傻子！我不守承诺！"

周庸都蒙了，问我："咋回事？是信了邪教吗？"我说："不知道，但没听说过大半夜裸奔的邪教。"他说："徐哥，那咱接下来怎么弄？是走近点看，还是怎么着？"我说："看什么看啊。咱俩找个黑一点儿的地方躲着，看他们接下来还干什么。"

　　我俩远远找个树丛蹲着，眼睁睁看大哥裸奔。半个小时后这群人终于散了，我们跟在他们后边，看他们出了公园，各自打车或开车走了。裸奔那大哥开的车还挺好，是台奔驰G55。

　　出了公园，周庸问我："什么情况？"我说："不知道，先回去睡觉，明天再聊。"

　　第二天上午，我俩悄悄跟着高佳，到了隆源国际附近的一个写字楼，发现她上了17楼。高佳见过我和周庸，我俩不敢跟着上楼，只好打电话给老金，请他过来帮个忙。他问清我俩在哪儿，半小时后，骑了个共享电动车过来了。

　　我们跟他说明情况，他说："懂了，你就是让我帮你看看这个公司到底干啥的，是不是给你设局。"我说："对。"

　　老金上楼之后，没多久就下来了，说："17楼是个叫木羊的企业家培训班，报名的人必须得有自己的公司或者大额资产证明，一般人还不让报呢。"周庸说："那咋整？"老金想了想，把周庸手机拿走了，还要了密码。他又上了次楼，打开周庸的手机银行，给负责报名的人看里面的余额，对方直接录取了老金，让他明天来试听。

　　第二天上午，老金去听课，下午放学后我问他情况，他说："基本整明白了。"

　　据老金讲，上午进屋第一堂课，老师就说："二战以来，国外有所军校培养出了几千名董事长、副董事长、总经理，超过世界很多名校的商学院。凭的是什么啊？凭的就是'教练技术'。"

　　老金讲到这儿，我就明白了，原来是"教练技术"。这是种新型传销，比起原来针对底层人民的传销，这种"教练技术"专门针对事业小有成就的私企老板等。打着拓展人脉的旗号，把这帮人招进来，再传销、洗脑。挺多人因为上了这种课，家破人亡，还有的得了精神病。

他们的洗脑，一般分三个阶段。第一阶段建立信任关系，给你分一个死党，互相倾诉痛苦，在音乐和灯光下，抱在一起哭；第二阶段从精神上摧毁你，利用你告诉死党的痛苦和秘密，不停地攻击你，让你崩溃。经历了前两个阶段，你基本就已经完蛋了，这时候就进入了第三阶段。第三阶段时他们会告诉你，你不能这样，你得振作起来，让身边更多的人来上培训课，好让他们和你一样，得到救赎，学会感恩。老师会给每人设定一个目标，拉多少人进来，要是没达成，就要当着同学们的面自我惩罚，像那天的裸奔大哥一样。

周庸说："这帮人不挺有钱的吗？也能被这玩意儿洗脑？"我说："你可能有个误区，有钱不一定聪明，你看看你自己，就明白了。"

这家木羊培训人挺多，老金观察了高佳两天，发现她竟然是管理层的一员。一般这种教练技术传销公司的高层，年薪都在百万以上，高佳应该挺有钱的。但她住的穿的都一般，自己最喜欢的洛丽塔装，全是国产货，连那天她给我们看的迪奥包，说背了半年后忽然有股新包味儿，都被周庸鉴定是假包。

她钱都花哪儿去了？攒着呢？

周庸这时候插话，说："这也算个管理层，高佳都不告诉咱。

她是穷得房子都换不起，只能住闹鬼的地方吗？"我说："是，可能得问问她。"

第二天上午，我约高佳去富平门的星巴克，跟她摊牌："我知道你是搞传销的了，你找我们到底有什么目的？"她说："真是来找你调查短信的事，没别的目的。"我不信，要报警。高佳问："能不能再等两天？"我说："不行，再等两天人都收拾东西跑没了，除非你告诉我找我的目的。"高佳说："真没目的。"然后就哭着跑出去了。

我考虑了几个小时，和周庸一起开车到隆源国际，用网络电话报了警，在路边等着看结果。老金忽然给我来了个电话，说警察找他。我问怎么回事，他说："前两天上那个木羊培训，被人举报聚众吸毒，警方一去验，很多人都是大麻阳性，全给抓走了。"

这事儿有点不对，一个传销团伙怎么就变毒窝了呢？我给高佳打电话，问："你在哪儿呢？我不报警了，想跟你聊聊。"她说在家，让我去找她。

我和周庸到她家，敲开门坐下，发现桌上摆着一包小木棍，像是喂仓鼠和龙猫的那种。但她家没养宠物，于是我问她："这是啥？"她说："这是沉香片，夹烟里抽的。"她让我俩试试，我假装感兴趣，往烟里塞了一点，其实都扔进了自己的袖口。

高佳看我抽上烟，说："我说的都是真的，真是因为觉得家里闹鬼，才找你来调查的。"我看聊不出什么就打算走了，高佳非送我和周庸下楼。过了一会儿，我和周庸在兴化桥西路被交警拦住，说有人举报我们毒驾。周庸说："这个高佳也太不是人了。"

其实，我看见那个小木棍的时候就大概猜到是什么了——维也纳香薰，外号"小树枝"。这玩意儿成瘾性比海洛因还厉害，是最新型的毒品，混在烟里抽的。

我去了趟派出所，检测出没吸毒。之后我带着周庸又去了高佳家，这次还有个男的在。周庸说："怎么着，还找了个帮手？"高佳说："没有，你俩回来干啥？"我戴上手套，把桌子上的那包小树枝拿起来揣兜里，说："是你举报我俩吸毒吧？你们公司吸毒，也是你举报的吧？是我现在就报警，还是你说说为什么这么做？"

高佳想了想，说了实话。

2018年的时候，她和前男友一起开了家旅游公司，专做燕市西郊那边的景点，没少赚。当时她为了自我提升和拓展人脉，就报了木羊培训，结果被洗脑了，还把前男友拽进去了，两人被骗得公司破产，感情也破裂了。

前男友带着仇恨和她分手，她当时一心想挽回，无能为力，就上网找了个情感挽回的老师。去老师办公室聊了一会儿，遇见了一个同样失恋去找老师的小伙子，就是现在陪着她的这哥们儿。我问她："这是你男朋友吗？"高佳说："不是，这是我闺密，和我一样，也喜欢男的。"——怪不得他一直盯着周庸看。

为了挽回前男友，老师给高佳出了挺多主意，其中一个，就是把培训公司搞垮，前男友看见报仇了，说不定能因此感动。她总穿洛丽塔风格的衣服，也是因为觉得前男友喜欢年轻女孩，这样能更符合他的审美。

高佳混了一年多，终于混到了管理层。过几天培训公司年会，就是高佳负责。她本来打算在酒里下毒再举报，但没等到那天就被我发现了。于是只能提前使用小木棍，让传销里抽烟的人先中招。她怕我报警乱说，又想用同样的招数陷害我，让我也进去蹲几天。

我大概明白了怎么回事，问高佳："为什么要找我调查？"高佳说："真是觉得房子闹鬼。我啥都说了，没必要再骗你。"

我点点头，问："你平时赚多少钱？都花在哪儿？"她说："每月差不多能赚十万，都花在情感咨询、买包和衣服上了。我这个男闺密特别懂包，总是帮我挑。"周庸吓一跳，问："你每月花好几万买假包吗？"她说："不是啊，都是在利莱商业街买的，肯定是真的。"

周庸走到沙发旁，拎起之前的迪奥包，说："你看，这纽扣都割手，链子这么粗糙，皮有毛边，一看就是假的啊。"高佳为了证明自己是在利莱商业街买的，翻了半天发票，结果发现所有的发票都丢了。

这时候她男闺密说有点事，要先回家，我把他拦住，问："能不能借用一下你的手机？"他不借，我让周庸把他按住，在他手机里发现了间谍软件。

其实，从高佳去找情感挽回师时，她就已经在套里了，这个闺密是老师安排好的，假装失恋，骗取女孩的信任。从此以后，闺密一直在操控她的生活，怂恿她多去做昂贵的感情咨询，买贵包。然后闺密会偷偷用假包换掉，把真的卖了换钱。为了每个月都把高佳掏空，掌控她的一举一动，还在她手机里装了间谍软件。高佳所有的密码、聊天记录、通话记录，他都能看到听到，甚至可以远程操控高佳的手机发信息。

但11月4日那天，是高佳发工资的日子，闺密忘记退出操控软件，就给高佳发了条短信，想约她去买包，结果变成了高佳自己发给自己。说实话，我还是第一次见苹果手机的间谍软件，之前我只见过针对安卓机的。因为之前被监听的一直都是安卓机，我没想到苹果手机也有被监听的可能。

高佳知道全是骗局后非常绝望，自己报了警，举报闺密的同时，也自首了。

晚上，我和周庸从派出所做完笔录出来，站在路边抽烟，他问我对这事怎么看。我说："我们总是还没反思，就用一个错误去弥补自己的另一个错误，然后错误越来越多。就像你总要渴到一定程度，才大口极速地喝水，这样对身体不好，你却永远意识不到。"

WARNING
如何防止自己的手机被监听

1. 看好自己的手机，大多数跟踪软件都需要安装者能够获得你的手机。

2. 不要随便点别人发你的链接。

3. 不要使用指纹解锁，因为你的伴侣或其他人，能趁你睡觉时用你的指纹解锁装软件。

4. 装稳妥的防毒和反间谍软件。

5. 经常检查自己的手机，看有没有不认识的APP。

6. 注意每月的流量和话费，是否有大的变化。

20

不要随便用共享充电宝，
你的手机摄像头可能直播你洗澡

事件：犯罪团伙胁迫偷拍反被杀事件

时间：2018年7月13日

信息来源：微博私信

支出：460元

收入：待售中

执行情况：完结

2018年7月13日，我收到一条挺有意思的微博私信，一个叫李珊的姑娘说自己前几天收到了一个快递，现在也没敢拆开，但也没舍得扔。

我问她："怎么这么纠结，这是买啥了？过期的化妆品啊？用也不敢用，扔还舍不得。"李珊说："不是，我啥也没买，这个快递是我老公寄的。"这里面有个问题——她老公已经死了快三年了。

我给她分析了一下："这有可能是因为个人信息泄露后，有人用来刷单，这种事儿其实常有。"李珊说："我也知道了这个可能，但还是不敢开。你能不能帮我把这个快递打开？"

我说："你身边一个亲戚朋友都没有吗？就这事儿，还用得着上网找个人吗？"她说："我是真害怕，和闺密说了，闺密也很害怕，又没啥朋友，所以想向你求助。"

我说："那也用不着我啊，你拿到公共场所打开呗，人多就不害怕了。"她说："那行吧。"

14日和15日这两天我没上微博，到16日我翻私信，发现这姑娘又给我发了消息，特别长，有一两千字，还带着图片，看样子特别着急。

我扫了一眼，大概的意思就是她把快递拆开了，里面是一件寿衣，她特别害怕。

我加了李珊微信，问她人在哪儿，快递扔了没有？她说："没有，寿衣不敢拿回家，就暂存在小区物业。"而且她已经报警了，但寄件人的信息都是假的。对方用的是一张"黑卡"，也就是别人的电话登记和注册的快递APP，在马路边上寄件，现在只知道发货地点就在燕市，其他什么都不知道。

我和李珊约好，下午两点在她家楼下见。又打电话给我的助手周庸，问他在哪儿。他说："约了一个姑娘，在游泳呢。"我说："别游了，快擦干，开车过来接我。"

李珊家住在永成门附近一个小区，10号楼3单元1501。我们先打电话让李珊下楼，去物业把快递拿上，然后一起上了楼。

李珊开门后，找了两双拖鞋，让我俩换鞋进屋。我和她说好，帮她调查的条件是，关于这事儿发生的一切，我都可以在不泄露她个人信息的情况下，卖给媒体或者自己写作。

她答应了。我拿出准备好的合同，签了约。

周庸在旁边一直研究那件红色带花的寿衣，还抖了几下，把上面的灰抖搂干净了。我说："怎么，你这是要试穿啊？"他说："徐哥，你还别说，感觉和我那天去利莱商业街买东西时，看见的一件外套有点像。"我说："行了，你还年轻，有的是机会，咱先研究研究这是咋回事儿。"

周庸问："咋研究？"我说："对方挺谨慎，电话卡都用假的，不太可能去实体店买东西，因为实体店有摄像头，所以咱先在网上找找。"

我让周庸拍了张寿衣的照片，图片搜索，看有几家网店卖这件寿衣。结果发现，这款寿衣有很多家卖，但和别的寿衣不太一样的是，这款寿衣的很多图片，都是有模特穿着的。

周庸问："怎么现在寿衣都有模特了？"我说："本来就是件衣服，是人非得给它赋予点意义。有模特咋了？穿着上街也没啥事儿。"

我们问了几家店的客服，最近有没有燕市的买家，对方都说不能透露顾客的隐私。感觉没什么用，我们就没接着往下问。

周庸说："徐哥，专门买这种有模特的寿衣寄过来，对方会不会是个恋尸癖啊？"

我说："一般情况下不会，我接触过的恋尸癖对活人的兴趣都不大。也有先把人弄死的，但那种一般都是连环杀手，他们无差别作案，随机性很高，不会给人先寄寿衣警告一下子，让人产生警惕。"

李珊在旁边听我俩分析，吓得够呛，都流眼泪了，问我们到底怎么办。

我检查了一下她家的门锁，是内外双蛇型匙槽的超B级锁芯，说："暂时保持警惕吧，别点外卖，别随便开门，上班出门都约人一起，别自己行动。"

检查完门锁，我开始拿望远镜检查附近有没有人暗中监视李珊，没发现什么线索。我问她："最近得罪过什么人，或者新认识什么人了吗？"她说："不知道啊，我是做影视宣发的，每天要联系很多人，说话间得罪人也很正常。"李珊实在太害怕了，她把手机解锁递给我，"你帮我看看，判断一下吧。"

我打开她的微信，发现好友有三千多人，脑袋"嗡"了一下。我平时最不爱和人说话，微信里才五十多个人。于是我把手机递给周庸，让他看。

周庸看了一会儿，说："你手机快没电了。这手机咋越来越烫？"我扫了一眼李珊的手机，没套手机壳，是某品牌的旗舰机，最新型号，按理来说不应该这么烫。刚才我用的时候，还有百分之四十多的电，周庸看了不到半小时就快没电了，手机掉电速度有点过快。我怀疑她的手机里有间谍软件。

一般来说，手机被安装间谍软件后，可能出现以下五种情况：发热，掉电快，总是重启，浏览器记录里有没看过的网站，手机里出现了没用过的软件。

我拿过李珊的手机，坐到她身边，和她一个个核对自己下载过的APP。最后发现了一个叫"××电影"的APP，她从来没下载过。

我把她的手机连到电脑上，用反间谍软件查了一下，这个APP确实有问题。又看了一下文件创建时间，是7月8日，我让李珊回忆一下，那天她都干了什么。

　　她查了一下微信聊天记录，说："没干什么啊，就是正常上班，然后晚上和闺密出去吃了一顿饭。"周庸问她："中途手机借给过别人吗？包括闺密。"李珊说："没有，手机一直没离开过视线。"

　　为了确定李珊说的，我特意跟她去了趟公司。我检查了一下她放在公司的笔记本，没有被安装奇怪的软件，所以，是同事的可能性不大。我又试探着给她闺密打了电话，说手机被监听了，她闺密第一时间建议李珊报警，感觉非常问心无愧。

　　没有办法，我只好让李珊带着我，从她公司出门，把那天她离开公司后所有的行动重复一遍，看能不能找出什么线索。

　　我们先去了她家附近的寰球国际购物中心，在商场里买了两杯咖啡，又去了附近的一家烤鸭店吃饭。到了烤鸭店后，李珊说："对了，我当时手机快没电了，在这租了个充电宝。"

　　我看了眼那个共享充电宝，是个我没听说过的牌子，叫"逆电"。我拿起手机，扫码租了一个。刚一插上，手机忽然提示我，"是否信任该设备？"这个充电宝有问题。

　　我把充电宝还回去，让李珊又租了一个，说："这个我拿回去研究一下，估计得多租一段时间，都是为了你，别心疼钱。"她说："行。"

　　回去后，我把充电宝用转接头连到电脑上，研究了一下，这里面果然有木马。

　　这个充电宝，用的是能传输数据的充电线，你若选择信任该设备，它就会将恶意程序传到手机里，断开后依然能操控手机。不仅远程操控你的手机，还能进行实时监听和拍照录像。要是你洗澡或做那种事儿时带着手机，过一段网上就可能出现你的裸照或小视频。李珊和亡夫的信息，可能也是被间谍软件盗走的。

第二天，我找到李珊，带着她去报了警。我以为这事儿就这么结束了，结果7月25日下午，李珊给周庸打了一个语音电话，说："警方反馈，对方没有盗窃我的信息。"

周庸问她什么情况，李珊说："根据警方调查，这个团伙就是利用共享充电宝往别人手机里安装间谍软件，然后利用别人手机不停地点击网页广告，以此赚钱。没盗取什么个人信息，也没给我寄寿衣。"

周庸马上又给我打了个电话，说："徐哥，那是谁干的啊？"

当天晚上，我们又去了李珊家。

有人给她寄寿衣之后，我在她家门口和屋里安装了监控摄像头。我检查了这几天李珊家的监控之后，发现一件奇怪的事儿。

7月18日中午，20日晚上，21日下午，一个戴着帽子、口罩和墨镜的人，来到李珊家门口，拿起她门口鞋柜里的鞋，走到角落里，脱下裤子，浑身开始哆嗦。

周庸说："徐哥，他干什么呢？"我说："还能干什么？你想啥就是啥。"

我说："之前不是跟你说过鞋柜最好别放在门外吗。有一种人叫'打胶人'，他们会趁人不注意，把自己的那啥喷洒到姑娘身上，并拍下照片或视频。有时候他们也会跟踪到漂亮姑娘家，或者满楼找谁把鞋放在门口，如果门口有鞋就把那啥洒在鞋上，如果没有就喷在门上。即使是男性也不是绝对安全。所以，如果出门时发现门上或鞋上有奇怪的液体，直接就扔了吧。"

周庸说："别说了徐哥，我回家就把鞋柜儿挪屋里去。"

我在查看室外监控的同时，也查看了室内的监控，发现这个"打胶人"总是能在李珊不在家的时候上门"打胶"。他好像知道李珊什么时候不在家。

周庸问我："有没有可能，是小区的保安或者物业工作人员？"

我让他拿着视频截图，下楼对比了一下，都不像。经过询问，这几天也没有不来上班的人，所以暂时排除了。周庸又挨个问了邻居，也没发现什么可疑的人。我甚至找到了楼里所有把鞋柜摆在外面的人，都说鞋上没出现过可疑的液体。这说明那个人就是冲着李珊来的，而且他有监控李珊的手段。

我让周庸去我家，取了金属探测器和摄像头扫描仪，把李珊的整个屋子都检查了一遍，果然在饮水机里面找到了隐藏的摄像头。它在饮水器的冷热水指示灯的旁边，伪装成了一个不亮的灯。

李珊说这个净水器是在健身房充会员时送的，于是我们跟她一起来到了康乐医院附近的健身房。

这是家挺大的健身房，带游泳池。李珊平时有个带她的教练，是个挺漂亮的姑娘，身材非常好，看见她来了，说："李姐，你来啦。咋没提前跟我预约呢？"李珊按照我们之前商量好的回答："今天不练，有两个朋友想办健身卡，带他们来看看。"

健身房的门口有一个大的宣传板，上面贴的是健身房所有工作人员的全身照，我和周庸看了半天，没发现和视频里相似的人。

正看着，李珊的教练过来问我俩在看什么，周庸说："看看还有没有像你这么好看的。"健身教练的脸一下就红了，说："那你办卡啊，我带你。"周庸说："行，那咱俩加个微信吧。"

转了一圈后，没发现什么线索，我们怕打草惊蛇，就离开了。接下来的几天，周庸和李珊的健身教练越聊越开心，他还约那姑娘出去吃了两顿饭。

8月2日，周庸问我："徐哥，现在已经啥都能聊了，问问她饮水机的事儿？"我说："行，你问问吧。"

周庸把"打胶人"的监控截图发给这姑娘，问她在健身房见没见过这个人。姑娘说和她一个会员有点像，等对方来了通知周庸。

接下来的两天，这姑娘就不怎么回周庸的微信了。我们觉得有问题，就又去健身房找她，结果健身房的前台告诉我们，这姑娘辞职了。周庸挺伤心，说："徐哥，这姑娘是不是有问题啊？"我说："怎么？感觉感情被欺骗了？想点好的，最开始你不也想利用别人调查吗？"周庸想了想，说："也对。"

我打电话把李珊叫来，和健身房的经理说了饮水机里有窃听设备的事儿，威胁他们要报警。他们求饶，提出要把钱退给李珊，还要给补偿。我说："补偿的事儿以后再聊，能不能先给我们看看你们的监控？"

在我和周庸的报警加起诉威胁下，健身房的经理给我们看了最近一个月健身房的监控。我们发现，李珊的教练经常带着的一个会员，和视频拍下的人有点像。

健身房的经理经过查询之后告诉我们，这个人叫何一田，是通过李珊的教练，以亲属内部价格办的会员卡。何一田在健身房有一个常用柜子，我们让工作人员把柜子打开，里面有拖鞋、运动鞋、洗漱用品，还有一个手机。

我让周庸去车里取了我的笔记本电脑，把手机连上电脑破解密码，发现他收到很多内容相似的短信，或问他怎么还不上游戏，或催他快点上游戏。

我在手机里找游戏，发现只有一个类似"是兄弟，就来砍我"的那种手游。我打开游戏，发现里面有很多人都通过喊话，交流找姑娘和买卖视频的事儿。

有新人不知道去哪儿看视频，在游戏里询问，频道里就有人告诉他，去下载一个通信软件，然后加入一个叫"探花"的群组，里面有交易方式。这个通信软件带"阅后即焚"功能，我知道的很多色情交易和不法交易都是通过这个软件。

我加入了他们的群组，花20块钱购买了一些真实偷拍的视频，其中，就有李珊刚洗完澡，在客厅走来走去的视频。正是饮水机的视角。

我们要了李珊健身教练的地址，从健身房出来，周庸问我："他为啥不把手机带回家，要放在柜子里呢？"我说："可能家里有老婆孩子，不愿意被发现。"

李珊的健身教练住在安阜园附近，一个比较老的小区，我和周庸开车过去，上楼敲门。没敲几下，教练姑娘就给我俩开了门，她看见周庸还笑了，说："你来啦，我刚做好饭，要不要吃点儿？"

　　周庸问她吃啥，她把我俩带到客厅，指了指茶几，说："尖椒炒小腰，刚焖好的米饭，五常大米。"

　　周庸和她聊天的时候，我在她家四处转了转，看见厨房的地上满是血，有个人靠着厨房的水池歪坐在血泊里，已经没气了。

　　我惊了1秒，马上悄悄转出厨房，趁她不注意，从身后冲过去抱住她。周庸虽然也不知道为什么，也冲过来帮我。这姑娘不愧是健身教练，特别有劲，我俩差点儿没按住她，一直在较劲，最后是邻居听见这屋的打斗声报了警。

　　警察一上门，这姑娘就泄气了，一直哭，但不再反抗，我们几个人一起去了派出所。

　　她是个"外围"，为了在燕市买套房，当健身教练的空闲偶尔出去做"外围"，但没想到被一伙人盯上了，偷录了卖淫视频威胁她，逼她为他们卖淫、拍视频赚钱。这伙人做事很隐蔽，平时只在线联系和交易，非常不容易被发现。

　　这伙人得知她是健身教练后，交给她一个任务——在健身房物色有钱又单身的女性，然后帮着撮合。他们"搞定"这帮有钱的女人后，又可以拿视频威胁骗钱。

　　李珊作为一个有钱的寡妇，就是这么被盯上的。健身房赠送的饮水机，里面装的摄像头也是他们逼着这姑娘弄的。收到那种饮水机的，也不止李珊一个人。

　　等到周庸问这姑娘这件事儿时，她知道有人在调查，感觉自己的人生完了。她就计划把那些胁迫她的男性，一个个约到家里，先让他们喝下放了安眠药的水后，再用刀捅死。只是刚杀了一个，我跟周庸就找上门了。

其实这些年，我手里一直有全国最大的几家"外围""商务模特"组织的联系方式，以及关于它们的大量资料。本来想写写这条产业链，但觉得抛开卖淫组织，所有的姑娘们都是弱势群体，如果要曝光她们，和那些总是"借身体不适离开现场的"的报道一样低级，就一直就没写。

前几天，我和一个专门研究日本犯罪的朋友吃饭时，聊起了很多连环杀手专杀失足妇女的事儿。他说："要是有个失足妇女是连环杀手，那就太可怕了。"我当时想到了两个人：一个是美国的"女魔头"，她既是失足妇女，也是连环杀手；另一个就是李珊的健身教练，这姑娘报复了伤害自己的人，但自己也完了。

李珊后来把房子卖了，搬家的时候，她给周庸打了个电话，说不小心把结婚时候买的镜子打碎了，那镜子是她去世的丈夫买的。周庸让她别伤心，这是好兆头，碎碎平安，她现在最需要的就是平安。

李珊说，她在打碎的镜子后面发现了一张便利贴，是她丈夫刚买完镜子时贴上去的，上面写着：一生平安，白头偕老。

祝她未来还能有这个机会。

WARNING
如何避免使用有问题的共享充电宝

1. 租品牌比较知名的共享充电宝。

2. 不要随意领取和购买来历不明的移动电源。

3. 连接移动电源时，如弹出是否"信任"提示，请保持警惕。

4. 如果你通话过程中经常发出不寻常的声音，你有可能被监听。

5. 手机电量莫名降低或加速耗电，手机发热。

6. 当您不使用手机时，手机屏幕莫名开启，有噪声发出，或者无故重启，你的手机有可能被人远程访问了。

7. 您的手机需要很长时间才能关闭，一般手机关闭时候需要关闭所有后台应用。如果你的手机后台正在传输数据给他人，则关机需要更多时间才能完成。

8. 经常收到莫名其妙的短信，而你能确定你并没有定制相关信息，有可能已经被窃听软件修改了某些东西。

9. 不准确的浏览器历史记录。不同类型的间谍软件行为的不同，有时直接通过浏览器来跟踪你的数据并将其发送到黑客。

魔宙

魔宙 讲好故事